Quem olhará ROMEU?

EDITORA EME

Solicite nosso catálogo completo, com mais de 400 títulos, onde você encontra as melhores opções do bom livro espírita: literatura infantojuvenil, contos, obras biográficas e de autoajuda, mensagens espirituais, romances, estudos doutrinários, obras básicas de Allan Kardec, e mais os esclarecedores cursos e estudos para aplicação no centro espírita – iniciação, mediunidade, reuniões mediúnicas, oratória, desobsessão, fluidos e passes.

E caso não encontre os nossos livros na livraria de sua preferência, solicite o endereço de nosso distribuidor mais próximo de você.

Edição e distribuição

EDITORA EME

Avenida Brigadeiro Faria Lima, 1080 – Vila Fátima
CEP 13360-000 – Capivari-SP
Telefones: (19) 3491-7000 | 3491-5449
Vivo (19) 9 9983-2575 | Claro (19) 9 9317-2800
vendas@editoraeme.com.br – www.editoraeme.com.br

DINEU DE PAULA
pelo espírito ESDRAS

Quem olhará ROMEU?

Capivari-SP | 2022

Os direitos autorais desta obra foram cedidos pelo autor para a Editora EME, o que propicia a venda dos livros com preços mais acessíveis e a manutenção de campanhas com preços especiais a Clubes do Livro de todo o Brasil.

A Editora EME mantém o Centro Espírita "Mensagem de Esperança" e patrocina, junto com outras empresas, instituições de atendimento social de Capivari-SP.

1ª edição - junho/2022 - 5.000 exemplares

CAPA | André Stenico
DIAGRAMAÇÃO | Victor Benatti
REVISÃO | Professora Rosângela Borges Lima

Ficha catalográfica

Esdras, (Espírito)
Quem olhará Romeu? / pelo espírito Esdras; [psicografado por] Dineu de Paula - 1ª ed. jun. 2022 - Capivari-SP: Editora EME.
288 pág.

ISBN 978-65-5543-076-9

1. Romance mediúnico. 2. Encontro com Jesus e cura.
3. Suicídio e expiação. 4. Resgate e reparação.
I. TÍTULO

CDD 133.9

Para Ruth, com o
amor de sempre.

SUMÁRIO

PREFÁCIO

Mediante esta narrativa, o autor tem como principal motivação alertar o leitor para o fato de que grande parte dos espíritos mantém tendências e repete equívocos cometidos em encarnações pretéritas.

É necessária vigilância atenta e disciplinada para fugir das mesmas armadilhas onde se fracassou, tendo assim oportunidade de evoluir corrigindo e reparando as consequências dos próprios erros.

Deve-se estar ciente de que o caminho para o desejado e planejado progresso, imposto a si mesmo na escolha de metas reencarnatórias, não é o caminho aparentemente mais fácil para viver a nova encarnação. Afinal, tem-se a tendência de seguir os caminhos anteriormente percorridos.

As experiências narradas abrangem espaço de tempo que compreende séculos e localidades distintas. Isso porque, independentemente de local e tempo, há necessidade de lutar para renunciar às facilidades do caminho aparentemente largo e atrativo, que não traz evolução moral e espiritual, única forma de atingir a paz ansiada por todas as almas.

Espírito Irmão Justus,
pela médium *Ilda Garcia Kolling*

PRÓLOGO

Brasil, cidade de São Paulo, século XIX, princípio do Segundo Reinado

A cidade estava deserta naquela manhã de segunda-feira. Era um belo dia de primavera, mas Amaro saiu para a rua com um estranho aperto no peito.

Olhou o sol, o céu azul, sentiu o perfume das flores, mas não conseguiu se alegrar.

Era um homem circunspecto por natureza, passava a impressão de ser bravo, mas apenas nos primeiros instantes. Não era triste; ao contrário, sua religiosidade sincera e sua gratidão pela vida o tornavam feliz.

Além disso, amava com ternura sua pequena família, sua esposa, Natália, e sua filha recém-nascida. A menina nascera após vários anos de casamento, depois de uma gravidez difícil e um parto longo e complicado.

Todo dia, Amaro agradecia pelas bênçãos que tinha.

Era um cristão genuíno, com olhos bondosos e muita compaixão no coração. Achava a tristeza um pecado para quem era tão abençoado como ele.

Descontente consigo mesmo, caminhou em direção a sua principal loja, de onde administrava o restante de suas propriedades e negócios.

Por que aquela tristeza, aquela apreensão, como se algo perigoso fosse se dar? Era isso: ele estava com medo! Estranhando a si próprio, Amaro ergueu os olhos ao céu e dirigiu uma prece ao Criador.

Chegou a sua loja, onde os empregados já esperavam do lado de fora. Passou o dia apreensivo, foi almoçar, retornou, e pouco a pouco a coisa arrefeceu.

Ali pelas três horas da tarde, de repente, sentiu-se sufocar. Pareceu-lhe que as paredes o oprimiam e sentiu necessidade de ar fresco. Levantou-se, reconhecendo o quão estranho se sentia, e foi para a frente de seu estabelecimento, onde ficava uma pequena praça.

Viu um ajuntamento de pessoas e sentiu um arrepio: seria uma briga, haveria alguém necessitado de ajuda? Caminhou para junto do povo e, ao lá chegar, deparou com um cigano de aspecto ladino que anunciava:

– Vou doar meu pequeno sobrinho. Os pais dele não estão mais aqui. Vejam como é bonito, moreno, da cor da saúde. Só quero ser reembolsado do que gastei com ele até hoje. A mãe morreu no parto, e o pai logo se perdeu no mundo. Quem vai querer? O menino é forte, logo será bom de serviço. É só ter um pouco de paciência.

Amaro se aproximou, ouviu o discurso, percebeu os circunstantes, e seu coração ficou pequeno ao ver o menino, que se agarrava ao tio.

Experimentou um imediato sentimento de ternura, mas também uma vaga apreensão. Pareceu-lhe conhecer a criança, aqueles olhos não lhe eram estranhos...

Nisso, viu um conhecido seu, cuja pedofilia era notória, fazer uma oferta pelo menino. Seu coração gelou. Ele não conseguia pensar direito. O que Natália diria se aparecesse com um cigano para ser criado?

Mas ele olhou novamente a criança e sentiu em si brotar um amor cuja força desconhecia. De forma um tanto irracional, entendeu que precisava intervir, embora se visse muito mal na figura de alguém que compra uma criança.

Percebeu que o negócio estava em vias de ser fechado e bradou:

– Alto lá! Qual o nome do menino?

– Romeu, meu bom senhor.

– Pago o dobro do que foi ofertado!

As pessoas olharam com surpresa e suspeição. O outro ofertante sabia-se para que queria a criança, mas o senhor Amaro, tão religioso e respeitável! Comprar uma criança por valor tão alto?

Os olhos do cigano brilharam, e o outro homem envolvido na disputa deu de ombros.

– É seu o menino, senhor.

– Venha até minha loja, para que eu o pague.

Aquele estranho trio foi para a loja, e logo o tio estava se despedindo do sobrinho.

Amaro ficou sozinho com Romeu. O menino lhe sorriu e não demonstrou tristeza ao ficar: tudo lhe parecia tão rico!

Amaro puxou Romeu para junto de si. Este devia ter cinco ou seis anos de idade. Parecia que conhecia o menino, sentia que não o poderia ter abandonado.

Entretanto, algo em seu íntimo sofria. Sabia que criaria o menino como seu filho. Jamais exploraria aquela criança. Mas e aquele sentimento?

Por que sofria ao ver o menino, por que temia por ele?

Amaro não sabia, mas o leitor em breve saberá.

Esta é a história de Amaro e Romeu.

É a história do amor de um pai que atravessou os séculos, de um pai que não desistiu de seu filho e de fazê-lo feliz no curso das eras.

PRIMEIRAS IMPRESSÕES

AMARO TENCIONAVA IR mais cedo para casa, mas tudo conspirou contra ele naquela tarde. Clientes importantes apareceram, bem como fornecedores com os quais apenas ele tratava.

Como já lhe ocorrera outras vezes, pensou que precisava contratar um gerente. Era um azar seu que seus auxiliares mais imediatos sempre adoeciam ou tinham de mudar-se.

Olhou a criança, que brincava no chão, achando graça em mexer nas cadeiras e em abrir e fechar os armários, enfiando-se dentro deles.

Era mais do que visível que Romeu estava habituado a ficar sozinho e a receber pouca atenção. Além de não mostrar ter a menor educação, a partir do momento em que se sentiu mais à vontade, parecia não esperar mesmo que ninguém se ocupasse dele.

Apenas quando a noite já estava se aproximando, ele ficou mais quieto e lançou um olhar um tanto triste para Amaro, que adivinhou o que se passava e se censurou por não ter pensado antes nisso.

– Está com fome?

– Estou.

– Eu já deveria ter lhe dado algo para comer, mas me envolvi com coisas demais. Daqui a instantes, iremos para casa. É só eu dar uma olhada na loja antes, ver se tudo está bem.

Àquela hora, os próprios empregados já estavam se aprontando para ir embora e fechando as portas.

Dona Nora, antiga empregada que cuidava principalmente da limpeza, tomou coragem e se aproximou da sala do patrão, que estivera tão movimentada a tarde toda.

– Senhor Amaro, desculpe a pergunta, mas o que faz esse menino aqui na loja?

– Nem me diga, dona Nora. É uma situação muito estranha. Vi um aglomerado de pessoas, e o senhor Antônio Maciel estava em vias de adquirir o pobrezinho de seu tio, um cigano.

Dona Nora lhe lançou um olhar entendedor.

– Sei. Mas a criança ficará aqui?

– Não, claro que não. Isso foi apenas um arranjo, pois eu não sabia o que fazer com ele. Deveria tê-lo levado para Natália, mas o mundo todo pareceu ter algo para falar comigo hoje.

– Não seria melhor levá-lo à delegacia ou à prefeitura?

– Delegacia?

– Sim. Ou o senhor vai criá-lo em sua casa, como seu filho?

Amaro olhou a criança e suspirou profundamente. Jamais conseguiria abandonar ou afastar aquela criança de seu caminho. De um modo muito esquisito, sentia-se realmente responsável por ela. Isso, além de experimentar uma ternura completamente inusitada por aquele pequeno ser.

– Eu não o levarei à delegacia nem o darei a ninguém. Sua ideia de comunicar às autoridades é boa, e eu farei isso. Mas espero que Natália concorde comigo e que mantenhamos o menino em nossa casa.

– Como um filho?

O olhar era de espanto.

– Sim, a que outro título eu poderia ter uma criança em minha casa? Uma vez que crescerá em meu lar, será meu filho.

– Olhando agora de perto, o menino é bem bonito.

– Realmente. E pensar que eu não tinha nem notado a beleza dele...

Romeu olhava aqueles adultos falarem e parecia não entender. Talvez esperasse que o tio retornasse em breve. Talvez tivesse sido comum em sua vida ficar com estranhos, ou apenas com conhecidos durante um tempo. Afinal, os ciganos são itinerantes por natureza.

Quanto à beleza do moleque, era uma verdade. Tinha grandes olhos negros, circundados por cílios espessos e curvados, como as mulheres tentam por vezes deixar os delas, sem muito sucesso. A natureza é sempre mais bem-sucedida do que os seres humanos, quando se trata de criar a beleza. Ele era esbelto, nem gordo nem magro, com uma pele morena sem defeitos, dentes faiscantes de tão brancos e cabelos pretos um tanto ondulados. Suas feições eram a um tempo suaves e sedutoras.

Amaro tremeu ao imaginar o que poderia estar ocorrendo agora com o menino, caso não tivesse interferido.

Mas finalmente ele se despediu dos empregados, que esperavam do lado de fora que as portas fossem fechadas. Era um procedimento de segurança, em razão de um evento infeliz anterior, quando um empregado ficara até mais tarde, arrumando as mercadorias, e fora rendido por bandidos ao sair sozinho.

Sentindo pesar sobre si o olhar dos empregados, Amaro disse-lhes que explicaria a situação no dia seguinte. Não precisava explicar nada, mas tinha uma relação de afeto e proximidade com seus auxiliares. Sabia que todos estranhavam a situação, mas desejava primeiro acertar as coisas com Natália.

Saiu andando com o menino segurando em sua mão, sentindo que aquela era uma cena já vivida. Sentia mesmo já ter conduzido aquela pequena criatura de todos os modos possíveis.

– Agora, iremos para minha casa. Creio que você gostará dela.

– É rica também?

– Rica?

– Sim, rica.

– Achou minha loja rica?

– Sim, tudo ali é muito rico. Gostei dos tapetes, são tão macios e coloridos! Eu gosto de coisas ricas e coloridas.

– E já teve muita coisa?

– Não. Tudo o que tive era de meus tios. Mas eu ficava sempre para trás. Eles davam preferência aos filhos deles. Como não tenho pai, ninguém nunca me deu nada novo.

– Seu tio tem muitos filhos?

– Acho que sim. Ele viaja muito. Eu nem sempre ia junto. Parece que ele fica em mais de um lugar. Não sei bem.

O linguajar do menino era carregado de um estranho sotaque, que lhe dava um encanto peculiar. As palavras soavam engraçadas em sua boca, dando em Amaro um desejo de abraçá-lo forte, de protegê-lo.

Em sua ingenuidade, o menino foi relatando sua vida como agregado de uma família de ciganos errantes. Ele era deixado ora aqui, ora ali, conforme a família se unia ou dividia, pois o tio dele tinha irmãos. Aparentemente, não havia uma definição de quem era o responsável por ele. Quando sua mãe morreu e seu pai desapareceu, os tios foram simplesmente se revezando.

Era espantoso que tivessem decidido vender criança tão bela, que poderia ter sido treinada para o modo de vida cigano e sair-se muito bem, a julgar pelo seu notável charme. O que Amaro não sabia e o menino não conseguia explicar é que os tios haviam brigado entre si recentemente e Igor, o que o vendera, estava com dificuldades financeiras em razão da doença de uma filha, cujo tratamento lhe consumia todos os haveres.

Ao entender o essencial do relato, Amaro ficou com o coração pequeno. Quando vislumbrou sua casa, sentiu-se sem jeito como nunca na vida. O que Natália pensaria daquilo? Bem, só restava ver...

Ele entrou na casa e foi direto até a cozinha. Sabia que sua esposa estava fazendo o jantar. Embora a residência fosse rica e vasta, com vários criados, Natália gostava de cozinhar e o fazia muito bem.

A boa senhora estava em pé junto ao fogão, tendo no chão, perto de si, em um pequeno cesto que enchera de cobertores, um lindo bebê, que não devia ter muitos meses de vida.

Natália virou-se sorrindo ao reconhecer os passos do marido. Seu sorriso congelou no rosto ao ver que ele trazia uma criança pela mão.

– Amaro de Deus, quem é esse menino?! Quem vestiu essa criança? Misericórdia, por que tão pouca roupa neste tempo frio?

Na verdade, o dia não estivera particularmente frio. Apenas ao anoitecer é que um vento cortante esfriara a temperatura.

Amaro compreendeu imediatamente várias coisas. Primeiro, ele não entendia nada de crianças. Nem reparara que a roupa do menino era estranha, talvez colorida e curta demais, como se estivesse usando a roupa de alguém, no caso um primo, mais jovem. Deveria ter notado isso e cuidado de aquecê-lo de algum modo. O menino estava mesmo arrepiado. De outro lado, ficou grato pelo bom coração da esposa, por seu instinto materno ser tão forte. Ela amava cuidar dos outros. Sempre estava envolvida com os pobres da região, especialmente com crianças. Haveria de ser fácil convencê-la a ficar com o menino. Isso lhe trouxe uma paz imensa. Nesse instante é que percebeu como estivera tenso.

Amaro contou a história toda a Natália, que o olhava com cara de espanto e de compaixão.

– O senhor Antônio Maciel queria o menino?

– Sim, e eu não poderia deixar isso acontecer, não é mesmo?

– Claro que não! Embora ache estranha essa ideia de comprar uma criança, já que a família não mais a queria, fez muito bem em trazê-la para nós. Sabe, Amaro, em meu coração tenho o receio de não conseguir lhe dar nenhum filho homem. Demoramos tanto para ter nossa menina! Agora, este rapazinho tão lindo parece ter caído do céu. Não direi que parece um anjo, pois há algo de malandro nele. Mas haveremos de educá-lo e crescerá como um homem honrado. Haverá de ser uma boa companhia para nossa pequena Cecília.

– Ah, Natália, como eu amo você! Sempre tão generosa.

– E o que esperava de mim? Que mandasse colocar a criança na rua, que a levasse àquele pervertido ou a deixasse crescer ao léu, como tantas crianças que vejo ao abrigo da igreja, mas na verdade tão sozinhas? Será nosso filho. Está decidido.

– Sim, está decidido.

– Ouviu isso, Romeu?

– O quê, senhor?

– Você disse que nunca teve um pai. Pois a partir de hoje eu sou seu pai, esta é sua mãe e o bebê no berço é sua irmãzinha. Irá morar para sempre conosco.

– Sério?

– Sim, e pode se acostumar a me chamar de papai e a minha esposa de mamãe.

O menino não aquilatava direito o que aquilo queria dizer.

– Meu tio não estranhará isso quando voltar?

– Romeu, acho que ele demorará muito a voltar. Você não gosta da ideia de morar em uma casa só, sem ter de ficar andando por aí?

– Eu gosto de andar, mas é cansativo. Às vezes, tenho fome, frio, acabo dormindo no chão ou na carroça.

– Isso não mais ocorrerá.

Natália se abaixou e olhou o menino bem de perto.

– Sou sua mãe, Romeu. Terá de me obedecer, mas cuidarei muito bem de você.

– Sim, senhora.

A senhora o abraçou e seu instinto de dona de casa criteriosa falou alto. Levantou-se e disse a Amaro:

– Não sei o que é mais urgente, se dar de comer ou dar um banho nessa criança.

Eles riram.

– Natália, penso que devemos cuidar primeiro do estômago dele.

– Deu-lhe algo para comer?

– Se lhe contar que não lembrei... A loja encheu de pessoas querendo falar comigo, e ele ficou simplesmente brincando no chão.

– Amaro!...

Lançando um olhar de desculpas, um tanto envergonhado, ele apanhou o moleque no colo.

– Vamos, meu rapaz, lavar ao menos as mãos e o rosto antes do jantar.

Havia um estranho sentimento durante a refeição, feito de alegria e melancolia. Os dois adultos não cessavam de olhar o menino. Natália o corrigia, já na feição de mãe. Ensinava-o a usar os talheres e o guardanapo, mandava que se sentasse direito, que não falasse de boca cheia. Ela era maternal em essência. Tudo o que vinha de Natália tinha um toque de doçura e carinho. Parecia que o menino gostava daqueles conselhos e suaves reprimendas. Também ele, em seu íntimo, sentia-se em casa, em segurança, como nunca na vida. Ademais, nunca havia provado comida tão gostosa.

Natália e Amaro trocavam olhares risonhos e parecia que finalmente a família estava completa. O bebê era sempre muito quietinho e simplesmente dormia em seu cesto, ao lado da mesa.

– Romeu, você tem medo de dormir sozinho?

– Lá fora?

Havia um olhar de medo no menino.

– Não, claro que não. Há um quarto ao lado do nosso, no qual você ficará. Deixarei uma vela bem grande para iluminar seu quarto durante a noite toda. Se acordar e ficar com medo, basta que vá para nosso quarto ou mesmo que me chame. Tudo bem?

– Um quarto só para mim? Tem cama nele?

– Sim, só para você, com uma cama bem grande.

Romeu abriu um sorriso largo, como se tivesse ganhado um presente de imenso valor. Aquilo novamente despertou a compaixão dos adultos, que se olharam, imaginando o que a criança havia passado em sua vida.

Após o jantar, ficaram todos na cozinha, com Romeu envolto em um cobertor e sentado em uma ampla cadeira. O menino bocejava e piscava de sono.

– Pequenino, só vamos esperar mais um pouco e lhe darei um banho. Tenho algumas roupas em casa, que confecciono com as criadas para doar aos meninos pobres. Poderá usar algumas delas, enquanto preparo as suas. Mas hoje só precisará mesmo de um pijama.

Após um tempo, Romeu tomou o que devia ser o melhor e mais completo banho de sua vida. Natália o esfregava com vigor, em uma enorme tina cheia de água quente, sob o olhar divertido de Amaro.

– Veja essas orelhas! Parece que nunca foram lavadas na vida!

Por fim, devidamente lavado e enxugado, Romeu foi vestido com um pijama e levado para aquele que seria o seu quarto.

– É inteiro só para mim? Tão grande, tão rico?

– Sim, só para você.

A boa senhora afofou os travesseiros, colocou cobertores e enfiou o menino na cama. Amaro a tudo assistia, com o olhar entre feliz e tristonho. Encantava-se com a ingenuidade do menino. Mas também tinha um aperto estranho no peito. Por que o rapazinho sempre ficava reparando na riqueza das coisas? Devia ser um hábito dos ciganos.

– Você sabe orar?

– Orar?

– Sim. Sabe dizer o Padre-Nosso, o Santo Anjo, a Ave Maria?

– Não. Eu só ouvia falarem em Santa Sara.

– Aqui em casa somos cristãos, e você também vai ser, uma vez que é meu filho. E terá de se acostumar a orar e a ir à igreja.

Os dois pais ajoelharam-se ao lado da cama, e a senhora começou a orar lentamente e com frases espaçadas, as quais Romeu repetia. Mal terminaram a oração, e ele já ressonava, com um ar tranquilo.

Natália o observou com ternura e disse:

– É o nosso menino.

– Sim, Deus nos enviou um filho por vias estranhas. Vendo-o aí, deitado, parece algo tão certo, que sempre deveria ter sido assim.

– Tem razão.

– Você terá bastante trabalho para ensiná-lo a ter bons modos.

– Não se preocupe com isso. Lido com as crianças de rua, com os pobres meninos agregados à igreja. Não haverei de ter problema com um que reside sob meu teto. Mas não entendo por que diz que eu terei bastante trabalho. Sua parte de labuta também está garantida.

– Eu sei, mas minha parte será mais suave no começo. Depois que crescer e se instruir um pouco, pretendo levá-lo para me acompanhar nas lojas e nas visitas a entrepostos. É importante que aprenda como um homem deve se comportar, que é preciso trabalhar e ser honesto, gentil com os subalternos.

– Sim, haveremos de criá-lo como um homem de bem.

Os dois foram se deitar, mas nenhum conseguiu dormir. Experimentavam um misto de satisfação e ansiedade. Amaro se convenceu de que a ansiedade vinha da necessidade de comunicar às autoridades o que ocorrera. Mas não deveria enfrentar nenhum problema. O delegado era um antigo conhecido seu, que o respeitava muito.

Quanto a Natália, seu coração de mãe parecia um tanto pesado. Imaginava tudo o que a criança havia passado antes de ali chegar. Mas também temia. E se ele tivesse muitos maus hábitos, se tivesse aprendido esperteza e desonestidade em sua vida de viajante? Sabia como os primeiros exemplos eram importantes na formação do caráter.

Entretanto, seu olhar se dirigiu para uma grande imagem da Virgem Maria colocada em um canto do quarto. Seu coração se asserenou, enquanto orava à Virgem. A mãe sagrada haveria de secundá-la em sua tarefa. Tudo daria certo.

TENDÊNCIAS PREOCUPANTES

ASSIM COMEÇOU UMA nova fase na vida de Natália e Amaro, que envolvia a educação de um pequeno semisselvagem, a cuja disciplina ninguém se dedicara antes. Ele sempre fora relegado a um canto, sem que ninguém se ocupasse dele. Desde que não incomodasse, tudo estava bem.

Extremamente ignorante, era acostumado a nada receber, além do estritamente essencial à sobrevivência, e a nada dar. Carinho era algo completamente novo em sua vida.

No começo, notando a quantidade de coisas que recebia, foi se submetendo à disciplina de Natália, mesmo aos inevitáveis banhos. Mas era uma criatura acostumada à liberdade, de modo que costumava desaparecer durante períodos do dia. Na primeira ocorrência, sua mãe enlouquecera de desespero e fizera toda a criadagem da casa sair a sua procura.

Quando começava a anoitecer, e a pobre mãe soluçava em seu lenço, o rapazinho simplesmente chegou, com ar de que fizera a coisa mais normal do mundo: andar pela rua.

Natália não se acostumava com essas fugas, que com o tempo começaram a coincidir com os dias e horários de catecismo, de socorro aos pobres, de ir à escola.

Ela conversava longamente com o menino, que apenas lhe sorria e respondia, com ar natural:

– Mas, mãe, essas coisas são chatas!

– Querido, a gente não faz só o que quer no mundo. Veja: seu pai trabalha o dia todo. Acha que ele não preferiria estar aqui conosco?

– Mas não somos ricos?

– Pode-se dizer que somos, mas graças ao trabalho de seu pai e aos meus cuidados aqui em nossa casa.

– Qual a graça de ser rico e ter de trabalhar, viver fazendo coisas chatas e ouvindo sermões na igreja?

– A graça disso tudo você descobrirá mais tarde. É a realização da vida de uma pessoa. Estranho é andar à toa, sem projeto algum, além de bisbilhotar a vida dos outros. Você é pequeno, pouco viveu, mas eu e seu pai somos bem mais velhos. Você deve confiar em nossa experiência.

A coisa foi longa e demorada e só cessou quando a energia de Amaro entrou em cena. Nos primeiros tempos, ele deixou que a esposa disciplinasse e admoestasse Romeu. Mas ela tinha um coração doce, e o rapazola era charmoso, sabia os pontos fracos da mãe: bastava concordar com ela e dizer que a amava, que tudo se resolvia fácil.

Certo dia, Amaro chegou mais cedo do trabalho e indagou de imediato:

– Onde está Romeu?

– Não sei, querido. Deve estar fazendo suas rondas por locais inimagináveis.

– Hoje eu vou lidar com a situação.

– O que você fará?

– Espere e verá.

Passou um tempo e um tranquilo Romeu passou pela porta de entrada assoviando, como era seu costume. Já estava com seus oito anos de idade.

Ele se assustou ao ver o pai em casa. Imaginou que se atrasara muito.

– Papai!

– Onde você esteve?

– Estive passeando.

– Pediu autorização para sua mãe antes de sair?

– Não.

– Aonde foi?

– Andei pelas ruas.

– Sabe que tenho visto você em companhia de alguns moleques que se dedicam a roubar as coisas dos outros? Esses dias, a macieira da casa de dona Maria, vizinha nossa, foi depredada. Você esteve envolvido?

O menino mentia sem pudor:

– Claro que não.

– Dona Maria viu você.

Natália estava espantada.

– Amaro, por que você não me disse antes?!

– Sabe o que acontece com quem rouba? Vai para a cadeia. Agora, você vai sair comigo. Vou levá-lo à delegacia para ver o que o espera se continuar com esse hábito infeliz de apanhar o que é dos outros.

A senhora silenciou, pois estava chocada ao saber que seu tesouro andava roubando os outros.

Decidido, Amaro apanhou Romeu pelo braço e foi se encaminhando com ele para a rua.

– Estou com fome, papai.

– Não lhe fará mal algum passar um pouco de fome. Talvez até seja o caso de você se acostumar com isso.

– Por quê?

– Se continuar a nos desobedecer vou trancá-lo em seu quarto por algum tempo, comendo e bebendo bem pouco. Antes eu o prender um tempo do que as autoridades o fazerem para o resto da vida.

O menino foi andando com o pai pela rua, cheio de temores. Nunca imaginara que se sairia mal, pois seus pais eram sempre doces e o corrigiam apenas com palavras.

Ao chegar à delegacia, Amaro cumprimentou o delegado, que era seu amigo e o esperava.

– Boa tarde, Amaro.

– Boa tarde, Antônio.

– Então aqui está o pequeno trânsfuga.

– Sim, ele precisa ver o que ocorre com quem pega o que é dos outros e não obedece a leis e ordens legítimas.

– Pois então, vamos lá.

Eles entraram em um corredor cheio de celas, cujos habitantes, infelizes e barbudos, logo começaram um coro de reclamações e de chacota em cima de Romeu.

A nenhum deles ocorreu fazer o mesmo com o senhor Amaro, cujo porte imponente e semblante respeitável impunham natural deferência.

– Mas que moleque bonitinho! É nosso companheiro, vai ser preso conosco?

– O que roubou, moleque? Goiabas?

– Desobedeceu ao pai?

Eles riam e faziam comentários obscenos, tentavam puxar as roupas de Romeu, que estava apavorado. A certa altura, ele começou a chorar.

– Vamos para casa papai, por favor!

– Sim, está na hora de voltarmos. Obrigado, Antônio.

Tão logo saíram da delegacia, o sermão começou.

– Viu o que acontece com quem rouba e não tem limites? Fica preso como um animal enjaulado. Eles não começaram roubando grandes coisas, mas exatamente como você está fazendo. Antes de desobedecer a leis, desobedeceram a seus pais. Logo você será um adulto. Se continuar a fazer bobagens, ficará como eles.

O pai ainda fez um caminho tortuoso para casa, puxando um hesitante e tiritante menino. Levou-o para a periferia.

– Veja essas casas. Parecem-lhe ricas?

– Claro que não.

– Mas você gosta de coisas ricas. Seu mais constante elogio é sobre riqueza. Saiba que, para ter coisas boas, é preciso trabalhar. Não digo que quem mora nessas casas seja vagabundo. Muitos simplesmente nasceram pobres e não conseguiram sair da situação. O dever de quem nasce ou cresce em família rica é trabalhar para dar emprego a quem não tem. Essas pessoas passam fome. E passariam muito mais se não houvesse empregos, quem contratasse seus serviços, quem olhasse por elas. Está entendendo?

– Mais ou menos.

– Você está crescendo em uma família rica, mas a riqueza legítima, a que não dá cadeia nem leva para o inferno, é a que se funda no trabalho, na honestidade, na disciplina e na compaixão pelos pobres. Entendeu?

– Acho que sim.

– Espero que sim, mesmo. Ou sua vida vai ficar bem mais difícil de agora em diante.

O moleque finalmente parecia ter assimilado algo, pois abaixou a cabeça e lágrimas começaram a escorrer por suas faces.

Quando eles chegaram em casa, dona Natália os esperava. Observou o rosto choroso do filho.

– Aonde foram?

– Eu lhe apresentei a realidade. Os casebres de Vila Isabel e os presos na delegacia. Espero que ele entenda que a vida não é uma brincadeira de tirar dos outros e de nada fazer. Que há consequências.

– Creio que fez bem.

– Já deveria tê-lo feito antes, mas finalmente cansei da indisciplina desse rapazinho.

– Romeu!

– Senhor?

– Vá tomar seu banho e capriche. Lave tudo, principalmente as orelhas e o pescoço. Depois, ponha seu pijama e venha jantar conosco, pois temos mais coisas para conversar.

A partir desse evento, a vida de Romeu mudou. Sua essência continuou a mesma, mas ele passou a dissimular mais. De algum modo, sentia que sua posição não era segura. Aliás, ele era sensível à insegurança praticamente desde que nascera. Sem pai nem mãe, com temperamento rebelde, altaneiro, vivia sendo ameaçado de ser abandonado por seus tios e tias.

Para isso, colaborou uma pequena estada que fez nos armazéns. Seu pai o havia colocado para ajudar um senhor de nome João, homem linguarudo e invejoso.

Incumbia a Romeu auxiliar João a levar as mercadorias para os clientes que não as compravam em grande quantidade, mas ainda assim em volume bastante para que tivessem dificuldade com o transporte.

Eles iam conduzindo pequenos carrinhos cheios de mantimentos e mercadorias, e voltavam com eles vazios, oportunidade em que conversavam.

– Então, você passou apuro com o senhor Amaro outro dia.

– O pai é bom. Ele apenas me deu um susto. Quer que eu seja como ele, um comerciante.

– E você quer ser o quê?

– Ainda não decidi.

– Pois vou lhe dizer uma coisa. Em seu lugar, eu prestaria atenção às palavras do senhor Amaro e obedeceria a dona Natália. Sua situação é delicada.

– Por quê?

– Ora, você não é filho deles. É apenas um agregado, alguém que o senhor Amaro apanhou na rua para proteger de um destino pior.

– Eles me chamam de filho!

– Sem dúvida, mas nunca imaginaram que você seria esse grande vagabundo desobediente. A única filha legítima deles é a menina Cecília, que cresce rodeada de mimos e confortos.

– Eu também tenho conforto.

– Tem enquanto eles quiserem. Você não foi adotado, até mesmo porque não tem documentos e sempre paira a ameaça de seus tios virem buscá-lo.

– Como assim?

– Ora, seus tios são seus parentes legítimos. O senhor Amaro o trata por filho, mas ele não é seu pai de verdade, e todo mundo sabe disso. Se você começar a aprontar muito, basta que ele e a esposa o coloquem como um agregado da igreja. Ou então, ao crescer mais, como um empregado dos estabelecimentos. Aí, adeus riqueza, adeus mordomias.

Romeu ficou pensando naquilo com ar assustado, para regozijo de João, que sabia que aquilo nunca ocorreria.

DISSIMULAÇÕES

DESDE AQUELE DIA, o pequeno, que já não era tão pequeno assim, internalizou que estava sozinho no mundo. Em seu coração, cresceu a certeza de que continuava qual no tempo dos ciganos: alguém que era da família, mas podia ser dispensado a qualquer instante.

O resultado foi que sua natural dissimulação cresceu, enquanto ele buscava meios de ganhar a vida que não dependessem diretamente do senhor Amaro e de dona Natália.

Já bem mais crescido, passou a ficar bastante tempo no estabelecimento principal, pouco trabalhando, mas prestando atenção a tudo. Em especial, na hora do fechamento do estabelecimento, cuidava de estar na sala de seu pai, conversando com ele. À custa de muito prestar atenção, descobriu a senha do cofre, cuja chave sabia que o pai sempre levava no paletó.

Também começou a dar muita atenção à menina Cecília, com um calculismo que era surpreendente em alguém tão jovem. Aos 15 anos, Romeu era um protótipo da beleza morena perfeita. Seus cabelos haviam se tornado mais cacheados e eram sempre brilhantes. Troncudo, bem mais alto que o que seria de esperar para a idade. Com seus olhos charmosos, seu sorriso fascinante, passava por um homem interessante, embora ainda fosse um adolescente.

Seu pai ignorava, claro, mas ele ganhava dinheiro prestando alguns serviços íntimos a certas senhoras casadas, cuja aparência lhe agradava. Não à toa, continuava a sumir em algumas tardes da semana, embora cuidando de dissimular para seu pai e sua mãe.

A desculpa era sempre um jogo com amigos, estudar na casa de alguém... Ele havia aprendido a dissimular e se tornava naquilo um mestre.

Em uma das casas dessas senhoras, foi apresentado aos jogos de baralho. Ela já fora dona de bordel, mas conseguira se livrar daquela vida ao se casar com um senhor bem mais velho e muito rico.

Como o dito senhor viajava muito, Romeu a visitava com frequência. Com a senhora, de nome Acácia, aprendeu todos os jogos de baralho que se possam imaginar, assim como os de roleta e similares. Não apenas aprendeu a jogar, mas também a trapacear.

– Como pode você ganhar sempre de mim?

– Demorou a perceber, não é, pequeno otário?! Compare os dedos de suas mãos com os meus.

– Os seus têm pele muito mais fina! Aliás, fina demais. Como pode?

– Eu os afino com lixa, ora essa.

– Para quê?

– Repare bem nas cartas que uso.

Romeu olhou detidamente as cartas e finalmente apontou:

– Elas são marcadas!

– Claro que são. Eu só perco partidas baixas, para não despertar a atenção. Sempre ganho as partidas altas. As cartas são marcadas para serem percebidas apenas por mãos e dedos finos como os meus, não por dedões como os seus, que vivem puxando carrinhos pela rua.

– Mas isso é injusto!

– O mundo é injusto. Conforme-se com isso.

Embora tenha experimentado indignação, Romeu logo tratou de se mostrar um mestre na arte do jogo e da trapaça.

Além disso, cuidava de seduzir a pequena Cecília. Ela o olhava como ao ser mais perfeito do mundo. Uma vez que não eram irmãos de verdade, ele havia decidido que se casariam. Faria com que ela ficasse completamente apaixonada. Se ainda assim os pais recusassem a união, iria engravidá-la. Aí não teriam como se opor.

A par de todos esses planos e baixezas, ele tinha um genuíno sentimento de carinho por Natália, Amaro e Cecília. É que nele o afeto era desvirtuado, fundado em egoísmo. Sua primeira infância de insegurança o marcara para sempre. Somando-se a isso, o discurso de João havia sido o bastante para ele concluir que precisava cuidar sozinho de seu futuro.

Um problema nos planos de Romeu era a perspicácia de Amaro. Era como se o pai o conhecesse profundamente, pois praticamente lhe adivinhava os pensamentos e notava que o jovem tinha mais dinheiro do que seria razoável, percebia seus olhares dissimulados e correspondidos por muitas senhoras casadas.

O pai não se cansava de ir prevenindo Romeu, de aconselhá-lo, de guiá-lo com uma segurança que era plena de intuição. Não era a primeira vez que ele educava Romeu, pois, no curso dos séculos, essa posição fora frequente entre eles, nos mais variados contextos. Amaro já fora até o abade de um mosteiro no qual Romeu fora noviço. Apenas por intervenção do bondoso senhor, que queria ao mais moço com um afeto de pai, que o jovem não fora expulso do ambiente santo, tal a sua rebeldia, sua aversão à disciplina e sua dissimulação.

Desse modo, não faltavam a Amaro preparo moral nem experiências anteriores, que funcionavam como intuição a guiá-lo na educação daquele ser.

Romeu, por seu turno, sentia-se perseguido e não duvidava de que Amaro tivesse espiões ou fosse dotado de poderes sobrenaturais.

Como ele o atrapalhava em seus projetos! Foram incontáveis as vezes em que, na hora de sair para um encontro rendoso, no meio da tarde, fora interceptado pelo pai.

– Aonde vai, Romeu?

– Um amigo meu está doente. Pensei em dar uma passadinha na casa dele para ver se precisa de algo.

– Qual amigo?

– O Josué.

– Nunca ouvi falar dele.

– Nunca veio aqui nem foi lá em casa.

– Fazer o bem é sempre uma boa ideia. Mas façamos o seguinte. Agora preciso de sua ajuda com algumas mercadorias que chegaram e devem ser separadas. À tarde, na hora da saída, irei com você. Gosto de conhecer seus amigos. Se ele estiver passando necessidades, cuidaremos disso juntos.

Sem ter o que fazer, Romeu sempre abaixava a cabeça para esconder um olhar de fúria e concordar. O problema depois era conseguir mandar recado para um de seus amigos passar ali e avisar que o inexistente Josué havia viajado para se tratar.

Era um jogo de enganação dupla. Romeu mentia descaradamente, inventava planos e mais planos. Amaro, na medida do possível, ia atrapalhando e se fazendo de tolo.

Fazia isso, pois não queria uma briga de verdade com Romeu. Sabia que o filho, embora apegado ao conforto de sua casa, era muito cioso da própria liberdade. Poderia se rebelar e ir procurar seu povo.

Nada indicava isso, mas era um temor do coração de pai daquela alma generosa. Em realidade, Romeu queria era garantir uma boa situação material. Jamais voltaria à situação de sua infância, caso pudesse evitar. Andar de carroça, tomar banho de quando em quando, ao passar por um riacho, usar roupas velhas... Não, ele queria o melhor de tudo: a abastança de sua vida atual e a liberdade dos tempos idos.

Ademais, seu coração por vezes se enternecia ao olhar a cabeça do pai, cujos cabelos começavam a encanecer. Sabia que deveria ajudá-lo mais, mas não gostava de trabalhar.

Em sua esperteza, foi concluindo que enganava pouco seu pai e que este o percebia exatamente como era. Isso foi como uma luz que começou a brilhar em sua mente. Se queria facilitar sua união com Cecília, precisava mudar seus hábitos diurnos. Os prazeres, as aventuras e os jogos teriam de ficar para o período noturno.

Foi assim que, lá pelos seus vinte e três anos, Romeu pareceu tomar juízo e começou a trabalhar de verdade.

O pai olhava aquilo com uma incredulidade muito bem fundada. Tinha esperança de que seus conselhos tivessem surtido efeito, mas não tinha tanta certeza assim.

O rapaz também começou a ficar em casa à noite, ao menos até a família ir deitar-se. Então, pulava a janela do quarto e saía para seus prazeres.

Nesses serões noturnos, ele começou a dar mais e mais atenção a Cecília. Tratava-se de uma moça de seus dezoito anos, romântica e ingênua. Educada pela virtuosa Natália, a quem acompanhava em seus atos de caridade, a filha lançava ao mundo um olhar crente, bondoso e gentil.

Ela só tinha uma característica não muito visível: era passional. Disfarçava isso, pois tinha receio de que os pais a mandassem passar algum período em um convento, a fim de se tornar mais calma e menos carnal.

Ela experimentava uma forte paixão por Romeu, que cuidava de alimentar isso, com frequentes trocas de olhares quando os pais não estavam presentes, com as repetidas vezes em que retinha as mãos dela nas suas, beijando-lhe as pontas dos dedos.

A moça, sensual, estremecia e estava segura de que ali estava o homem de sua vida. Mas será que os pais permitiriam o casamento? Sabia que eles não ligavam para a falta de fortuna de Romeu, nem mesmo para seu passado exótico. Mas consideravam que eles eram praticamente irmãos e talvez levassem esse pensamento longe demais.

As brincadeiras de pegar na mão e largar, de dedos roçando dedos, de carícias nos cabelos foram crescendo. Chegou um momento em que começaram a trocar beijos apaixonados no bosque que havia atrás da ampla residência.

Nenhum dos dois pensava na deslealdade que aquilo representava para com o casal que lhes tutelava a existência.

– Ai, Cecília, não aguento mais continuar assim. Vamos falar com nossos pais para nos casarmos logo!

– Sei que precisamos falar. Mas veja: você os tratou de nossos pais. É assim que eles consideram a situação. Acho que não nos deixarão casar. Sem falar no escândalo que será na cidade.

– Deixe que falem. Todo mundo tem seus segredos. Se todos fossem revelados, ninguém mais teria coragem de se olhar nos olhos.

– Tenho medo.

– Vamos falar hoje à noite.

– Eu prefiro que falemos quando já estivermos mais garantidos.

– Como assim?

– Espere-me em seu quarto hoje à noite. Amanhã, depois que você e papai saírem para trabalhar, eu mostrarei o lençol manchado para mamãe, e eles serão forçados a nos deixar casar.

– E se a colocarem em um convento?

– Eles nos amam sinceramente. Ficarão chocados em um primeiro momento, mas querem nossa felicidade. Gostarão de ver os netos crescendo aqui em casa.

O casal ainda permaneceu com um namoro permissivo demais pelo que restou da tarde.

À noite, o jantar foi extremamente silencioso. Amaro, sensível a tudo que se referia a Romeu, indagou:

– Por que você está tão quieto? O que fez hoje?

Constrangidamente, Romeu deu um pulo na cadeira e corou, o que era extremamente raro para alguém tão articulado.

– Nada. Andei por aí apenas.

Amaro olhou para Cecília e notou que ela parecia diferente. Era uma loira delicada, e os carinhos avançados haviam deixado seus lábios vermelhos, um pouco inchados. Mesmo porque, à época, Romeu usava um farto bigode.

– E a senhorita, o que fez?

– Fiquei em casa, como sempre faço.

– Você está diferente.

– Imagine, impressão sua, papai.

Mas também a mãe estava de olho na menina e achou que havia nela algo esquisito. O silêncio na mesa chamava a atenção.

Finalmente, chegou a hora de todos irem dormir. A casa era construída de modo que o corredor que continha a porta de entrada de todos os quartos era único e começava na sala de jantar.

Após matutar um pouco, enquanto todos se preparavam para ir repousar, Amaro disse:

– Vou ficar mais um pouco aqui, dando uma olhada na contabilidade.

– Por que não faz isso em seu escritório?

– Não. Hoje eu quero fazer aqui. Está quente e esta sala é mais arejada.

Ao dizer aquilo, deu uma olhada para os dois jovens e notou o que eles mais gostariam de esconder. De repente, anunciou uma mudança de ideia.

– Pensando bem, estou cansado demais. Vou deitar-me já.

Todos foram para seus quartos.

Logo que entrou em seu quarto, Amaro fechou a porta e lançou um olhar peculiar a Natália.

– Acho que temos um grande problema aqui em casa. Parece que nossos filhos não se tratam como irmãos. Creio haver algo estranho entre eles.

Natália colocou a mão no peito.

– Meu Deus! Acha que estão faltando com o respeito a nosso lar?

– Não sei em que pé estão as coisas, mas creio que daqui a pouco iremos descobrir. Fiquemos em silêncio.

O dito silêncio prolongou-se um bom tempo até que leves passos e um ruído muito baixo, produzido por um abrir e fechar de portas extremamente cauteloso, fossem ouvidos.

O rosto de Natália retratava a desolação de uma mãe que criou os próprios filhos dando o melhor de si e entendia que algo muito vergonhoso ocorria entre eles. Fez menção de abrir a porta do quarto, mas Amaro a interrompeu, falando baixinho.

– Aguardemos uns instantes. Se entrarmos agora, eles podem dizer que estão simplesmente conversando.

– E não seria mesmo só isso?

Uma repentina esperança surgira no rosto daquele exemplo de mãe.

– Você reparou nos lábios e nas faces de Cecília, hoje? Acho que sinalizam algo bem diferente do que uma conversa entre irmãos. Se ela estivesse enamorada de alguém que merecesse nossa aprovação, as coisas seriam diferentes. Teria falado conosco antes, o próprio rapaz teria vindo falar comigo. E já viu alguma vez antes Romeu ficar sem jeito, sem ter o que dizer?

A mãe se calou. Pouco tempo depois, ambos saíram silenciosamente de seu quarto, viram que a porta do quarto de Cecília estava aberta e que ali tudo estava escuro. Contudo, a porta do aposento de Romeu estava fechada, e uma leve luz se percebia por baixo dela. Dali vinham murmúrios muito preocupantes.

PAIS DESOLADOS

AMARO OLHOU PARA o alto, como que pedindo auxílio divino, sabedoria, inspiração e, decidido, abriu a porta do quarto de Romeu. A cena vista foi constrangedora, pois ambos já estavam despidos da cintura para cima.

Cecília estava muito enlevada para perceber algo que não fosse Romeu, mas ele notou o abrir da porta e bradou ao ver o pai entrar, logo seguido da mãe:

– Papai!

– O que se passa aqui? Acham que nossa casa é um bordel? Pensam que podem desrespeitar nosso lar, nossa honradez e nossa autoridade assim?

Cecília imediatamente pulara e tentava sem muito sucesso recompor as próprias roupas.

– Componham-se os dois, já. E venham para a sala de jantar para termos uma conversa.

Os pobres pais se encaminharam para o amplo aposento, trataram de iluminá-lo e logo viram chegar, de mãos dadas, seus filhos.

– Sentem-se aqui, de frente para nós, e olhem-nos nos olhos, com o respeito que merecemos.

Instintivamente os dois jovens largaram as mãos um do outro, coisa que haviam combinado de não fazer.

– Desde quando esse despudor está acontecendo?

Romeu e Cecília se olharam e hesitaram.

A voz de Amaro era cortante e havia nela uma estranha autoridade.

– Proíbo-os de mentirem para nós. Somos seus pais, merecemos seu respeito. Agora é a hora da verdade. Alguma vez mentimos para vocês?

Meio a contragosto, Romeu olhou nos fundos dos olhos de Amaro e sentiu o coração ficar apertado. Contrariado, sentiu-se pequeno, vil. Estranhamente, intuiu que já vivera aquele instante inúmeras vezes. Já decepcionara terrivelmente aquele homem tão digno, que se apresentava como seu pai. Seus olhos brilharam com lágrimas não derramadas e resolveu falar a verdade.

– Hoje seria a primeira vez. Estamos nos cortejando escondidos há alguns meses. Hoje eu disse a Cecília que iria pedir a permissão do senhor e da mamãe para nos casarmos. Mas ela achou que talvez proibissem, por nos considerarem como filhos, consequentemente como se fôssemos irmãos de verdade.

– E não foram realmente criados como irmãos? Alguma vez fizemos algo que demonstrasse o contrário? Cite, se tiver coragem, olhando nos meus olhos, um lance qualquer em que meu proceder em relação a você não tenha sido o de um pai que quer ver o filho crescer como um homem honrado.

– Não posso, o senhor e a mamãe nunca me maltrataram.

– Entretanto, decidiram virar amantes, já que não poderiam se casar? Acharam que nossa casa abrigaria semelhante vergonha?

– Não. Pensamos em lhes contar amanhã, após termos dormido juntos. Aí teriam de aceitar.

– Teríamos de aceitar?! Interessante. Os termos do que ocorre na casa agora são ditados por vocês!

Natália interveio, com o rosto lavado de lágrimas.

– Por Deus, meus filhos, não pensaram no que isso representaria para nós? O malogro de toda a educação que lhes demos. Nunca pensei em semelhante coisa: meus filhos serem amantes.

Cecília de repente pareceu criar coragem.

– Mamãe, papai, peço que nos perdoem. A ideia foi minha; Romeu apenas concordou com ela. Em minha idiotice, sem pensar nos senhores, mas apenas em mim, eu queria garantir meu casamento. Eu quero me casar com Romeu. Amo-o há muito tempo. Sempre o amei, e não como a um irmão. E ele não é realmente meu irmão. Apenas foi criado comigo. Vocês o amam. Ele pode ser meu marido sem que isso signifique qualquer vergonha ou pecado.

– Não lhe passou pela cabeça, antes de planejar se entregar fora do casamento, em falar comigo? Sempre achei que fosse minha amiga.

– A senhora é minha amiga. Mas eu amo Romeu, não sei viver sem ele, não quero viver sem ele.

Dito isso, começou a soluçar alto, tremendo muito, em uma espécie de ataque que não passava.

O choro não cessava, mas Amaro era um homem forte, firme e decidido. Jamais deixaria de fazer o que achava correto com base em chantagem emocional. Em sua mente era assim que as coisas se encaixavam: era preciso amar a Deus sobre todas as coisas. Isso implicava acima de tudo que se fosse correto e generoso. Nessas condições, devia-se amar ao próximo, cuidar dele. O amor ao próximo nunca podia justificar a falta de vergonha ou a fraqueza.

Cecília foi encaminhada a seu quarto, e a mãe se deitou com ela, para ali passar a noite.

Enquanto isso, Romeu e Amaro permaneceram na grande sala de jantar, olhando-se. Não havia exatamente surpresa em nenhum deles. Era como se fossem velhos conhecidos, para além do tempo. O pai sabia o que podia esperar do filho, que não desconhecia o pai que tinha.

– Romeu, a questão é séria. Você não está brincando com uma de suas amigas da noite, com essas mulheres casadas que não se dão ao respeito. Está tratando com sua própria família. Exijo que seja sincero comigo.

– Eu serei, papai.

– Por que quer se casar com Cecília?

– Eu gosto dela e acho que será bom para todos.

– Você gosta, mas não a ama.

– Francamente, fora o senhor, creio que não amo ninguém. Eu não consigo amar, não sei o que é isso. Apenas o senhor me inspira algo profundo, que nem saberia nominar. De mamãe também eu gosto, respeito-a, sou grato pelo que fez comigo. Estou com quase 24 anos, é época de me casar. Por que não com Cecília?

– Tem medo de ficar sem dinheiro, de que, ao morrer, eu não lhe deixe nada?

Romeu corou, pois era verdade, e silenciou.

– Isso não vai ocorrer. Ainda não percebeu que o quero como a um filho?

– Mas não confia em mim...

– E eu deveria confiar? Acha que sou tolo? Que não sei de suas saídas noturnas, de sua fama de quem ganha demais no jogo? Em que horas poderia jogar, se não esperasse que dormíssemos para sair pela noite?

– Eu sou um homem. Isso não me denigre.

– Para nossa sociedade, talvez não o denigra mesmo. Mas eu o preferiria em casa, dormindo para trabalhar firme no dia seguinte. Somos ricos, não precisa manter esse tipo de hábito. E ainda há suas mulheres...

– São elas que me buscam.

– Não estou bem certo disso. De todo modo, sabe que são casadas e que está cometendo adultério. É um pecado grave. Isso sem falar em sua presença no clube noturno.

– Mas o senhor sabe de tudo mesmo. Que coisa! Anda me espionando?

– Não preciso disso. Somos conhecidos na cidade, e meus parceiros de negócios me contam o que ocorre. De todo modo, você é bem ingênuo se acha que nunca acordo à noite e dou uma volta pela casa. É bem raro encontrá-lo em sua cama.

– É a minha natureza. Sou cigano.

– A natureza é feita de hábitos. Deve mudar os seus.

– Acha que consigo?

– Se quiser com firmeza, acho que sim.

– Quer-me como a um filho, acha que posso mudar, mas não me acha bom o bastante para ser marido de Cecília.

– Não é uma questão de ser bom o bastante, mas de entender que vocês não combinam. Não reparou como ela é romântica, ingênua, passional? Tem expectativas que talvez você não atenda. Você tem esse espírito livre. Como acha que ficarão as coisas em nossa família, caso comece a trair aquela com quem foi criado?

– Eu posso prometer que cuidarei dela, que me comportarei.

– E cumpriria a promessa?

Romeu olhou longamente para Amaro, e seu coração falhou uma batida. Entendeu pela conversa que talvez fosse a causa de uma tragédia na vida daquele homem que lhe inspirava algo único: respeito e amor. Mas ele queria se casar com Cecília e herdar tudo quando os pais morressem.

– Sim.

– Você sabe da fragilidade emocional de Cecília. Teve um exemplo nesta noite. Ela dependerá bastante de você. Terá de cuidar dela, especialmente depois que eu e sua mãe não estivermos mais aqui.

– Pode deixar comigo.

– Já vi que estão decididos mesmo a fazer o que considero um grave equívoco. Não tenho como mantê-los separados e não posso admitir indignidades em nosso lar. Assim, concordo com o matrimônio, mas com algumas condições.

– Quais?

– Você respeitará Cecília, não a tornará sua amante. Esperará o casamento, como todo homem decente faz em relação à mulher que ama.

– Está certo.

– Durante um ano eu o observarei, e você se comportará com dignidade, sem escapadas, sem jogatinas, sem adultérios, sem clube noturno. Quero ver se consegue. Se, durante esse ano, trabalhar duro e se mostrar confiável, providenciarei uma casa para vocês e marcaremos a cerimônia.

– Um ano é bastante tempo, mas eu concordo.

Havia tristeza em Amaro quando ele apertou a mão de seu filho naquela noite. Sabia que estava fazendo o menos pior, mas temia pelo futuro.

Após o filho deitar-se, o bom homem chamou sua esposa, que chorava baixinho no quarto da filha. Cecília dormia como se nada tivesse acontecido.

Inteirada dos planos, Natália, colocou a mão no coração.

– Meu Deus, Amaro! Concordou com o casamento de nossos filhos?

– Nunca pudemos adotar formalmente Romeu, de modo que não é realmente nosso filho, nem perante a natureza, nem perante a lei. Apenas em nossos corações ele é amado e considerado assim.

– Mas por que concordar com isso?

– Se negarmos, o que eles farão? Não podemos trancar Cecília em um quarto para sempre. Também não gostaria de infelicitá-la ao lhe impor uma vocação religiosa que não possui. Eles acabariam consumando o plano insano que nesta noite impedimos.

– É tudo tão triste.

– Realmente, nunca pensei que isso pudesse ocorrer. Mas resolveremos do melhor modo possível. Durante um ano, manterei Romeu na rédea curta, sem admitir um passo em falso. Quanto a você, terá de manter conversa semelhante com nossa filha. Diga-lhe que não nos cubra de vergonha e que saiba esperar.

– Farei isso.

Tristemente, os dois se encaminharam para seu quarto, mas nenhum conseguiu dormir.

No dia seguinte, Amaro levantou-se muito cedo, acordou Romeu e saiu com ele rumo à sede de seus empreendimentos.

Quando Cecília acordou, percebeu que a casa estava mais silenciosa do que de hábito. É que as faces inchadas de chorar de dona Natália não passaram despercebidas pelas servas, e todas estavam impressionadas com aquilo. A senhora era amada e respeitada demais. Indagada a respeito do que havia ocorrido, esquivara-se.

Ao notar as faces da mãe e o silêncio em que as servas trabalhavam, Cecília sentiu um aperto no coração: ela infelicitava a mulher a quem tanto admirava. Pois era uma verdade, dona Natália era mesmo admirável. Organizada, trabalhadora, generosa, afetuosa, preocupada com os menos favorecidos, religiosa e, além de tudo, alegre. Aquelas faces inchadas e tristes deviam-se a ela, Cecília. A moça sentiu um profundo remorso, mas se lembrou de Romeu e ficou dividida. Gostaria de agradar a seus pais, mas amava o rapaz, que representava o seu ideal de homem.

Ela entrou na cozinha com delicadeza, quase como se caminhasse na ponta dos pés.

– Bom dia!

Todos a cumprimentaram, incluindo a mãe, que fazia a massa para alguns pães. Era dia de caridade na casa e após o almoço várias mães de família ali compareceriam para receber muitas coisas de que necessitavam.

Após Cecília se alimentar, dona Natália se dirigiu a ela pela primeira vez de modo direto.

– Venha me ajudar em meu quarto. Tenho algumas costuras lá.

Suspirando fundo, a moça seguiu a mãe.

A senhora aguardou que a filha entrasse no quarto, fechou a porta e foi se sentar em uma cadeira confortável que ali havia. A jovem fez menção de sentar-se em outra, mas a mãe fez algo inédito na história da convivência das duas.

– Não. Hoje você fica em pé.

A moça arregalou os olhos.

– Cecília, sempre a tratei mais como amiga do que como mãe. Talvez tenha sido indulgente demais com você, com suas pequenas manhas, sua tendência a achar que o mundo gira a sua volta. Creditava isso a sua mocidade e até chegava a me divertir com seus dramas. Pensava para quem você estava representando. Sempre acreditei que havia confiança e cumplicidade entre nós.

– Mas há, mamãe!

– Se houvesse, você não teria decidido se tornar amante de um homem sob nosso teto, enquanto eu e seu pai dormíamos no quarto ao lado.

– Mas seria com Romeu, mamãe.

– Pouco importa. Ou talvez seja até mais grave. Não fosse o tirocínio de seu pai, e teríamos ambos sido traídos em nossa confiança por aqueles que sempre consideramos como nosso bem mais precioso. Então, hoje eu não lhe falo como sua amiga, que continuo sendo. Eu lhe falo como mãe e quero que preste muita atenção às minhas palavras.

Havia uma seriedade e uma autoridade verdadeiramente inéditas na voz e na postura de dona Natália. Era evidente que a filha jamais esperara ter esse tipo de conversa com ela, nunca a vira daquela forma, firme. A mãe sempre se impusera pela doçura, pelos argumentos suaves. Agora, falava com energia, sua voz não tremia. Havia nela algo diferente, que a filha jamais imaginara existir. Possivelmente, a natural bondade da mãe lhe tivesse ocultado esse lado, não a deixara ver como se tratava de uma mulher forte, que ombreava o marido em qualidades.

A jovem, com os olhos arregalados e uma impressão assustada, ficou em pé em frente da mãe, sem saber onde pôr as mãos. Diante de toda aquela força serena, viu-se de repente como era: cheia de impaciências e de pequenas manias, moralmente frágil. Por um momento, temeu ser enviada a um convento para o resto da vida.

A mãe soube ler em seu semblante e foi direta e clara.

– Não, não tema isso. Não planejamos afastá-la de nós, ao menos não neste momento. Apesar da decepção que nos causou, seu pai decidiu que devemos anuir a seu projeto de casamento.

A moça deu um salto de alegria, mas, ante o olhar severo da mãe, tratou de se compor imediatamente.

– Não tenho muita certeza de que essa união será feliz, pois vocês dois são muito diferentes.

A moça começou a falar, mas a mãe a fez calar com um gesto.

– Você é frágil e dependente, com suas manias e dramas, enquanto Romeu é muito livre, também com seus vícios. Você possivelmente não sabe, mas ele costuma sair à noite para jogar. Já teve casos com várias mulheres casadas. Enfim, a sinceridade não é uma grande virtude dele. Como também não é sua.

O olhar da jovem era de espanto.

– Seu pai exigiu mudança de comportamento de Romeu. Por um ano, ele se comportará como deve, sem saídas noturnas, sem jogos estranhos. Quanto a você, irá se comportar com modéstia e razoabilidade. Não quero mais saber de seus dramas. Não permitirá intimidades indevidas a seu futuro marido. Em suma, demonstrará que merece nossa confiança e que está madura para o projeto de constituir uma família.

– Um ano?

– Sim, um ano. Talvez lhe pareça bastante, mas não é. Cecília, a vida nem sempre ocorre como esperamos. Eu sempre sonhei com uma família grande. Juntamente com seu pai, esperávamos ter muitos filhos. Mas se passaram dez anos de nosso casamento até você nascer, e eu nunca mais concebi. Você não ignora que meus pais morreram quando eu ainda era criança e que fui educada por minha tia Adelaide. Sou grata a ela por ter me abrigado, quando eu tinha menos de dez anos. Oro constantemente pela alma dela e a agradeço sinceramente pelo apoio que me deu. Sem ela, onde eu estaria? Mas o que nunca lhe contei é que eu era pouco mais do que uma serva na casa de titia. Cresci aprendendo a servir, a ser a última entre todos os meus primos.

– Por que a senhora nunca me falou isso?

– Porque pareceria que estava reclamando, fazendo drama, coisa que não me agrada. Também não queria macular a imagem de tia Adelaide para você.

– Mas a senhora cuidou dela com tanto carinho quando ficou doente e meus tios alegaram que suas esposas não tinham talento para cuidar de doentes. E todos já tinham recebido sua herança antecipadamente!

– Sim, cuidei dela com gosto e carinho e não me arrependo nem acho que fiz grande coisa. Era o meu dever, e o dever sempre vem antes do prazer. E na verdade eu tive prazer em cuidar dela. Foi bom para nós duas. Sei que ela terminou a vida me amando e respeitando, e isso é o mais importante.

– Meu Deus, mamãe, jamais imaginaria algo assim.

– Você talvez lance à vida um olhar ingênuo demais. Em suma, sabendo um pouco mais de minha vida, talvez entenda como uma mulher cristã deve se comportar. É preciso ser firme perante as intempéries da vida. Nem tudo são flores, embora as graças costumem ser grandes. Deus é um pai bondoso. Ele não nos testa além de nossa capacidade. Lembre-se de que Jesus morreu na cruz. Diante disso, não podemos esperar um caminho ornamentado com rosas para passarmos.

Cecília não tinha muito a dizer. Compreendia em um relance que sua mãe era muito melhor e mais forte do que supusera. Na verdade, sempre considerara como uma forma de ocupar o tempo o hábito das longas orações, das missas constantes, das visitas aos doentes, dos cuidados com os pobres em geral e com as crianças em particular. E como um modo de ganhar elogios. No fundo de seu coração, achava que só por vaidade alguém trabalharia tanto quanto sua mãe, sendo rica como era. Agora, sob uma luz nova, entendia o carinho com que ela tratava as crianças pobres e especialmente as órfãs. Era tão dedicada, pois sabia o que elas viviam. Cecília sabia que sua mãe tinha ficado órfã. Mas, como tia Adelaide fora rica, antes de passar os bens aos filhos, a jovem imaginava que a vida da mãe tinha sido fácil.

– Cecília, não abaixe os olhos. Olhe para mim.

A ordem foi imediatamente atendida.

– Você irá se comportar durante um ano ou eu jamais consentirei com seu casamento. Não premiarei a falta de vergonha e de disciplina. Se necessário, irei mandá-la para viver com nossos parentes na França. Não a condenarei ao claustro, mas você precisa criar juízo e responsabilidade. É uma mulher cristã, deve comportar-se como tal.

– Sim, mamãe.

– Não pense em driblar minhas ordens e conseguir com seu pai o que não puder ter comigo. Eu o farei ciente de minha vontade. Não costumo me impor. Entendo que seu pai é o chefe da família e é um homem bom e honrado, muito razoável. Contudo, nesse assunto, farei minha vontade preponderar. Ele não se oporá frontalmente a mim, não me dará esse desgosto.

Aquilo era verdade, e Cecília o sabia. Com os olhos rasos d'água, ela se aproximou da mãe, ajoelhou-se em frente a ela, pegou-lhe as mãos, beijou-as e mirou os olhos da boa senhora.

– Mamãe, eu lhe prometo que não a envergonharei. Após tudo o que ocorreu, o que a senhora me contou, entendo quão lamentável tem sido o meu comportamento. De hoje em diante, serei outra mulher. Mas, por favor, não deixe de ser minha amiga.

– Nunca conseguiria deixar de amá-la ternamente. Mas é justamente por amá-la que devo conduzi-la pelo caminho reto da dignidade.

AULAS DE DIGNIDADE

COMEÇOU UM PERÍODO um pouco diferente na vida dos jovens, que passaram a namorar exclusivamente na frente dos pais, seguindo todas as regras de decoro. Pela vez primeira, eles entendiam quão severos Natália e Amaro podiam ser.

O pai acordava Romeu bem cedo, muito antes do habitual, e o levava para todo lado o dia inteiro. O rapaz virou uma espécie de sombra do pai, sendo reclamado a qualquer instante em que pensava em se afastar. Não lhe sobrava tempo para fugas no correr do dia nem para conversas ociosas que eram tão de seu gosto. Ele era uma figura simpática, muito querido por todos, em razão de seu bom humor, mas sempre fora considerado um preguiçoso. Pela primeira vez, trabalhava mesmo o dia todo. E entendia o quão laborioso seu pai era, com quantas coisas se ocupava e como era bom, generoso. Além de cuidar dos empreendimentos, que não eram poucos e não se situavam exclusivamente na cidade da sede, Amaro costumava visitar colonos doentes e seus antigos empregados que se encontravam velhos demais para trabalhar.

Suas saídas durante a tarde, que Romeu muitas vezes interpretara maliciosamente, eram para fazer essas visitas caritativas. Sempre saía carregado e voltava de mãos vazias, mas com o semblante pleno de alegria. O mesmo não se dava com o rapaz, que nem por isso deixava de se impressionar com a energia e a bondade do pai.

Em seu íntimo, Romeu comparava a própria realidade - seus gostos, o que apreciava fazer, como se cansava à toa, salvo quando na vadiagem - com o que seu pai mostrava ser e fazer. Isso o levava a se sentir pequeno e envergonhado.

Levianamente, contudo, pensava que as pessoas eram diferentes: seu pai nascera assim; entretanto, ele, por sua vez, tinha a natureza de um cigano. Cuidaria de aproveitar o melhor dos dois lados de sua existência. Sua natureza o faria gozar a vida ao máximo, enquanto a proximidade de seu pai e o legado que dele receberia lhe garantiriam conforto até o final de seus dias.

Pretendia ser um bom esposo para Cecília; porém, logo no dia seguinte à conversa com o pai, começara a refletir que nunca conseguiria ser fiel. A vida familiar era muito aborrecida. Aqueles serões, com a mãe bordando, Cecília tocando piano, o pai lendo ou cuidando da contabilidade, eram um castigo de tão tediosos.

Preferia mil vezes o clube noturno, as noitadas galantes, os jogos, a emoção das apostas.

Durante aquele ano, iria se comportar, dando escapadas mínimas. E realmente assim o fez. Durante a semana, era um exemplo de homem de família. Trabalhava, ficava em casa, lia, dormia e se deitava cedo. Não se arriscava a dar uma escapulida noturna. Primeiro, pelo receio de que o pai vistoriasse seu quarto. Segundo, porque, se fosse visto no clube noturno ou pelas ruas por algum conhecido ou parceiro de negócios de seu pai, tudo estaria perdido.

Pensava como era estranho aquilo. Vários dos homens com quem seu pai fazia negócios, incluídos alguns de seus empregados, tinham vida noturna questionável, deixando a família em casa. Seu pai não se incomodava com aquilo, apenas exigia honestidade e trabalho.

Já dele, parecia querer a santidade, o que chegava a revoltá-lo. O moço não percebia que Amaro não era responsável pela educação moral de toda a cidade, nem assumia ares de santarrão. Tanto que a maior parte de seus atos de bondade era feita de modo extremamente discreto. Entretanto, Amaro era o responsável pela educação de Romeu e Cecília e pretendia transformá-los em adultos com responsabilidade e decência, em cristãos, com bons costumes e bom coração.

A única coisa que Romeu conseguia fazer era sair para passear com alguns amigos no domingo à tarde. Era algo que o pai não podia impedir. O que Amaro não sabia era que o tal passeio tinha por destino casas de mulheres cujos maridos estavam ausentes. Era o jeito que Romeu, extremamente sensual, encontrara para viver aquele ano de namoro casto e discreto com Cecília. Além de tudo, com isso sempre ganhava algumas gratificações, as quais guardava em um esconderijo bem preparado. Cuidava para que o pai não visse sinal de nenhum dinheiro a mais do que ele ganhava trabalhando.

Romeu, além de sensual e preguiçoso, apreciador da vida boêmia, era apaixonado por dinheiro. O período da infância, em que vivera de um local para o outro, por vezes nem sempre sendo alimentado a contento, usando roupas velhas dos outros, fazia-o muito mais do que entender o valor do dinheiro, mas a supervalorizá-lo.

Quanto a Cecília, sua vida com a mãe também foi mais árdua. Natália, entendendo finamente as fraquezas morais da filha, que muitas vezes vira como pequenas bobagens, dedicava-se a educá-la.

Não permitia fugas e levava a moça para visitar doentes em hospitais, cuidar dos agregados da igreja, acompanhar a vida de pobres viúvas que viviam nos casebres. Também a fazia acompanhar todas as atividades da casa.

Cecília sempre imaginara que, após se casar, contrataria alguma governanta e se dedicaria apenas ao marido e aos filhos. Sonhava com a maternidade com enlevo.

Contudo, aquele amor parecia destinar-se apenas aos filhos que anelava ter. Cuidava de não mostrar desagrado, mas não achava muita graça em toda aquela assistência, no contato com tanta gente feia e malcheirosa.

Por que sua mãe não mandava as servas fazerem aquele serviço? Por que não empregava uma governanta ou secretária a quem pudesse delegar as contas, fiscalizar o que era gasto, definir se necessário ou não? Ela tinha várias empregadas, mas parecia onipresente, pois todas as decisões importantes eram tomadas por ela.

Cecília também era sensual e, após ter sua libido despertada por meses de namoro indecoroso, ressentia-se de viver tão recatadamente. Não fosse o respeito que tinha aos pais, e mesmo o medo de que eles descobrissem, daria um jeito de se encontrar com Romeu em algum lugar.

Afinal, à medida que os meses passavam, e o final do dito ano de prova terminava, ela pensava que o pior que poderia acontecer era ela ficar grávida. Entretanto, isso só seria conhecido após seu matrimônio, de modo que não via possibilidade de grande prejuízo.

Enfim, ambos os jovens receberam o melhor exemplo possível de seus pais, participaram das atividades mais respeitáveis, ouviram os melhores conselhos. Mais do que isso não poderia ser feito para a educação moral de ambos.

Além de terem sido sempre bem-criados, a partir do momento em que se revelaram tão egoístas e moralmente frágeis, receberam um curso intensivo de vida reta, digna e compassiva.

Para isso, não faltou o auxílio de padre Renato, que foi informado por Amaro de tudo o que ocorria e se encarregara de auxiliar os pais em tão nobre tarefa.

Não poucas vezes, Romeu e Cecília, separadamente ou em conjunto, tiveram longas conversas com o bom sacerdote na casa paroquial e mesmo na residência da família deles. Afinal, os pais eram piedosos e mantinham estreita relação com o padre.

O MATRIMÔNIO

FINALMENTE, O PERÍODO de prova se esgotou e decidiu-se que os jovens poderiam se casar. Após as formalidades de praxe, em uma tarde de sábado, a residência dos Silveira se engalanou para a recepção.

Romeu entrou com Natália na igreja, diante de toda a gente importante da cidade.

Não deixou de haver certo falatório sobre irmãos que se casavam, mas afinal não eram irmãos de verdade. Eles apenas foram criados na mesma casa. Ademais, a fama de correção e sobriedade de Natália e Amaro era muito grande para que alguma sugestão maldosa realmente parecesse empolgante.

Cecília, emocionadíssima, com os olhos marejados, entrou na igreja de braço dado com Amaro, sentindo que realizava seu sonho maior.

O pai tentava aparentar alegria, mas no fundo lamentava aquela união. Fazia o possível para manter o semblante tranquilo e ia cumprimentando os presentes com a cabeça enquanto entrava no ambiente santo.

Ao ver a cena da noiva entrando de braço com o pai, Romeu pensou que gostava mais de Amaro do que de Cecília. Via que ela estava muito emocionada, enquanto ele estava tranquilo, quase indiferente. Era apenas um plano que dava certo. Era uma pena que aquilo contrariasse seu amado pai. Realmente, uma pena. Naquele momento, decidiu ser muito discreto após se casar, quanto a suas reais fontes de diversão, para não entristecer aquele homem que sempre lhe parecia aureolado de algo que não compreendia. Seria paz? O que poderia tornar alguém tão venerável quanto Amaro lhe parecia? Não conseguia mesmo entender...

A cerimônia foi emocionante, pois o padre era amigo íntimo dos pais dos noivos e desenvolvera carinho por aquele casal tão singular, que ora se consorciava. Em seu coração, também duvidava de que fossem felizes. Era um bom juiz de caráter e conversara muito com ambos. Nessas oportunidades, não deixara de notar fragilidades em Cecília - muita emotividade, certa imaturidade. Quanto a Romeu, ficara impressionado por seu charme, seu sorriso, sua simpatia, que pareciam esconder o que ele realmente sentia e pensava. Não duvidava de que mentisse sem o menor pudor e nunca tinha certeza de que o rapaz respondia com honestidade a suas perguntas. Ele estaria se defendendo da vida, em razão de sua infância complicada, como um hábito infeliz, ou seria apenas egoísta e indiferente aos sentimentos dos outros?

Como não competia ao padre decidir se os jovens se casariam ou não, embora tivesse aconselhado aos pais em sentido negativo, celebrava a cerimônia com o coração. Todo o seu ser vibrava de forma superior, pelo desejo intenso que tinha de dizer as palavras certas, de emocionar de forma positiva aquele casal. Isso sem falar na natural emoção que sentia ao casar os filhos das duas pessoas mais cristãs que conhecia. Ele próprio se reconhecia pouco caridoso, quando listava em sua mente tudo o que os dois faziam, juntos ou separadamente, alguma coisa em público e muito da forma mais discreta possível.

Foram incontáveis as vezes em que se dirigira à casa de algum pobre que estava doente, para lhe levar conforto espiritual e mesmo alguma ajuda material, e ouvira o relato de que a ajuda já fora recebida de Amaro ou de Natália. O pobre ainda lhe pedia segredo, em várias oportunidades com os olhos marejados de lágrimas, ao lhe mostrar a despensa cheia de mantimentos, medicamentos e mesmo algum dinheiro. O bom casal não se poupava em cuidados com os necessitados, chegando a lhes levar um médico ao casebre em que residiam.

Por que, perguntava-se o padre Renato, um casal tão bom tivera por filhos dois seres que pareciam tão problemáticos? Mas eram os desígnios de Deus, que não lhe competia julgar. Também pensava que grandes problemas apenas podiam ser dados a seres humanos de qualidade, e era isso o que ocorrera com aquele perfilhamento.

Na cerimônia, Natália chorou, Cecília chorou, Amaro segurou as lágrimas, mas seus olhos ficaram bastante brilhantes. Apenas Romeu seguiu sereno, embora cuidando de mostrar uma alegria radiante e de lançar olhares ternos à noiva. Verdade ou mentira, encenação? Apenas algumas pessoas pensavam nisso. A ampla maioria estava encantada ao ver casal tão belo e promissor.

Na saída da igreja, os noivos foram abraçados e beijados pelos pais, cumprimentados pela seleta sociedade ali reunida. Na sequência, todos rumaram para a casa dos Silveira, onde houve uma rica e refinada recepção. A casa era grande, praticamente uma mansão, e tinha uma vasta sala destinada a recepções, que raramente era usada.

Naquela noite tudo foi belo. O noivo fez vários brindes plenos de sabedoria e cautela. Elogiou e agradeceu a Amaro e Natália por tudo o que deles tinha recebido, dizendo que tinham sempre cuidado dele e de Cecília com extremo carinho. Sua habilidade nas palavras era grande, tanto que em nenhum momento tocou no ponto que parecia incomodar alguns: a criação como irmãos. Elogiou Cecília, sua beleza, sua suavidade.

Amaro, convidado a falar pelo noivo, foi sintético, dizendo que a noite era do casal. Apenas lhes desejou felicidades e agradeceu a presença dos convidados.

Houve música e tudo o que de mais requintado se possa imaginar. O clima estava tão agradável, tudo tão saboroso e bem cuidado, que a festa se estendeu pela noite, com praticamente todos os convidados permanecendo até o final.

No começo da madrugada, o novo casal se retirou, mas a festa continuou. Romeu e Cecília, em uma elegante carruagem, rumaram para a casa que lhes havia sido ofertada por quem os criara. Tratava-se de uma residência ampla, a qual os jovens tiveram oportunidade de decorar com capricho e requinte.

Enfim, as cartas estavam lançadas. Restava ver o que os dois fariam de tudo o que haviam recebido da misericórdia divina, por meio de seus pais e do bom e sábio sacerdote que Deus lhes colocara no caminho.

A noite foi encantadora para Cecília, que dormiu com um sorriso feliz nos braços do marido. Já este concluiu que a consumação do casamento havia sido meio insossa. Estava acostumado a relacionar-se com mulheres experientes, nunca achara graça em mulheres jovens e com tudo para aprender. Mas, enfim, era o preço que ele teria de pagar durante um tempo: afastar-se de tudo o que o divertia.

De repente, pensou em Amaro e ficou irritado consigo mesmo. Tinha cabimento pensar no pai em um momento daqueles? Comparar-se com ele, temer decepcioná-lo. Não era um santo como o pai parecia ser. Era apenas um homem que gostava de gozar a vida.

O casal teve um tempo para si, mas logo Romeu retomou as atividades ao lado do pai. Entretanto, agora gozava de uma liberdade maior, pois morava em outra casa, saía para ir lá quando queria. Lentamente, muito lentamente começou a reduzir o volume das próprias obrigações, a repassar para empregados o que era sua incumbência, o que Amaro lhe mandava fazer. Voltava a falar bastante, tinha uma sala própria, onde seus amigos desocupados costumavam aparecer e passar uma boa parte do tempo.

Amaro não deixava de notar aquilo e de vez em quando repreendia o rapaz. Este, mais seguro de sua situação, dizia que o pai exagerava, que a vida não era só trabalho, que era preciso manter relações amigáveis, divertir-se.

Ele realmente começou a manter uma corte de amigos, a qual frequentava com sua esposa. Em sua maioria, eram pessoas levianas, herdeiros ociosos. O grupo não era grande, mas tinha esse perfil. Havia nesse grupo especialmente jovens políticos e filhos de políticos mais idosos. A maioria já casada, mas sem grandes responsabilidades.

Cecília, de seu lado, contratara uma governanta, a quem delegava todas as coisas da casa. Passou a dar à mãe desculpas para os convites de que a ajudasse em obras de caridade. Ora estava se sentindo um pouco enferma; ora eram visitas que apareciam de última hora...

Com o tempo, a jovem aparecia em torno de uma vez por semana para ajudar a mãe. Esta também notava o que ocorria. Aconselhava a filha, chamava-lhe a atenção para as companhias que estava tendo, mas a moça se fazia de desentendida. Bem-humorada, também afirmava que a mãe exagerava.

Na sequência dos meses, Cecília experimentou sintomas de gravidez, que logo foi confirmada. A ocasião foi de enlevo por parte de todos, dos avós enternecidos com a perspectiva de novamente ter crianças na família, e surpreendentemente mesmo de Romeu.

Este não conseguia conter sua alegria, tanto que pareceu tomar juízo durante um tempo. Logo após receber a notícia, teve algumas noites de insônia, nas quais pensou muito em sua infância. Saía para a varanda de sua casa e meditava na criança triste que fora.

Ali mesmo, jurou a si mesmo que jamais abandonaria seus filhos. Não importa o que ocorresse, sempre os manteria consigo, sempre cuidaria deles. Nunca permitiria que experimentassem o mesmo que experimentara. Esse juramento, essa conclusão emocionada, teria sérias consequências...

Os meses passaram e Cecília deu à luz, com grande facilidade, uma menina chamada Ana. Com olhos azuis como os da mãe e pele morena como a do pai, a menina, desde pequena, prometia ostentar uma espécie de beleza singular, exótica.

A alegria de todos foi grande. Ao pegar sua neta nos braços pela primeira vez, Amaro chorou. Experimentava uma grande ternura ao ver aquele pequeno ser. Era um fato: ele amava crianças. De repente, pareceu-lhe que tudo estava certo. Talvez, por caminhos tortuosos, caminhassem para uma felicidade duradoura. Saberia tolerar a esperteza de Romeu, sua prosápia, sua pouca disposição para o trabalho, desde que a família fosse preservada e permanecesse unida.

Até Romeu, habitualmente superficial em suas emoções, ficou profundamente tocado ao mirar sua pequena filha sendo amamentada pela mãe.

Natália, então, vivia o céu na terra. Ela sempre quisera uma casa cheia de crianças. De repente, a vida lhe parecia simples, com aquele lindo bebê em seus braços. Cecília poderia tomar juízo com as naturais responsabilidades da maternidade. A facilidade com que concebera e parira era promessa de uma grande família. Ah, como seria feliz rodeada de netos...

Cecília de seu lado também se tomara de grande emoção. Embora irrefletida, emocionalmente instável e algo leviana, ao ter nos braços a filha, sentiu vacilarem seus projetos de entregá-la para ser cuidada por criados. A menina lhe parecia tão pequena, tão frágil, tão amada.

O tempo foi passando, e a presença da menina a todos transformava e felicitava. Romeu e Cecília ficaram mais caseiros e retomaram em alguma medida a convivência mais próxima com Natália e Amaro.

Tudo parecia muito promissor e tranquilizador.

Cecília realmente cuidava de sua filha, e Romeu chegava a sair do trabalho algumas vezes, não para vadiar, mas para passar em casa e ver como estava sua pequena.

O VÍCIO DO JOGO

ESSE ESTADO DE coisas, contudo, não durou muito tempo. Em alguns meses, o casal sentiu necessidade de retomar sua vida social. Procurou o mesmo grupo, no qual foi alegremente acolhido de retorno.

A menina ficava com uma ama no período noturno, no qual era difícil achar seus pais em casa. O alegre grupo que o casal frequentava costumava jogar bastante. Durante um tempo, os jogos eram por valores simbólicos, mas em determinado momento começaram a envolver quantias mais substanciais.

Romeu trapaceava habilmente, e não era raro que ganhasse. Contudo, como os baralhos e outros instrumentos usados não eram seus, ocorria de perder, e não perdia valores baixos.

O contexto seguia relativamente equilibrado, mas o azar parecia persegui-lo. Se não encontrava um jeito de trapacear, com sua especial habilidade com as mãos e os olhos, sua perspicácia para ler na face dos companheiros de mesa, acabava perdendo.

Cecília, então, concebeu novamente. Desta vez, a gravidez não foi tranquila. Ela tinha muitos enjoos, sentia-se mal, bastante fraca. O conselho médico foi de que permanecesse em repouso a maior parte do tempo.

O instinto paterno de Romeu manifestou-se, e ele se afastou do malfadado grupo de amigos. Ficou em casa com Cecília durante a gestação toda. Tinha muito medo de que algo ocorresse com a esposa durante sua ausência e depois se sentisse culpado de algum mal ocorrido com a criança.

Ele era relapso em tudo, mas tinha um acentuado instinto protetor em relação aos filhos. Talvez como um reflexo da infância de abandono que tivera.

Finalmente, em uma noite chuvosa de inverno, Cecília deu à luz um menino, belo e com as mesmas características físicas da irmã, a quem deram o nome de Pedro. De diferente podia-se citar o cabelo. Ana tinha cabelos loiros como a mãe, o que formava um contraste interessante com seus olhos azuis e sua pele dourada, delicadamente morena. Já o menino tinha os cabelos pretos e ondulados do pai, a pele morena e os olhos azuis da mãe. Em suma, era um par de crianças que chamava a atenção onde quer que se apresentasse.

Amaro e Natália estavam presentes na ocasião, como aliás se faziam presentes sempre que podiam. Nessa época, havia se estabelecido na família o hábito de todos passarem o domingo em uma chácara próxima da cidade, adquirida por Amaro há pouco tempo. Era um local idílico, comprado pelo apaixonado avô com o especial propósito de que os netos crescessem em contato com a natureza, interagindo com animais, plantando árvores, vendo-as crescer...

Ambas as crianças cresciam fortes e saudáveis, mas a situação anterior se repetiu. Tão logo o menino foi desmamado e cresceu um pouco, o jovem casal retornou a seu grupo de amigos, o qual havia crescido muito.

Agora, os encontros haviam tomado certo ar profissional, com muitos aficcionados de jogos. Os filhos viciados em jogo haviam convidado seus genitores que possuíam a mesma fissura moral e as atividades empolgaram a todos.

Era um grupo seleto, frequentado apenas por pessoas abastadas. Havia uma espécie de orgulho em dele participar, em ser convidado. Os participantes criaram o hábito de discutir cada ingresso, como se fosse uma grande honraria.

Amaro, ciente de tudo aquilo, mais de uma vez tentou dissuadir Romeu e Cecília de um hábito tão perigoso quanto dispendioso.

Por essa época, Romeu sofreu uma grande perda em uma noite de jogos e teve de gastar todas as suas economias para pagar o credor no prazo que a dita 'honra' determinava: vinte e quatro horas.

Após aquilo, ele alegou enfermidade dos filhos para se afastar um pouco das reuniões de jogos, que ocorriam agora em dois dias da semana. Em outros dias, as reuniões eram mais privadas, e envolviam apenas parte dos participantes, que jantavam ora em uma casa, ora em outra.

Romeu refletiu bastante e pensou no perigo que corria de perder demais, o que sempre se dava quando jogava honestamente. Soube que um amigo seu ia para a capital do Império e encomendou a ele que lhe trouxesse dezenas de baralhos muito luxuosos, os mais ricos que conseguisse.

Após algumas semanas, estava com os baralhos em casa, dentro de uma caixa que cuidara de esconder de Cecília. Inventou para ela que estava cuidando da contabilidade para ajudar o pai e internou-se por várias noites em um porão que havia na residência.

Ali, no silêncio das noites, dedicou-se por semanas a fio a 'trabalhar' os tais baralhos. Eram realmente finas peças artesanais. Em absolutamente todas as cartas introduzia habilmente pequenas marcas, somente perceptíveis por dedos muito delicados e treinados.

Por dias, desgastou as pontas dos próprios dedos, até torná-los sensíveis como pretendia. Aí, treinou longamente o reconhecimento das cartas. Preparava jogos fictícios, distribuía as cartas, juntava-as em maço, embaralhava-as, treinando para identificar os elementos essenciais e secretos com tranquilidade, de forma praticamente automática.

Finalmente, sentiu-se pronto para retornar aos jogos. Como os baralhos já estavam preparados, mostrou-os a Cecília, que se espantou com a quantidade.

– Por Deus, Romeu, o que pretende fazer com tantos baralhos?

– Vou doá-los a nossos amigos, aos que amam os jogos. Vai ser como um sinal particular de amizade de minha parte. Não há pessoas que mandam flores ou que fazem pequenos trabalhos artesanais? Nossa própria mãe costuma bordar babadores, que dá para praticamente todas as crianças de cujo nascimento fica sabendo.

– Mas irá dá-los todos de uma vez?

– Não, pois isso poderia me fazer parecer ridículo. Pretendo ir presenteando nossos amigos aos poucos, à medida que formos jantar na casa deles. Será o meu presente para o anfitrião.

Uma coisa que Romeu não falou era que pretendia fazer com que aqueles baralhos, muito mais requintados do que os utilizados no grupo, fossem também adotados nas ditas reuniões de jogos.

Lentamente, o rapaz começou com a estratégia de presentear os amigos. Como o mimo era mesmo requintado, e todos tinham a fissura moral do jogo, sempre era bastante apreciado.

Os amigos até comentavam entre si sobre o tal presente, em como era rico e de bom gosto.

Com o correr dos meses, todos os frequentadores já haviam ganhado o presente e disso tinham orgulho.

Romeu comentou com um desses amigos em como ficava satisfeito por ter encontrado essa forma de alegrar as pessoas de que gostava. Esperto, discursou de forma emocionada sobre como aquelas pessoas eram importantes para ele, que fora abandonado por seus pais biológicos e nunca tivera irmãos de verdade. Habilmente, induziu o rapaz, de nome Alfredo, muito viciado em jogo e já bastante avançado no caminho do alcoolismo, a sugerir que os tais baralhos, símbolo da amizade de Romeu, fossem oficialmente adotados pelo grupo.

Os olhos de Romeu se encheram de lágrimas após essa sugestão, e ele abraçou Alfredo.

– Nossa, nem sei explicar como isso me emocionou. Sabe que o considero como um irmão, não, Alfredo?

– Sei, e você também é um irmão para mim.

Na próxima reunião, a sugestão de Alfredo foi recebida com entusiasmo, mesmo porque ele previamente havia conversado com alguns de seus amigos mais íntimos, e frequentadores da mesma roda, sobre a emoção de Romeu.

O filho de Amaro era charmoso, bonito, elegante, divertido e pagava pontualmente quando perdia. Tudo isso o tornava simpático àquele grupo, que aceitava a presença mais apagada de Cecília de forma natural. Aliás, ela não achava graça em jogar, pois não tinha habilidade e costumava perder. Com o tempo, limitou sua participação a sentar-se em uma cadeira atrás de Romeu e a maravilhar-se com a habilidade dele.

O jovem era esperto e amargou várias perdas antes de começar a utilizar seu estratagema das cartas marcadas. Foi até alvo de brincadeiras a respeito de como as cartas que havia comprado lhe davam azar. Sedutor, o rapaz sorria com uma máscara de resignação e simpatia.

– O que posso fazer? Talvez, por ter sorte demais no amor, tenha azar no jogo. Mas o real ganho é ver a alegria dos amigos. Proponho um brinde a nossa amizade, que sempre perdure, apesar das perdas e ganhos de cada um!

O brinde foi aceito, e o clima estava preparado para que Romeu começasse a ter lucro com seu investimento. Era bem tempo disso, a seu sentir, pois tivera de tomar dinheiro de um agiota para fazer frente às últimas perdas. Suas economias já haviam sido gastas com a grande perda que o motivara a providenciar os novos baralhos e não se encorajava a pedir nenhum adiantamento a Amaro.

Sabia que o resultado disso seria um longo sermão sobre os perigos do jogo, a falta de brio de seus amigos e tudo o mais que passasse pela cabeça do pai na hora.

Quando levava tais sermões, ele costumava afetar um ar resignado – e realmente se sentia mal... Gostaria de se indignar, de falar alto com o pai, de lembrar que era um adulto. Mas era só olhar para Amaro, e toda a coragem se esvaía, e as palavras que várias vezes ensaiava mentalmente para tais momentos lhe pareciam inapropriadas.

Ele simplesmente não conseguia enfrentar o pai, mesmo que o quisesse. Algo em Amaro o tornava submisso, fraco, indeciso. Pensava que jamais entenderia aquilo, pois era apenas aquele homem já com os cabelos encanecendo que lhe causava real temor, um respeito diferente, cuja origem ignorava.

Mesmo quando criança, com seus tios, jamais tivera essa espécie de temor reverencial.

Nesse contexto, em determinada noite, Romeu começou perdendo o jogo, mas não saiu quando as apostas subiram. Cecília várias vezes lhe falou aos ouvidos para que tivesse cautela, mas ele não a ouvia.

Quando a partida estava em quantia astronômica, talvez a maior que o grupo todo já tivera e restavam apenas quatro participantes, a sorte de Romeu repentinamente mudou.

GOLPES EM SÉRIE

ELE EMBARALHOU AS cartas enquanto contava uma história sobre algo que lhe havia ocorrido na loja há poucos dias. Todos estavam interessados na narrativa e riam, embora a natural tensão pelo excessivo valor em jogo.

Com mãos ágeis, após um longo embaralhar das cartas, Romeu as distribuiu com uma habilidade profissional.

Assim foi que, na cartada final, ele se viu com as maiores e melhores cartas possíveis. Surpreendentemente para todos, o rapaz ganhou a partida e uma quantia espantosa. Os outros jogadores seguiram as regras de cortesia e cumprimentaram o vencedor, mas a palidez deles era visível. Quanto a Romeu, parecia se desculpar por haver ganhado tanto de seus amigos.

Naquela noite, ele não conseguiu dormir, tal o seu entusiasmo e a sua alegria. O jovem fazia planos, segurava-se para não gargalhar e acordar a esposa. Finalmente, levantou-se e foi para a varanda, onde ficou a beber, o que também agora constituía um hábito seu. Não chegava a perder a razão, a embriagar-se, pois achava que isso o prejudicaria demasiado. Como sempre jogava com um copo na mão, cuidava para controlar a quantidade consumida, a fim de não perder a consciência do que fazia.

Ainda mais agora, que estava trapaceando de forma definida, não podia se dar ao luxo de perder uma mínima parcela de sua consciência e de sua habilidade ao jogar. Contudo, estava sempre com o copo na mão. Com suas roupas elegantes, sua beleza, sua simpatia, os cabelos revoltos, os olhos negros e atrevidos, era uma figura impressionante.

Era uma pena que tantos recursos, tanto charme, ele os gastasse sem propósito digno. Não precisava de dinheiro, pois a renda que o pai lhe proporcionava por seu trabalho era mais do que suficiente. Mas ele tinha na alma o gosto da aventura: de lograr, de vencer, de sentir-se mais esperto do que os outros.

A única coisa com a qual não contava era que a partida ganha se tornaria célebre na cidade, seria amplamente comentada, a ponto de seu pai ficar dela ciente.

No dia seguinte, foi um Romeu cansado, sonolento, mas sorridente que chegou para trabalhar. Não era raro ele se atrasar; contudo, como não havia mesmo conseguido dormir, no horário em que o pai entrou no estabelecimento com os empregados, ele entrou também.

Durante parte do dia, o jovem permaneceu com um bom humor que nada parecia afetar. Até tarefas que reputava chatas e que gostava de repassar para terceiros, embora ciente de que o pai se desagradava com isso, ele as fez de bom grado.

Amaro estranhou aquela combinação: o semblante cansado, o constante bocejar, mas um sorriso que parecia pregado no rosto, os olhos brilhantes de satisfação.

Em um momento em que o rapaz entrou na sala do pai, este aproveitou a oportunidade para tentar obter alguma explicação.

– O que houve, filho?

– Em que sentido? A título de que essa pergunta?

– Você está estranho. Parece não ter dormido nada e ao mesmo tempo está com uma alegria que não consegue dissimular.

– Ora essa, o senhor é muito desconfiado. Eu diria até implicante comigo, senhor Amaro!

– Não há implicância alguma. É meu filho, e sua vida me interessa. Trata-se apenas disso. Algo deve ter ocorrido.

– Parece-lhe mesmo tão estranho que o pai de um menino cheio de energia de vez em quando perca noites de sono?

– Agora é você quem cuida de Pedro durante a noite?

– Nem sempre, pois temos as babás. Mas na noite passada ele simplesmente me requisitou. Acordou no começo da madrugada e queria brincar comigo. Eu me envolvi com a tal brincadeira até que ele dormiu em meus braços. Mas aí faltava pouco para a hora de levantar, de modo que nem tentei ir para a cama. Sabia que, se fosse, teria dificuldade de sair dela, e o resultado seria outra bronca sua.

– E essa felicidade, esse sorriso que fica o tempo inteiro bailando em seus lábios?

– Senti-me amado por meu filho, e isso me alegrou. Foi como uma reposição de minha infância, do que nela me faltou. Não sei explicar direito.

Como se percebe, Romeu mentia sem nenhum pudor e inventava facilmente histórias críveis. Contudo, Amaro tinha uma espécie de sexto sentido em relação ao filho e desconfiou da história. À míngua de qualquer elemento, não tinha como contradizer o rapaz.

Em verdade, ele temia que seu filho houvesse arrumado alguma amante e estivesse começando a passar noites na farra. Afinal, mesmo naquele desatinado clube de jogos em que se convertera seu grupo de amigos, não se chegava a ponto de passar a noite toda acordado. Em algum momento, os viciados se lembravam de que o dia seguinte os esperava.

– Que bom, meu filho! Fico feliz que esteja encontrando alegria na vida familiar. Cuide mesmo de seus pequenos, dê-lhes bons conselhos e bons exemplos. Vê-los crescer como pessoas de bem será uma recompensa sem preço. Noites em claro são compensadas por outras bem dormidas. Mas o caráter malformado de um filho, em especial quando o pai tem de que se acusar, pode ser uma tortura.

Embora sem saber o que se passara, Amaro deu uma resposta sábia e certeira, que fez fenecer a alegria inconsequente de Romeu.

– Nossa, pai, o senhor leva tudo tão a sério!

– A vida é algo sério, a educação dos filhos é algo sério. Mas eu apenas elogiei sua dedicação e me alegrei por você estar no bom caminho.

Romeu saiu em silêncio e foi para sua sala. Sua alegria estava morta. E se o pai um dia viesse a saber o que ele estava fazendo? Que roubava no jogo? E se sua esposa soubesse? E se seus filhos um dia viessem a sentir vergonha dele?

Talvez pela primeira vez na vida, Romeu atirou-se ao trabalho para driblar a consciência, para não pensar em seu próprio caráter.

Na hora do almoço, chamou a esposa para o quarto, longe dos filhos e dos criados, e disse a história que tinha inventado para o pai. Rogou que ela não o desmentisse.

– Mas por que não falou simplesmente a verdade?

– Nossos pais implicam imensamente com nossos amigos e nossas noites de diversão. Eles claramente gostariam de ter criado santos, que apenas trabalhassem e orassem. Eu simplesmente não queria levar mais um sermão.

– Está bem, não se preocupe, mesmo porque só devo tornar a ver papai no domingo. Até lá ele já terá esquecido essa história ou o dia da semana em que tal se deu. De todo modo, parece que você não falou nada sobre minha participação na noite insone. Eu posso simplesmente ter dormido a noite toda, enquanto você fazia o seu papel de pai.

– Tem razão. Será mesmo essa a versão que contarei, caso a conversa surja.

Após uma rápida refeição, Romeu retornou bem antes do horário habitual para a loja e nela continuou em um trabalho frenético até o fim do dia.

Amaro notou aquilo e sabia que não era normal. Algo estranho havia se passado. Admirou-se do fato de que Romeu simplesmente se sentira severamente repreendido quando ele lhe falara a respeito do caráter dos filhos e da responsabilidade dos pais. Amaro supôs, então, que o filho devia ter feito algo irregular, devia ter dado um golpe em alguém, seduzido alguma mulher, e isso lhe causara imensa alegria. De algum modo, suas palavras atingiram o filho duramente.

Amaro decidiu que ficaria atento ao comportamento futuro de seus filhos, em especial do filho. Eles tinham estranhas amizades. Por isso temia que adquirissem muitos vícios. Já notara que aderiam a modas deletérias, como ter uma espécie de bar dentro da própria casa.

Ele chegava a se sentir mal por isso, por estar em eterna vigilância em relação a Romeu. Mas já notara como ele, embora não bebesse em sua presença, ficava o tempo todo voltando os olhos cobiçosos para o malfadado bar.

Receava que Romeu caminhasse para o alcoolismo. Essa combinação com a leviandade sexual de que dera mostra na juventude e mais o gosto pelos jogos não prenunciavam bons acontecimentos. Isso sem falar em sua honestidade questionável.

Infelizmente, sua filha era completamente cega aos vícios do marido. Sua paixão a cegava. Era evidente que a jovem nutria uma paixão desmedida pelo próprio esposo, o que era bom. O ruim era que o acompanhasse em seus vícios, em vez de ser para ele uma boa influência.

Decidiu comentar o caso com Natália, para que ela falasse com a filha e tentasse convencê-la a adotar um estilo de vida mais sóbrio.

Mas não foi preciso Amaro se indagar muito a respeito do que havia ocorrido. Na mesma semana, um de seus fornecedores apareceu para a finalização de um negócio e comentou o ocorrido.

– O senhor deve estar feliz por seu filho!

– Desculpe, mas por que o senhor diz isso?

– Em razão da sorte dele, ora essa!

– Sorte?

– Sim, vai me dizer que ele não lhe contou sobre a extrema sorte que teve na última reunião de amigos para jogos?

– O senhor faz parte desse clube?

– Não é exatamente um clube. Em verdade, meu pai faz parte. Como sabe, assumi os negócios da família já há alguns anos. Foi uma atitude drástica, mas necessária, após ele colocar em risco nosso patrimônio.

– Eu recordo que se falou algo a respeito na época.

– Falou-se muito. Felizmente, nossa principal fazenda compõe o dote que mamãe trouxe ao se casar e está gravada com inúmeras restrições. Assim, papai não pôde dispor dela. Como estava dilapidando tudo o que tínhamos, mamãe teve com ele uma conversa dura, na frente dos filhos e de vovô, que ainda era vivo na época. Lembro como se fosse hoje o sermão que ele levou do próprio pai. Felizmente, concordou em viver na cidade e deixar que eu e meu irmão Lucas administrássemos a fazenda Santa Rita.

– Deve ser ter sido bem difícil para o senhor Marcondes passar por isso.

– Na verdade, nem tanto. Foi mais orgulho ferido o que o entristeceu na época. Papai nunca gostou muito de trabalhar. Ele próprio devia notar que estava nos empobrecendo a todos. Agora, eu dou uma mesada para que gaste como quiser e cuido do resto com meu irmão. Papai passa o tempo envolvido em jogatinas e bebendo.

– Sobre a sorte de meu filho?

– Ah, foi algo impressionante. Com todo o respeito, mas seu filho parecia um profissional do jogo naquela noite.

– O senhor estava presente?

– Sim, eu estou passando uns dias aqui na cidade por conta dos negócios e resolvi me distrair à noite vendo os tais jogos.

Plínio relatou com empolgação a dita sorte de Romeu. A partir daquilo, Amaro ficou incomodado. A sorte parecia espetacular demais. Seria apenas sorte? O que o rapaz andaria fazendo?

Decidiu não o confrontar de pronto, até mesmo porque se tratava de um adulto, embora sem nenhum juízo. Quando o senhor Marcondes cuidava de todos os bens da própria família, era comum que ambos conversassem e negociassem. Não chegavam a ser amigos, pois Amaro tinha certa reserva em relação ao homem que era pouco mais velho do que ele, mas que lançava olhares dissimulados para quase todas as mulheres que via.

Entretanto, ele nunca chegara a desrespeitar Natália, que sempre demonstrara uma severidade extrema para com o fogoso fanfarrão.

Mas agora Amaro ficou com vontade de conversar com o Marcondes pai, a fim de saber mais do tal clube de amigos. Após refletir, concluiu que a melhor coisa era convidar a ele e a sua família para um jantar em sua casa. Apenas cuidaria para que isso coincidisse com uma das famosas noites de jogos, a fim de que Romeu e Cecília não aparecessem de repente. Além disso, e mais importante, precisava do aval de Natália para o projeto. Ele não teve muita dificuldade com isso.

– Sabe que não aprecio o senhor Marcondes. Ele se casou com uma amiga minha, mas nós duas deixamos de ter contato pouco tempo após o matrimônio. Eu simplesmente ficava constrangida com o convívio com seu marido ladino; ela pareceu perceber e se afastou de mim. A pobre Olívia envelheceu antes do tempo. Tenho vontade de visitá-la, pois sei que não sai mais do leito, mas após tantos anos parece difícil simplesmente aparecer na casa dela. Isso sem falar que seu marido vive ébrio. A chance de ocorrer algo desagradável é grande.

– Mas você concorda ou não em fazer um jantar para essa família?

– Tendo em vista o objetivo, concordo, sem nenhuma empolgação. É simplesmente necessário que saibamos em que nossos filhos andam metidos.

Decidiram que o convite se daria quando Plínio, o filho do senhor Marcondes, aparecesse novamente na loja de Amaro. E isso não demorou a ocorrer, pois o jovem, apenas alguns anos mais velho do que Romeu, reapareceu em algumas semanas.

– Nossa, senhor Amaro, é claro que aceito o convite! Será uma alegria! Creio que papai ficará feliz de revê-lo, para recordar os tempos em que fazia algo útil na vida. Apenas acredito que mamãe não possa ir. Ela está de cama já faz algum tempo.

– Convide-os a todos. Talvez sua mãe se anime com a perspectiva de rever Natália. Lembre-se de levar seus irmãos e principalmente seu pai. Há muito tempo que não o vejo. Leve também suas irmãs, com os maridos. O convite se estende a toda a sua família.

Convite feito e aceito, em poucos dias o evento ocorreu. Natália, sempre caprichosa, fez um jantar primoroso. Era uma excelente cozinheira e apenas admitia ajuda das criadas, mas não que elas próprias fizessem a refeição. Isso fora algo que apenas ocorrera durante o período complicado da gestação e do pós-parto de Cecília.

Na hora acertada, a casa estava iluminada, e uma das salas de jantar, compatível com o número dos convidados, estava preparada.

Foi com gentileza e fidalguia que os donos da casa receberam os convidados. Formavam um belo casal, apesar da idade já madura. Além da harmonia dos traços, envelheciam bem e com vagar, em razão da vida moderada que sempre levaram. Também havia neles uma dignidade que era difícil de ignorar e mesmo de definir de que se tratava. Não era apenas sofisticação de modos; algo parecia nobilitá-los de dentro para fora. Os semblantes serenos, os olhares entre sérios, simpáticos e bondosos.

O mesmo não se podia afirmar do senhor Marcondes, que se sentia honrado com o convite. Pouco mais velho do que Amaro, parecia ser o pai dele. Cabelos completamente brancos, faces enrugadas e vermelhas, olhos pisados, a denotar noitadas e loucuras em demasia.

Todos os adultos da família convidada compareceram, entre filhos, filhas, noras e genros do senhor Marcondes, com exceção de Lucas e sua esposa, que estavam na fazenda Santa Rita, e de dona Olívia, enferma e acamada.

A mesa foi organizada de modo que Amaro e Marcondes ficassem lado a lado. A conversação foi alegre e percebia-se que os convidados realmente estavam felizes e honrados com o convite. Apesar da discrição com que cercavam seus atos, Amaro e Natália eram membros muito respeitados da comunidade, por sua decência e generosidade.

Natália, próxima a Anita, filha mais velha de Olívia, gentilmente indagou de sua amiga da mocidade.

– Mamãe continua mal, dona Natália. Não sai da cama há anos. Parece tão desanimada. Dá uma tristeza vê-la! Mas ficou bastante feliz com a notícia de que viríamos aqui. Se pudesse, seguramente teria vindo conosco. Ela até pediu que a senhora vá visitá-la, para conversarem sobre os velhos tempos.

– Em que momento do dia isso seria mais apropriado?

Anita não era boba e entendeu rapidamente de que se tratava. Afinal, a conduta do pai não era segredo para ninguém.

– Nas tardes de quarta-feira, eu costumo ir lá ficar com ela, pois papai tem compromisso regular com amigos. Creio que seria o melhor dia.

– Excelente. Diga a sua mãe que irei vê-la e conversaremos bastante.

O semblante de Natália brilhou com a perspectiva de reencontrar sua amiga e confidente da juventude. Embora a diferença de idade entre ambas, sempre foram muito próximas.

De seu lado, Amaro dava atenção ao patriarca da família visitante, que cuidava de medir suas palavras, para não parecer um ocioso, um vagabundo. Queria realmente passar uma boa impressão a seu anfitrião, homem a quem genuinamente admirava.

Após o jantar, enquanto a conversa continuava animada à mesa, os dois homens mais velhos se afastaram. Amaro convidara Marcondes para ver sua biblioteca. Uma criada os seguiu para levar café.

Amaro cuidou para não se sentar onde geralmente ficava, atrás de uma imponente mesa, na qual lia e cuidava de sua contabilidade. Sentou-se próximo ao visitante, em uma atitude de simpatia e intimidade. Levou a conversa para os tempos passados, com sabedoria, lentamente conduzindo-a para o que queria saber. Falou de seu filho, que trabalhava com ele nos negócios. Propositadamente, como se Marcondes não conhecesse bem a história, recordou como o rapaz chegara em sua vida, de que se casara com sua filha. Desejoso de mostrar conhecimento e proximidade, Marcondes se animou.

– Ah, mas seu filho é um autêntico amigo meu. Embora a diferença de idade, encontramo-nos regularmente.

– Que bom, fico feliz que tenha essa proximidade com minha família. Ignorava-o, confesso.

– Sim, nós frequentamos a mesma roda. Apenas pessoas seletas de nossa comunidade, que se reúnem para conversar, jantar e por vezes jogar um pouco.

Lentamente, a história foi se desenrolando. Marcondes falou como se preocupara quando o rapaz perdera uma quantia grande e se afastara de todos. Temera haver perdido a companhia de Romeu, que era sempre tão alegre.

– Mas nosso querido menino voltou, cheio de gentilezas. Deu-nos a todos, a todos, e somos muitos, sofisticados e ricos baralhos! Atualmente, só jogamos com eles. São uma preciosidade. É uma honra ser presenteado com eles. Creio que apenas nosso grupo de amigos os tem.

O pai ergueu as sobrancelhas com surpresa, mas deixou que o convidado se estendesse. O homem contou como Romeu permanecera perdendo no jogo por várias semanas, meses mesmo. Contente de demonstrar sua intimidade, ele seguiu.

– Aqui, vou lhe fazer uma confidência. Não sei se o amigo sabe, mas seu filho perdeu tanto que teve de buscar ajuda junto ao senhor Aparício.

– O agiota?

– Essa expressão é um tanto pejorativa. Ele cobra juros altos, é um fato. Mas auxilia quem precisa. Nos meus tempos difíceis, seguidamente recorri a ele. Felizmente, a sorte do nosso menino veio socorrê-lo.

E a história foi toda contada, de como, após as sucessivas perdas, Romeu em uma noite deu um autêntico espetáculo. Para o olhar experimentado do velho debochado, ele parecera um profissional na hora de distribuir as cartas, enquanto distraía os participantes.

– Contou-nos uma bela história em que se viu envolvido, da qual rimos muito. É um primor de rapaz: simpático, divertido, acessível, sem preconceitos. Vê-se que foi bem-criado. Apenas nós não sabíamos é que o verdadeiro espetáculo viria na sequência, quando passou a dominar a partida, de modo que afastou os tíbios e ganhou uma quantia astronômica de quem continuou jogando.

Após saber tudo o que queria, Amaro sentiu angústia por seu filho e por tudo o que aquilo poderia significar. A rigor não entendia, apenas sentia que precisava refletir melhor sobre os fatos. Algo parecia muito errado na história, fantástica demais. Isso sem falar em Romeu pedindo dinheiro a agiotas sem rogar seu socorro.

Entretanto, também sentiu piedade pelo homem a sua frente, visivelmente envelhecido e cheio de vícios, que vivia em completa inutilidade. Experimentou o desejo real de ajudá-lo a encontrar uma forma diferente de viver. Aquele encontro não poderia servir apenas a seus interesses, a que se informasse sobre o perigo que rondava a paz de sua família. Isso significaria que apenas usara o antigo conhecido, carente de atenção, possivelmente insatisfeito com o rumo que a própria vida tomara.

– Marcondes, já que me trata de amigo, farei o mesmo e deixarei as formalidades de lado. Por que não vem me ver mais amiúde? Eu e Natália estamos sempre em casa à noite. Ela, envolvida com suas leituras e bordados, enquanto eu, ora leio, ora examino os números de meus negócios.

– Mas isso será uma alegria!

– Então venha. Talvez possamos convidar mais algum conhecido nosso, algum comerciante antigo, ou algum fazendeiro que esteja sempre por aqui, já afastado das atividades. Com isso, poderemos formar um grupo de amigos mais experientes, para conversar sobre o que ocorre na cidade; talvez tenhamos alguma ideia de como auxiliar o padre nos assuntos da paróquia, o delegado ou o prefeito.

Embora aquilo não estivesse na predileção de Marcondes, sua vaidade era forte, e ele se viu bem na posição de quem ajuda a cuidar da cidade. Ainda mais com pessoas distintas. Não ignorava que a família tinha uma péssima imagem dele. Pois faria com que mudassem de opinião! Eles ficariam impressionados ao saberem da novidade, de seu novo círculo de relações.

Acertaram tudo, até mesmo que caberia a Amaro, como anfitrião, escolher os convidados. Esse detalhe foi importante, pois as relações de Marcondes eram todas muito questionáveis, para falar pouco.

Após o término da visita, Amaro e Natália recolheram-se a seus aposentos e começaram a trocar impressões.

– Amaro, que caminhos estranhos nosso menino está percorrendo? O que significa tudo isso? Envolvimento com agiota, espetáculos em ambiente indigno, habilidade de profissional de jogo, amizades estranhas. Não consigo entender o que tudo isso significa.

– Nem eu, Natália. Entretanto, temo por ele e por Cecília. É incrível que toda a educação que lhes demos pareça não servir para nada. Nunca nos viram envolvidos em jogatinas, nossas amizades são seletas, nosso comportamento sempre foi discreto.

– Creio que nos acham aborrecidos e beatos. Cecília quase não vem mais aqui em casa. Se não fossem as crianças adorarem a fazenda, talvez não os víssemos mais.

– Nunca imaginei algo assim.

– Um dia desses, fui visitar Cecília. Ela estava dormindo em plena tarde. Seguramente, após uma de suas noitadas. As crianças estavam com as babás. Passei lá umas duas ou três horas e não vi Cecília. Ela deixou ordens para não ser acordada. Os criados parecem ter medo dela. Claramente ficaram preocupados com a ideia de que eu pedisse para acordá-la. Entretanto, fiquei muito triste com a coisa toda: as crianças nas mãos de criados, Cecília dormindo por ter passado a noite em má companhia; então, não me animei a chamá-la. Ela pode até me achar irritante, mas serei sempre a mãe dela. Se achasse necessário, eu mesma entraria no quarto para acordá-la.

Os dois falaram muito, mas não chegaram a conclusão alguma. Combinaram apenas de se fazer mais presentes na vida dos filhos e dos netos, de ir visitá-los e tentar envolvê-los em atividades mais decentes.

Contudo, tudo isso foi em vão, pois os convites raramente eram aceitos, sob a justificativa de muitos compromissos.

Os jovens realmente gostavam dos pais, mas experimentavam sentimento de culpa perante eles. E havia uma diferença grande de temperamento e de gostos. Amaro e Natália apreciavam leituras sérias, amavam os grandes clássicos da literatura, costumavam lê-los e discuti-los. Isso sem falar em sua disposição para o trabalho e sua preocupação com os pobres e com as questões religiosas.

Cecília era arrogante com os criados, eminentemente preguiçosa. Mas amava seus filhos, de modo que, entre seus múltiplos compromissos com chás e conversas entre amigas, visitas feitas e recebidas, em geral ficava ao menos uma ou duas horas por dia com eles.

Já Romeu era simpático com todos e amava genuinamente os filhos. Costumava brincar com as crianças. Quando estava em casa, em geral cuidava de tê-los por perto. O problema é que pouco parava em casa.

Na verdade, o único dia em que pais e filhos conviviam realmente era aos domingos, na fazenda da família.

MARIA DO ROSÁRIO – UM REENCONTRO IMPACTANTE

ROMEU CONTINUAVA A ganhar no jogo. Era esperto e de vez em quando perdia, às vezes até quantias consideráveis. Mas fazia uma espécie de contabilidade e estava sempre no lucro. Cuidava também de trocar de parceiros de jogos, para que sua sorte não ficasse evidente demais. Circulava entre as mesas, contando histórias, ora perdendo alguma coisa, ora ganhando bastante.

Seu charme era-lhe um grande auxiliar, pois a maioria dos participantes gostava dele.

Entretanto, ele não lidava com otários. Havia ali muitos homens vividos, viajados, que já haviam frequentado cassinos e outros ambientes bem piores. O jovem não notava, mas havia vários de seus ditos amigos que evitavam jogar com ele.

Alguns senhores mais velhos já haviam conversado a respeito. Devido à desconfiança, olharam com lupa seus baralhos e verificaram as marcas. A coisa pouco a pouco deixava de ser um segredo bem guardado, embora também não fosse notória.

É que a informação permanecia em um grupo restrito de homens mais velhos, e o número de jogadores já era imenso. Não se haveria de falar em poucos desocupados e viciados na noite de São Paulo daqueles tempos.

Entre esses homens mais velhos, que sabiam do logro que se dava, havia alguns que deviam importantes favores a Amaro, outros que o admiravam sinceramente.

Em realidade, todos achavam uma pena que um homem tão sério e generoso tivesse adotado um filho tão pervertido.

Assim, um pouco em razão do charme de Romeu, cuja presença agradava, muito em razão da consideração devida a Amaro, a notícia não se espalhava, e o jovem não era desmascarado.

A situação estava nesse pé quando se mudou para a cidade uma jovem viúva italiana. O marido dela era brasileiro, e a família dele morava em São Paulo. Após a morte do companheiro, a jovem senhora viera para morar perto dos parentes. Ela dizia que sua família já estava toda morta.

Era uma morena bonita, porte altivo e esbelto, cabelos pretos lustrosos, olhos negros. A jovem era uma combinação estranha de estilos. Vestia-se recatadamente, mas tinha um ar muito sensual. Seu andar era imponente, mas um tanto ondulante demais. Como se quisesse aparentar uma austeridade inexistente, ou desejasse negar algo da própria natureza.

Maria do Rosário certa feita entrou no estabelecimento de Amaro e circulou longamente entre as mercadorias. Estava procurando tecidos e outros enfeites para fazer roupas novas.

Não demorou e Romeu a vislumbrou enquanto ela conversava com uma vendedora. O jovem experimentou um estranho choque. Um arrepio sensual o arrebatou, transtornando-o. Quem era aquela mulher?

Imediatamente, olhou para a sala em que Amaro ficava e viu que estava vazia. Cautelosamente, buscando o pai com os olhos, saiu da própria sala e foi para perto de Maria. Ela, quando o viu, mirou-o nos olhos um pouco a mais do que o necessário. Depois, com ar decidido, até com certo nuance de desprezo, virou a cabeça e acertou tudo com a vendedora.

A seguir, saiu da loja, decidida, sem sequer olhar para o lado em que vira Romeu. Também ela estava perturbada. Aquele moreno era estupendo! Jamais vira homem tão sensual. Nem mesmo Juan, seu antigo amante, que deixara para casar-se com Vivaldo, era tão bonito.

Quanto ao finado Vivaldo, casara-se com ele por sua fortuna, jamais o amara. Entretanto, sabendo-o ciumento e violento, nunca o traíra e quase chegara a gostar dele. Infelizmente, o marido morrera antes de terem qualquer filho, em razão de uma forte gripe.

Com quase trinta anos, Maria achava que era estéril, pois já tivera vários amantes e jamais engravidara. Sempre considerara isso uma sorte. Contudo, como a sorte durava tempo demais, concluiu que tinha algum problema.

Aliás, mesmo a tal sorte não lhe parecera tão grande assim. É que seus amantes eram invariavelmente ricos. Se tivesse um filho, ela saberia explorar o pai dele, sem sombra de dúvida.

A falta de um filho sempre fora lamentada por Vivaldo, que morrera sem realizar tal sonho. Entretanto, se ele se frustrara, com ela ocorrera o mesmo. O rapaz estava em Roma primeiro para estudar, quando começara a operacionalizar alguns negócios para a família. Maria o conhecera em uma noitada elegante, a que comparecera com Juan. Era uma festa importante. Ela estava havia pouco tempo na cidade, para a qual fora após a morte da mãe.

Sua mãe fora uma cortesã afamada na região em que nascera e concebera Maria com um nobre. O barão de quem era filha lhe providenciara uma educação esmerada, mas nunca revelara seu parentesco com ela a ninguém. Maria vivera uma situação peculiar.

Durante uma parte do tempo, estudava em um convento, onde aprendia modos requintados de filhas de nobres, educava-se em tudo o que se considerava relevante que uma mulher de qualidade soubesse na época. Contudo, só era visitada pela mãe, que lhe passava sua visão particular da vida.

Quando a moça terminou seus estudos, o pai havia recentemente falecido, sem lhe deixar nada. Isso não era mesmo surpresa para ninguém. Aliás, sua mãe estava longe de ser pobre, embora a idade já lhe limitasse as atividades. O envelhecimento nunca é amigo de uma prostituta.

Por estranho que pareça, em vez de tentar casar Maria, Joana, sua mãe, lhe arrumara um amante rico. Assim, aos dezessete anos, a jovem começou uma lamentável vida de romances remunerados.

Ela não aceitava casos de ocasião. Belíssima, culta, refinada, exigia ser cortejada, presenteada e mantida com luxo. Apenas com essa perspectiva é que se entregava. Ainda era exigente quanto à aparência. Não exigia beleza, mas o pretendente a amante não podia ser muito feio nem velho.

Nos círculos que frequentava, na cidade de Florença, era uma honra disputada ser o amante de Maria. Contudo, quando sua mãe morreu, ela rapidamente se entediou de tudo aquilo. Vendeu uma boa parte de sua herança, constituída de imóveis, e ficou apenas com as joias da mãe, que sempre tivera um gosto primoroso e era exigentíssima. Se ganhasse algo de qualidade inferior, enquanto sua idade e aparência ainda lhe garantiam muitos pretendentes, rompia logo o relacionamento.

Com dinheiro, Maria instalou-se em uma casa em Roma, em um bairro elegante. Tinha uma acompanhante, com quem sempre saía para a rua, e algumas criadas. Esperta e ladina, ela sabia lançar olhares provocativos para em seguida fazer-se de tímida ou ofendida. Não demorou a encontrar Juan, um homem casado, cuja esposa era bastante doente.

O acerto entre ambos foi demorado para se fazer, mas muito vantajoso para Maria. Juan queria exibi-la pela cidade, orgulhoso de sua conquista, mas tinha pudor disso, pois era casado, e a família de sua esposa ali vivia. Ele era originário da Espanha.

Em certa noite, Juan, um loiro alto e distinto, avisou ao anfitrião que se faria acompanhar de uma prima que o visitava.

Maria foi bem recebida e imediatamente notada por Vivaldo. Em um momento em que Juan se afastou com o anfitrião, com quem mantinha negócios, o brasileiro encontrou um modo de se apresentar a Maria.

Ela reparou na riqueza de suas vestes, no rico anel que usava, na pureza do italiano que ele falava. Fez-se de tímida e fê-lo falar de si. Esperta, compreendeu que ali estava sua oportunidade de passar de amante a esposa de um homem rico. Não queria para si o mesmo destino da mãe, que se amargurava com a solidão de seus dias e tinha ciúmes dos amantes da própria filha.

Durante um tempo, Maria manteve relacionamento com os dois homens. Um recebia em casa na qualidade de amante. Ao outro, ela não permitia qualquer intimidade. Quando ficou claro que Vivaldo era mesmo rico e pretendia casar-se com ela, confessou-lhe, com os olhos nublados de lágrimas, um suposto abuso que sofrera de um primo há pouco tempo.

O rapaz se indignou e se compadeceu, garantindo-lhe que isso seria para sempre um segredo entre ambos. Cuidando para parecer uma dama virtuosa, ela conheceu a casa que ele habitava e ficou impressionada com a riqueza.

Após aceitar o pedido de casamento, dispensou Juan sem rodeios. Apaixonado, este a incomodou um tempo. Mas Maria era decidida: disse que, se não a deixasse em paz, faria uma visita a sua esposa e a vários parentes dela para reclamar do assédio e pedir ajuda.

Imensamente desgostoso, o belo Juan teve de abandonar sua paixão. Em uma conversa dura, ela lhe disse que se apaixonara por outro homem, com quem se casaria.

Juan era rico, mas em razão do dote da esposa, pois ele próprio não tinha muitos bens. A doença de sua esposa afigurava-se grave, limitadora, mas não era algo que tivesse a perspectiva de torná-lo viúvo em breve. Foi com lágrimas nos olhos que se afastou da casa de Maria, após a conversa derradeira.

Em pouco tempo, Maria ficou noiva, mas não permitiu intimidades antes do casamento. Este foi um evento singelo, pois apenas dois irmãos do noivo compareceram, ao passo que ela para todos os efeitos era tida como sozinha no mundo.

Convencera Vivaldo de que se afastara da família, que passara a desprezá-la após a violência que sofrera. Desde então, vivia da herança que uma avó lhe deixara. Apaixonado, o rapaz em tudo acreditava.

Entretanto, por singelo que fosse o casamento, a beleza da noiva era arrebatadora. Ela secretamente se divertiu com o ar de espanto de Mário, irmão de Vivaldo, quando tirara o véu para cumprimentá-lo, pois era ele que a levaria até o altar.

Os dois parentes haviam chegado há poucos dias, e ela ainda não os havia visto, envolta que estava com os preparativos do casamento.

Mário ficara literalmente boquiaberto com a visão da beldade morena, lindamente vestida, com as faces coradas de emoção. Isso era uma verdade, pois a moça estava mesmo emocionada ao pensar que se livrava do destino da mãe, de cortesã sem valor perante a sociedade.

Quanto a Vivaldo, apaixonadíssimo, tremia ao segurar-lhe a mão em frente ao altar. Tratava-se de um homem comum, rapaz de cabelos castanhos e porte médio, sem nada que o distinguisse de modo marcante, à parte a intensidade de suas emoções e a vastidão da fortuna de sua família.

Após o casamento e o retorno de Pedro e Mário para o Brasil, Maria passou a reinar na casa do marido. Charmosa e manhosa, impôs-se rapidamente a todos. Governanta, mordomo, criados, todos a amavam e ao mesmo tempo receavam seu temperamento. Afinal, ela tinha algo de passional. Finamente educada, seu desgosto era notado pelos olhares que lançava em torno de si. Tal qual se fosse uma rainha, receavam desagradá-la.

Vivaldo tinha um ciúme mortal da esposa, como mortal foi a gripe que apanhou quando estavam em vias de fazer dois anos de casados. Foi aí que ela descobriu que ele não tinha nada em seu nome. Absolutamente tudo, mesmo a casa em que moravam, pertencia à família dele.

Maria agora possuía apenas vestes deslumbrantes e ricas joias, além do dinheiro que guardara em segredo por ocasião do casamento. Comunicou o triste passamento do marido ao pai dele, senhor Osmar, que rapidamente respondeu que a esperava no Brasil, para viver com a família. Comprometia-se a tratá-la como a uma filha.

Maria pensou bastante e decidiu aceitar o convite. Se gostasse do Brasil e da família de seu falecido esposo, poderia ficar entre eles. Logicamente, isso não a impediria de ter um amante ou outro, de forma muito discreta.

A jovem morava no Brasil há um ano e por isso fora à loja de Amaro para comprar roupas novas, uma vez que seu período de luto acabara e as vestes que usava na Itália pareciam agora um tanto fora de moda.

Ela estava em dúvida se permaneceria no país. O período de luto de um ano foi observado rigorosamente pela família, que não dera nenhuma festa nem fora às que ocorreram. No período, as visitas foram esparsas, e a família, muito religiosa, praticamente vivia em função das atividades da igreja.

Por pura falta de opção, Maria acompanhava a sogra, senhora Ana, em suas atividades, uma vez que morava na casa dela. A residência era ampla e muito refinada, e dona Ana era uma pessoa afável. O senhor Osmar também não era ruim e parecia simpatizar muito com ela. Era visivelmente um homem sério e honrado, mas Maria sabia que o sogro se deslumbrava com sua beleza. Ela se sentia feliz ao saber que conseguia abalar mesmo um homem tão ponderado.

Mas a questão mesmo se situava em Mário. O jovem ainda era solteiro e morava com os pais, consequentemente, com Maria. Sabendo quão rica a família era, ela não descartava um compromisso com o cunhado. Este já deixara mais do que claro que se interessava por ela, mas o luto a protegera de qualquer conversa mais direta.

Os pais de Mário pareciam não ver problema no encantamento do filho, coisa que até compreendiam, pois jamais haviam visto mulher tão linda quanto a nora. Contudo, mais de uma vez mostraram seu desagrado quando tal encantamento ficava visível demais. Aliás, foram incontáveis as conversas a respeito entre pai e filho, quanto à impropriedade de cortejar a viúva do irmão durante o período de luto.

Maria sabia das vantagens de ter um marido jovem, rico e apaixonado, especialmente quando não era muito inteligente – caso de Mário. O problema é que ela o achava demasiado limitado. Durante o período de convivência, pudera perceber quão beato ele era, quão pouca imaginação tinha. Nunca tratava de negócios em condições de igualdade com o pai. Sempre recebia orientações e as seguia, sem argumentar.

Era algo em que pensar, mas ela tinha esperança de encontrar alguém mais interessante, agora que o luto acabara e a família começava a se relacionar. Aliás, Ana e Osmar pretendiam dar uma festa no próximo mês, para comemorar o aniversário de seu casamento. Eles imaginavam que a nora, que praticamente não conhecia ninguém no Brasil, talvez estivesse cansada de tanta sisudez. No fundo temiam que fosse embora, pois gostavam sinceramente dela.

Nesse aspecto, Maria fora cuidadosa: mostrara o melhor de si, seu refinamento de europeia, seu bom humor, gentileza e mesmo uma deferência muito especial para com o casal que a abrigava. Nem passava pela cabeça deles que ela fosse algo diferente do que afirmava ser: uma dama respeitável, originária de uma família ilustre.

Por falta de oportunidade, embora sua sensualidade poderosa, ela não tomara nenhum amante no período. Normalmente, saía para as ruas acompanhada da sogra ou de pelo menos uma das cunhadas, e seu destino quase certeiro era a igreja ou as obras de caridade a ela adjacentes.

Nesse contexto, sua sensualidade parecia apenas um charme a mais, como uma espécie de graciosidade diferente, e a família se encantava em como era bela e educada.

Foi nesse contexto que Maria conheceu Romeu e ficou muito impactada. Aquele, sim, era um homem para ela: inacreditavelmente bonito e sensual. Contudo, no rápido olhar que lhe dera, ela notara a aliança em sua mão. Não era um impeditivo absoluto, mas algo a ser ponderado.

Após ser tratada tanto tempo com respeito, fazer parte de uma família considerada, não queria voltar a ser uma reconhecida cortesã. Não desconsiderava a hipótese de ter um amante, desde que isso ocorresse de forma discreta, e ela também tivesse um marido.

Afinal, em sua nova situação, uma gestação sem casamento seria um desastre. Duvidava de que isso ocorresse, mas quem pode ter certeza de que o azar não baterá a sua porta de um instante para o outro?

A ideia principal de Maria era arrumar um marido interessante, o que não devia ser coisa tão difícil. Sabia ser muito bela, tinha bons modos e um passado que parecia irretocável. Ninguém esperaria virgindade de uma viúva, de modo que tudo estava a seu favor.

Foi repensando a vida, já tentada a retornar à loja, que caminhou para casa. Mas sua experiência com homens lhe dizia que não devia ser ela a procurar por aquele homem, mas ele que deveria vir atrás dela. Com isso, teria mais força para impor seus termos. Precisava, sim, precisava se fazer de respeitável e difícil. Fazê-lo desejá-la loucamente e sentir que ser seu amante era um prêmio quase impossível.

Ao chegar à casa dos sogros, juntamente com o pequeno criado que a havia acompanhado à loja e trazia os tecidos e berloques por ela comprados, assumiu seu habitual ar alegre e foi sorridente que se encaminhou até o jardim em que a sogra costumava ficar naquelas tardes quentes.

– Dona Ana, achei uns tecidos lindos! Creio que a senhora haverá de amá-los. Apenas não os tome de mim, por favor!

– Imagine, minha linda, jamais faria isso. Mas vamos ver o que trouxe. Lucas, desembrulhe tudo isso e estenda aqui sobre a mesa.

As duas ficaram longamente discutindo sobre qual adereço ficaria melhor com qual vestido. Maria, que até então se vestira sobriamente e sem joias, as quais eram desconhecidas da sogra, surpreendeu-a ao dizer:

– Dona Ana, deixe-me apanhar algumas de minhas joias. Vamos imaginar como ficarei com elas em meus novos vestidos.

A moça foi saltitante para seu quarto, pois amava roupas, joias, enfeites, tudo o que a tornasse ainda mais atraente. Ela abriu um baú que mantinha fechado com cadeado e separou alguns colares, brincos, anéis, braceletes e tiaras imensamente belos e requintados.

Surgiu sorridente no jardim onde estava a sogra, que não escondeu seu espanto.

– Por Deus, Maria, como são lindas suas joias! Que preciosas! Devem ter custado uma fortuna!

– Dona Ana, sinceramente, eu não sei. A maioria herdei de minha falecida avó e tenho umas poucas peças que meu pai me deu. São joias de família, cujo valor é mais afetivo do que comercial.

Com aquele discurso, Maria convenceu a sogra para sempre de que provinha de família ilustre. Ela própria não conhecia nenhuma mulher que ostentasse joias tão ricas. Ficou aliviada de que não tivessem sido presentes de seu falecido filho, pois pareceria falta de juízo gastar tanto apenas para se enfeitar ou para enfeitar uma mulher.

Maria estava decidida a ser uma figura de destaque naquela sociedade, por seu bom gosto, educação requintada e conduta irretocável. Mandou preparar para si um vestido rosa pálido, que realçava de forma discreta, mas imensamente sedutora, a morenice de sua pele e de seus cabelos. Escolheu com cuidado os enfeites, separando para o evento alguns a um tempo discretos e de imenso requinte. Ninguém poderia acusá-la de estar ostentando, mas ao mesmo tempo era visível a riqueza e o bom gosto de tudo o que ela usava.

A FESTA

A FAMÍLIA JÁ estava na sala, aguardando os convidados quando ela chegou, com as faces coradas de emoção e um sorriso simpático que evidenciava suas covinhas. A expressão geral foi de espanto.

– Por Deus, menina, como você está linda!

– Obrigada, dona Ana.

Seguiu-se um coro de elogios sinceros, pois ela soubera se fazer querida na família durante aquele ano, sempre gentil com cunhados e cunhadas, brincando com suas crianças, ensinando-as a falar italiano.

Os olhos de seu sogro brilhavam de admiração, ao passo que Mário literalmente babava. Ela apenas o cumprimentou levemente, pois não queria incentivá-lo naquele momento tão crítico, em que se preparava para conhecer os jovens casadoiros da cidade, e talvez alguns possíveis amantes.

Não demorou muito, e as carruagens começaram a chegar. As famílias mais ricas e sofisticadas de São Paulo haviam sido convidadas para aquele dia tão especial, em que os Albuquerques abriam as portas de sua mansão, após o longo luto pelo filho perdido.

Como era uma ocasião festiva, ninguém queria lembrar coisas tristes, e tudo parecia alegria. O champanhe era servido, assim como canapés, no melhor estilo das festas europeias.

Não demorou para a linda figura de Maria se destacar. Disposta a fazer seu jogo, ela se mostrava discreta com todos os cavalheiros e simpática com as damas. Aliás, era com as damas mais velhas com quem ela tinha mais expansão. Isso se devia a sua participação nas atividades pias da paróquia, às quais ia com a sogra.

Assim, Maria já conhecia dona Natália, a quem cumprimentou efusivamente.

– Nossa, Maria, você realmente caprichou para a ocasião! É seguramente a mulher mais bela da festa.

– São seus olhos generosos, dona Natália. É que, após tanto tempo reclusa, deu-me vontade de me distrair um pouco. Talvez tenha exagerado nos enfeites.

Dizendo isso, demonstrou um tocante (e falso) ar de preocupação. Natália, que gostava dela, foi rápida em tranquilizá-la.

– Imagine, menina. Em você nada sobra nem destoa, fora sua beleza tão marcante.

Amaro também achou a moça muito bonita, mas apenas a cumprimentou discretamente e seguiu com a esposa para o meio dos convidados.

Passou um tempo, e Romeu e Cecília surgiram porta adentro, de braços dados.

Maria notou o evento rapidamente, mas continuou a conversa que estava tendo com uma velha senhora. Entretanto, como um membro da família, precisava cumprimentar todos os que chegavam.

Quando o casal chegou junto a ela, fez uma ligeira reverência perante eles, hábito que adotava para reforçar a história de que pertencia à mais antiga nobreza italiana.

A seguir, cumprimentou-os com um misto de gentileza e gravidade, dizendo que se sentissem em casa. Ela já conhecia vagamente Cecília, que muito raramente acompanhava a mãe nos eventos caritativos da paróquia.

Romeu lhe lançou um olhar sedutor, que Maria fingiu não ver, e rapidamente passou para o casal seguinte. Em seguida, casualmente, ele comentou com a esposa:

– Não sabia que os Albuquerques tinham uma filha. Ou será uma parente distante essa tal Maria, que nos recebeu?

– Não. É a viúva de Vivaldo, moça muito fina, oriunda de importante família italiana, que resolveu viver no Brasil após a morte do esposo.

Romeu recebeu aquela informação sem nenhuma expressão facial importante. A seguir, dirigiram-se para cumprimentar seus pais, que estavam a um canto do salão, falando com o padre Renato.

Entretanto, ele ia pensando. A moça era viúva. Isso era um bom negócio para ele. Era muito melhor do que se fosse solteira, com a preocupação de se manter virgem para o casamento e as crises que sempre envolviam desistir disso. O único problema é se estivesse procurando marido.

Em outro dia, apenas a vira rapidamente, mas agora se colocava de forma a poder mirá-la de forma direta e prolongada, como se admirasse a decoração do ambiente ou os próprios anfitriões. A mulher era mesmo linda, tinha bom gosto, parecia discreta e rica. Contudo, algo nela sugeria uma sensualidade poderosa.

Em um repente, os olhos de ambos se cruzaram. Deliberadamente, ambos mantiveram o contato visual por um tempo que pareceu muito longo, até que Maria baixou seus olhos e saiu do local.

Romeu ficou extremamente empolgado: ele fora notado! Agora era só questão de sair à caça. Transformaria aquela mulher em sua amante ou não se chamaria mais Romeu.

Quanto a Maria, ia pensando. O homem então se chamava Romeu e tinha por esposa uma loira apagada, que parecia frágil como cristal. Sabia que Cecília nunca seria uma rival a sua altura. Entretanto, também Romeu já devia se achar com o jogo ganho, a partir da troca de olhares, como se ela tivesse nascido ontem.

Para quem já rejeitara um marquês e fizera um conde esperar por meses, o pobre rapaz provinciano não sabia com quem estava lidando. Ela manejava como ninguém, sabia todas as regras do jogo, como permitir algum avanço, para em seguida recuar chocada. Se ele achava que ela seria uma simples amante, a esperá-lo em suas noites de folga, estava muito enganado.

Após muito tempo, desfrutava de uma posição privilegiada, da qual não pretendia abrir mão facilmente. Já notara que muitos rapazes solteiros lhe lançavam olhares cobiçosos. Tomaria dona Ana como cicerone e guia para identificar o melhor partido, isso da forma mais discreta possível. Se achasse alguém interessante, poderia se casar ricamente. Sabia que já estava meio passada da idade, mas sua beleza e sua condição de viúva compensavam isso.

Quanto a Romeu, ela não sabia exatamente o que fazer, mas pretendia se divertir com ele, irritá-lo e enlouquecê-lo. Um homem com aquela beleza devia estar acostumado a conseguir tudo muito rápido e facilmente. Pois ela lhe ensinaria uma lição diferente.

Foi uma noite de glória para Maria, alvo de todos os olhares masculinos. Não havia no ambiente uma mulher que pudesse se comparar a ela, fosse pela beleza, fosse pela discreta riqueza e bom gosto dos adornos.

Como a festa se dava na casa da família a que por assim dizer pertencia, esperava-se que conversasse com os convidados. E ela o fez, com charme. Tudo nela era encantador, inclusive o discreto sotaque que mostrava em sua voz suave e musical.

Cautelosa para não perder o respeito da família em particular e dos presentes em geral, ela soube manter um tom grave, que não autorizava intimidades dos homens presentes. Quando muitos se aglomeravam a sua volta, ela ia para junto da sogra. Ficava perto dela um tempo e aí voltava a circular.

Ana e Osmar notaram isso com muito agrado: decididamente sua nora sabia se portar e tinha tato para evitar situações constrangedoras. Eles chegaram a comentar a sorte que tinham com a presença de Maria.

A certa altura, Mário se aproximou de Maria, parada por uns instantes à beira de uma janela para apreciar a lua, que luzia imensa no infinito do céu.

– Linda noite, não?

– Nossa, Mário, eu estava tão distraída olhando a lua que você me assustou! Mas tem razão: a noite está maravilhosa. Há muito tempo não me divertia assim. Os convidados de seus pais são todos muito distintos.

– Notei que está sendo bem assediada.

– Como assim?

– Ora, os homens buscam muito sua companhia.

– Isso ocorre simplesmente por eu ser uma novidade, talvez por terem sabido de minha existência e somente agora me verem. Mas não pense que estou buscando chamar a atenção de alguém, muito menos dos homens em geral.

Ela falou aquilo com um ar assustado, como se temesse que ele pensasse mal dela. O coração do rapaz ficou pequeno de ternura: ah, como aquela mulher era doce e maravilhosa!

– Eu não pensei nada de mal de você. Até notei que volta e meia vai para junto de mamãe, quando o agrupamento em torno de você se torna muito cheio de homens.

– É verdade. Não acho muita graça nisso de ficarem me cercando. Mas tão logo eu deixe de ser novidade, serei apenas uma mulher como as outras, e ninguém mais me notará.

Ele gargalhou e disse:

– Impossível!

– Por quê? Acha que sou tão curiosa ou estranha para que todos bisbilhotem sobre mim e me observem?

– Não é estranha, mas que é curiosa, isso é.

– Por quê?

– Maria, você é sem dúvida a mulher mais bonita da festa, e creio que isso não mudará nunca. Não consigo pensar em nenhuma mulher de São Paulo, ou mesmo da corte, que seja mais bela do que você.

A moça fez um ar encabulado.

– É generosidade sua. Talvez isso se deva a minha condição de estrangeira. Pareço um pouco diferente e talvez durante um tempo confundam isso com beleza.

– Não é generosidade minha. Aliás, há algo sobre o que preciso lhe falar.

Maria estremeceu, pois sabia o rumo da conversa. Simplesmente guardou silêncio.

– Maria, eu a tenho observado todos os dias há um ano e a cada vez gosto mais de sua companhia. Sei que meus pais aprovariam um compromisso nosso.

A jovem fez um ar de espanto.

– Por Deus, Mário, eu jamais imaginaria algo assim!

– Por quê? Sou muito feio e desinteressante?

– Claro que não. Você é sempre gentil comigo e parece-se muito com Vivaldo, seu irmão, a quem escolhi para marido.

– Qual o problema, então? Você quer se comprometer comigo ou não?

– Desculpe, mas você pensou nisso bastante tempo, segundo disse. Já eu fui pega de surpresa. Sua semelhança com Vivaldo sempre me perturbou um pouco, mas não sei se estou pronta para assumir um novo compromisso.

– Ainda pensa nele?

– Sim. Enquanto olhava a lua, pensava em como nossa vida, juntos, foi curta e em tudo o que não pudemos viver.

Uma atriz consumada, ela ficou com os olhos marejados de lágrimas. Gentil e tocado, ele lhe ofereceu um lenço, que ela aceitou. Com toda a graça do mundo, secou os olhos e devolveu o lenço.

– Maria, eu a amo. Viva comigo o que não conseguiu viver com meu irmão. Farei tudo o que você quiser, prometo-lhe. Se for de seu agrado, podemos viver na Itália, mudarmo-nos para a corte ou para qualquer outro lugar.

Ela pousou a mão no braço dele. Ele sentiu a leve pressão daquela mão com um palpitar imenso no coração.

– Querido, dê-me um tempo. Não me pressione. Deixe-me pensar. Não quero confundir as coisas. Não sei se o vejo como um irmão ou como homem. Sua semelhança com Vivaldo me confunde. Preciso mesmo refletir.

Dizendo isso, ela se afastou em direção a sua cunhada Dirce, que estava rodeada de pessoas, mas não deixara de notar aquela conversa. Generosa, Dirce tomou o braço de Maria e pôs-se a andar com ela pelo salão.

– Maria, você está bem? Parece um tanto abalada.

– Estou bem, sim. Não se preocupe.

– Vi que precisou secar os olhos. O que houve?

– Lembrei-me muito de Vivaldo.

– Mário lhe disse algo inoportuno?

– Não. De modo algum.

– Seja sincera. Ele se declarou?

– Meu Deus, só eu não sabia dessa história?

– Sei que você foi educada em um convento e sempre viveu protegida junto à família. Talvez isso a tenha tornado um pouco ingênua. Mário está vivamente apaixonado por você e demonstra isso há meses.

– O que seus pais devem pensar de mim? Que o seduzi debaixo do teto deles?

– Eles não pensam nada de mal de você. Aliás, a adoram como todos da família. O que respondeu a Mário?

Maria explicou como a conversa tinha se dado, e a cunhada ficou entre feliz e preocupada, deixando claro que, qualquer que fosse a decisão dela, continuaria a ser querida. Mesmo se casasse com um homem que não fosse da família, permaneceria para sempre no coração de todos.

Então Maria ficou sinceramente tocada. Ela era realmente amada por aquelas pessoas tão dignas. Sentiu que precisava ter muita cautela com seus futuros passos. Após tantos anos de desrespeito, em que não passara de um objeto de desejo, finalmente um grupo de pessoas dignas a olhava com respeito e afeição.

Maria não sabia, mas estava no seio de sua família espiritual. Seus atuais sogros foram seus pais por mais de uma existência e tentaram conduzi-la pelo caminho das virtudes, mas sem grande sucesso.

Ela já perdera alguns traços ruins do passado, quando sua sensualidade era mais grosseira e ela se permitia coisas bastante pervertidas. Antes, era arrogante, característica de que se livrara. Mas continuava vaidosa, sexualmente leviana e interessada demais em dinheiro.

Apesar daquela emoção, no correr da noite, Maria volta e meia corria os olhos pelo salão, para verificar onde Romeu estava. Sempre fazia isso de forma descuidada, como se estivesse apenas admirando as pessoas reunidas. Não mais se permitira fixar os olhos no homem que a atraía, embora este sempre parecesse estar olhando em direção a ela.

Em razão de sua cautela, e mesmo com o intuito de provocá-lo, cuidara para estar fora de qualquer grupo de que ele participasse. Entretanto, em dado momento, resolveu que precisava olhá-lo com mais atenção, estar perto dele, para ver se aquela atração persistia. Talvez ele fosse tedioso...

Ela pensava que poderia se livrar da atração e talvez conseguir algum marido interessante e decente. Mas isso na verdade era uma desculpa que arrumara, após ver o quão querida era pela família de seu finado esposo.

Parecia que a mãe jamais a amara, pois fizera de tudo para vencer a resistência inicial de Maria à ideia de buscar um amante, em vez de se casar. Contudo, a dita resistência não demorara muito a ceder, pois os homens que a mãe lhe apresentava eram todos muito interessantes, e ela logo se descobriu muito fraca no setor da sexualidade.

Durante muito tempo, desfrutara do poder de que dispunha sobre aqueles homens tão vividos, ricos e bonitos. Muitos tremiam, durante o tempo em que a cortejavam, quando chegavam perto dela. Outros haviam ficado vivamente apaixonados por ela.

Como era jovem e muito bela, não queria senão dinheiro e presentes, e seus amantes sempre foram ricos, jamais ocorrera a ela ser dispensada. Sempre era ela que se enfadava da companhia e tinha curiosidade de saber como era ser a amante de algum outro homem.

Invariavelmente, alguém lhe chamava a atenção, e ela começava a fantasiar. Aí terminava o caso que estava tendo e se deixava cortejar, presentear, antes de se entregar.

Mas sempre chegava o momento em que ficava farta. É como se algo estivesse faltando, como se nunca estivesse sentindo a coisa certa. Não conseguia explicar nem a si mesma. Divertia-se, tinha prazer com a situação toda, mas em seu íntimo algo parecia árido e insatisfeito.

Mesmo com Vivaldo ela já estava ficando um tanto enfastiada com a situação, embora se recusasse a reconhecer. Parecia que esperava alguém ou algo que nunca conhecia nem chegava perto dela.

Logo após a conversa com Dirce, surgiu-lhe na mente que talvez o que precisava experimentar ou sentir, não sabia ao certo como definir, tivesse de sê-lo com Romeu. Afastou o pensamento da mente, pois olhara para seus sogros e se sentira culpada. E se eles soubessem?

Assim, arrumara a desculpa íntima de deixar Romeu se aproximar apenas para descartar a ideia de que havia entre eles uma atração real e diferente.

De seu lado, Romeu já estava bastante irritado. O jantar terminara há um bom tempo, as pessoas estavam circulando e conversando em grupos, em um salão repleto de pequenas banquetas e sofás, mas simplesmente não conseguia se aproximar de Maria. Era como se ela tivesse um sexto sentido que a afastava dele sempre que tentava se aproximar.

Cecília notou o mau humor do marido.

– O que há, querido? Quer ir embora?

– Não há nada. Estava apenas pensando que também nós devíamos fazer uma festa de verdade em nossa casa. Apenas reunimos alguns poucos amigos. Precisamos ampliar nosso leque de amigos e de atividades sociais.

– Ah, nisso eu concordo com você.

Nesse instante, Maria parou para conversar com duas senhoras que estavam sozinhas a um canto e pareciam divertir-se muito. Por sorte, azar ou coincidência, tratava-se de primas de Cecília. Em verdade, primas em primeiro grau de Natália, filhas da senhora que a criara. As tais senhoras estavam bastante próximas de Romeu e Cecília, que àquela altura haviam parado junto a uma das grandes janelas do salão.

Os olhos de Romeu brilharam.

– Vamos conversar com as primas de sua mãe?

– Boa ideia. Não as havia visto.

Os dois se aproximaram de Cinira, Anastácia e Maria. Esta não se afastou, como fizera durante toda a noite. Ao contrário, deu um sorriso cintilante ao casal que se aproximara.

– Nossa, ainda não tivemos oportunidade de conversar, e a noite já está avançada. Tenho-a visto pouco nas atividades da paróquia, Cecília.

– Ah, é que ando bastante ocupada com meus filhos. Mas logo devo retornar.

CARA A CARA

OS DOIS SE sentaram em tamboretes e Romeu ficou bem em frente a Maria. Começaram a conversar, ela falou de sua origem italiana, risonha e feliz, como se estivesse completamente relaxada. Entretanto, a presença daquele homem a torturava. Como era sensual! Que sorriso!

Romeu logo tomou as rédeas da conversa, incluiu as duas senhoras, contou histórias, fez todas rirem. Parecia haver uma corrente elétrica que o ligava a Maria, pois os dois volta e meia estavam se olhando. Mas eram muito dissimulados, de modo que os demais não percebiam o que ocorria.

No correr de poucos minutos, ficou claro para ambos que algo os unia. Como eram muito sensuais, seus pensamentos eram cheios de luxúria. Mas parecia haver algo mais, como se fosse um reencontro, que os deixava entre excitados e temerosos, desconfortáveis.

Ambos notaram que, se tivessem um caso, não seria como sempre lhes ocorrera antes, de ficarem no comando da situação o tempo todo, de dispensar quando não mais interessava, de divertir-se um pouco e mudar de opinião. Seria algo crepitante, que talvez mudasse suas vidas. Levianos como eram, aquilo não os fez refletir sobre os parentes, os que dependiam ou gostavam deles. Naquele momento, era como se estivessem sozinhos, antecipando nos pensamentos os detalhes de fantasias que cultivavam.

Após um tempo, Maria ficou temerosa de que tudo se tornasse muito evidente e levantou-se.

– Desculpem-me, mas preciso dar atenção aos demais convidados. Por favor, se precisarem de algo, não hesitem em pedir.

Romeu acenou com a cabeça, despedindo-se dela, enquanto em seu rosto bailava um sorriso sensual, que o brilho dos olhos confirmava.

Esfogueada, a jovem saiu e foi para perto de uma das janelas, onde estavam reunidas algumas mulheres. Precisava de ar fresco e de ouvir conversas banais. Precisava, simplesmente precisava pensar em outra coisa, esquecer Romeu um pouco.

Quando ela saiu da roda, virou o assunto.

– Essa jovem é mesmo um encanto. Bonita, educada, charmosa. Não acha, Cinira?

– Com certeza. Não me lembro de já ter visto mulher tão bela.

Cecília, embora ciumenta, não estava no melhor de seu estado para perceber a situação. É que também ela estava tomando gosto pela bebida e já passara um tanto de seu habitual. Assim, foi com tranquilidade que concordou com as primas.

– Sim. E é uma mulher muito boa. Acompanha a sogra em várias atividades caritativas. Também, a coitada não deve conhecer ninguém. Veio da Itália para cá durante o luto pelo marido e durante meses só pôde fazer coisas sem graça.

Romeu limitou-se a concordar com a cabeça.

O casal na sequência foi embora, e a festa logo terminou.

Os dias passaram, e neles Maria refletiu longamente. Compreendeu que sentia carinho genuíno por seus sogros e por toda a família deles. Por isso, resolveu não jogar com os sentimentos de Mário.

Não tardou a lhe dizer que pensaria longamente, mas que o via mais como um irmão do que como um marido. Fê-lo por pensar que seria muito feio atraiçoar a confiança de dona Ana e do senhor Osmar, acima de tudo, caso viesse a se tornar amante de Romeu.

Dito isso, falou com a sogra que não lhe era odiosa a ideia de contrair novo matrimônio. Ainda era jovem e parecia triste a perspectiva de passar a vida sozinha. Confidenciou-lhe a proposta de Mário e sua resposta a ele.

Dona Ana foi bastante compreensiva.

– Tem razão, minha filha. É jovem, deve formar uma família sua, ter filhos com um homem a quem vier amar. Entendo que amou muito Vivaldo, mas não sente o mesmo por Mário, embora a parecença de ambos. Quem pode controlar o coração, não é mesmo?

– Pode parecer um pedido estranho esse, feito de uma nora para uma sogra, mas vários rapazes mostraram interesse por mim na noite da festa. A senhora poderia me dar umas dicas, a fim de que eu evite os de caráter duvidoso?

– Claro! E fico feliz que confie em mim.

A partir daí, Maria teve um apanhado de vários rapazes, e sua atenção se fixou em dois, que a haviam cortejado o mais abertamente possível na dita noite e chegaram a lhe mandar flores.

Trava-se de Inácio e Irineu, dois jovens bem-nascidos, herdeiros de fortuna, ambos com boa aparência. Já haviam tido compromissos antes, mas nada de muito sério. Nunca nada passara de flertes sem importância nem se tornaram conhecidos da sociedade.

Chegaram até mesmo convites das mães dos ditos rapazes para que dona Ana e sua nora, única jovem livre na casa, comparecessem a um chá nas respectivas casas. Convites feitos pelas mães dos jovens, tudo dentro da maior respeitabilidade.

No fundo, Maria do Rosário se sentia lisonjeada ao ser tratada com tanta consideração, levando-se em conta seu passado.

Ela foi com a sogra aos dois chás, em que os rapazes estavam, e pôde conversar com ambos. Achou-os interessantes, muito mais do que Mário, mas seu coração balançou mais por Irineu, que tinha realmente um jeito mais arrebatador.

Não demorou muito, e o rapaz começou a cortejar a jovem, indo a sua casa e mesmo saindo para passear com ela, ambos devidamente acompanhados. Até às atividades pias da paróquia Irineu passou a ir.

Ao saber disso, Romeu se enfureceu: aquela mulher era sua e de mais ninguém! Incentivou Cecília a ir às tais atividades e disse que gostaria de conhecer o trabalho. Ao saber daquilo, dona Natália exultou.

Coincidiu que exatamente na mesma tarde todos estavam reunidos: Cecília, Romeu, Maria, Irineu, dona Ana e dona Natália.

Todos se cumprimentaram cortesmente, e os rapazes tentaram tornar-se úteis. Por um desses acasos da vida, acabaram atribuindo a mesma tarefa a Maria e a Romeu, que a um canto deviam organizar as cestas de alimentos.

– Então, a senhorita está comprometida?

– Não sou senhorita. Já fui casada.

– Mas está comprometida?

– Caminho para isso.

– Por quê?

– Por quê? Ora, todo mundo quer ter alguém, casar-se, ter filhos.

– Nem todo mundo. Para ter alguém, não é preciso se casar e nem sempre os filhos dão apenas satisfação.

A voz dos dois era baixa e tensa, o que tornava aquilo tudo muito excitante. Eles ofegavam. Romeu tomou a iniciativa.

– Maria! – disse com voz roufenha.

– Sim? – a voz dela tremia.

– Precisamos nos conhecer melhor. Não estabeleça compromisso com outro sem antes me dar uma chance.

– Chance de quê? O senhor é casado!

– Não me chame de senhor. Sou só Romeu. Você também já foi casada. É experiente, vivida. Tenho certeza de que sente o mesmo que eu. Vamos nos conhecer melhor, viver algo intenso.

– Não posso. O que meus sogros pensariam?

– Eles não precisam pensar nada. Vamos ao menos conversar.

Maria hesitou.

– Sabe o caramanchão que há no terreiro da casa de seus sogros?

– Sim.

– Aquele perto dos aposentos apartados de visitas, reservados para as grandes ocasiões, quando são muitos os convidados?

– Sei.

– Espero-a hoje lá às 23 horas.

– É loucura! Não posso fazer isso!

– Espero-a. Vá.

Dito isso, afastou-se e foi para junto de dona Natália, para ajudá-la na distribuição.

Naquela noite, muito antes da hora aprazada, Romeu, em trajes extremamente simples, adentrou-se no quintal da casa dos Albuquerques e foi para baixo do caramanchão.

Esperou longamente até Maria chegar. Ela se fazia de hesitante, mas seu rosto estava corado.

Romeu foi impetuoso e a abraçou. Ela fez força para se afastar, mas não conseguiu. Logo estavam se beijando loucamente. Ali mesmo, Romeu quis despi-la.

– Alto lá, rapaz! Acha que sou uma rapariga, a quem aluga por hora? Que intimidades são essas?

– Não acho nada de ruim de você. Sei que algo nos une. Quero-a minha.

– Entre querer e conseguir há uma grande distância.

Ficaram em um jogo de sedução, com Maria ora deixando, ora recuando, como se indecisa em comprometer a própria virtude. Após uma hora daquele jogo, Romeu estava transtornado.

– Por Deus, Maria, quer me enlouquecer?

– Quem você acha que sou para me entregar a um quase desconhecido, ao ar livre, no meio da noite?

– Então, vamos para os aposentos de visitas de seus sogros. Já estive ali, quando vim aqui em visita com meus pais, e a casa nos foi mostrada.

Maria resistiu ainda longamente, gozando o poder que tinha sobre aquele homem, mas finalmente resolveu aceder, relutantemente.

Em seu íntimo, ela pensava: "Então, vamos ver o que esse brasileiro sabe! De repente, é tudo prosa, e ele nada conhece.".

Ambos se encaminharam de mãos dadas para um compartimento e ali se comprometeram ainda mais perante as leis divinas. Entregaram-se ao furor de sua paixão, que parecia larva ardente. Maria ora se fazia de recatada, para espicaçar Romeu, ora demonstrava uma experiência que o transtornava. Foi uma noite intensa, arrebatadora, e ambos saíram quando era quase manhã.

– Esta noite eu volto!

– De modo algum, nem pense nisso. Foi algo que aconteceu, mas não se repetirá. Procuro um marido, não um amante.

– Você enlouqueceu? Jamais viverá com alguém o que acabamos de viver!

– Sou uma mulher honesta. Isso foi um deslize único. Não se repetirá.

Com essas palavras, Maria se retirou com ar meio choroso e parecendo brava consigo mesma, afetando dignidade ofendida.

Nas noites seguintes, Romeu passou em vão horas no caramanchão. Mandou bilhetes, tentou encontrar-se com Maria de todos os modos possíveis. Em vão.

Aquilo o transtornava além da medida. No trabalho, em que nunca fazia grande coisa, passou a simplesmente nada fazer. Irritadiço, brigava com empregados, reclamava de tudo. O pai notou o ocorrido e lhe chamou a atenção.

Mas Romeu estava inteiramente transtornado. Disse palavras grosseiras ao pai, logo tendo de recuar. Amaro lhe lançou um olhar pleno de autoridade moral, poder-se-ia dizer até aristocrático.

Contra toda expectativa, Romeu se atirou nos braços do pai e começou a chorar. Este o levou para sua sala, fechou a porta e quis saber o que ocorria.

– Meu rapaz, o que o perturba tanto? O que o põe neste estado?

A resposta foram soluços.

– Se nada falar, será difícil que eu o ajude.

De repente, foi como se memórias antiquíssimas aflorassem no espírito do moço. Ele teve rápidos e ininteligíveis vislumbres de inúmeras cenas em que fizera coisas irremediáveis, levando aquele pai amado ao mais extremo sofrimento e desilusão. O inimaginável ocorreu.

– Meu pai, sinto que estou à beira de uma catástrofe moral!

– O que houve? Perdeu muito dinheiro no jogo?

– Não, no jogo eu em geral ganho.

– Graças a seus baralhos especiais, não?

O moço ficou espantado, mas estava preocupado demais com outras coisas para prestar muita atenção àquilo.

– O senhor sabe tudo mesmo, não?

– Sei que deve ter dado um jeito de trapacear habilmente nas cartas. Em breve, nosso nome estará comprometido de modo irremediável. Sei que você e Cecília bebem além da conta e que as crianças estariam abandonadas moralmente, não fosse a diligência de sua mãe. Fora isso, o que ocorre?

– Estou apaixonado, papai!

– Evidentemente, essa paixão não é por Cecília, pois você nunca gostou dela. Ela foi apenas o modo que seu coração ingrato e invejoso arrumou de garantir a herança.

– Não sou ingrato nem invejoso. Sou inseguro. Sei que não sou seu filho.

– Convive comigo há quase 30 anos e ainda não me conhece minimamente. Qual a possibilidade de eu deixá-lo ao desamparo? Já não me viu amparar antigos trabalhadores, pobres colonos cuja colheita foi inteiramente prejudicada pela seca, pelo granizo ou pela chuva abundante demais? Mas seria justamente, você, meu filho do coração, senão de minha carne, a quem eu abandonaria?

Romeu calou-se sem ter como explicar o que se passava em seu íntimo, mas não era preciso.

– Eu sei. Você não quer amparo, não quer o necessário. Quer luxo e conforto, dinheiro à larga, tudo do bom e do melhor. Entretanto, já tem luxo com sobra.

O rapaz continuava chorando.

– Quem é essa mulher?

– É Maria do Rosário, viúva de Vivaldo, filho do senhor Osmar.

– Eu sei de quem se trata. E ela o ama também?

Uma ligeira hesitação do rapaz fez o pai captar tudo.

– Não é de amor que se trata, mas de ardência. Ela arde por você também?

– Sim, mas quer se casar, ter um marido, e não um amante.

– No que faz muito bem. Mas você já não é amante dela?

– Apenas uma vez, papai. Depois ela não aceitou mais me encontrar.

– Não sei se a admiro por ter desistido da insânia, ou se a lastimo por ter aceitado e cedido ao primeiro encontro.

Os dois foram conversando, e o pai aconselhou um choroso e desesperado Romeu. Por fim, Amaro resumiu a história.

– A moça, apesar do desatino cometido por você, parece ser honesta. Quer um marido e uma família, quer ter filhos legítimos com um homem que a ampare. Você já é casado, tem filhos. Deve se afastar. Fique um tempo na fazenda com Cecília e as crianças. Ela vai estranhar, mas você dirá que foi uma ordem minha. Aprenda algo de agricultura com o senhor Cícero, interesse-se pela vida simples. Deixe morrer em seu íntimo esse gosto por aventuras tão típico dos de sua raça.

– Tem razão, papai, farei isso.

– Uma coisa eu lhe digo: nem pense que tirará os filhos de Cecília e irá viver em mancebia com essa moça. Se resolver se desgraçar, eu cuidarei de minha filha e de meus netos. Sabe que sou politicamente influente. Nunca usei essa influência em caráter pessoal, mas desta vez o farei. É claro que poderá ver as crianças, mas perderá o contato diário. E se tornará um pária. Não pense que seus amigos políticos, todos com amantes bem escondidas, lidarão generosamente com essa situação inusitada: você vivendo com uma concubina. Isso sem falar na reação dos Albuquerques, em especial de Mário, sabidamente apaixonado por Maria do Rosário.

Com aquilo na mente, o rapaz se convenceu de que precisava realmente tentar bater em retirada. Ele tinha muito a perder, e Rosário queria um marido, não um amante, ao passo que ele já era casado.

Foi um triste Romeu, afetando alegria, que se encaminhou no mesmo dia, junto com uma mal-humorada Cecília e duas crianças estuantes de felicidade, para a fazenda da família.

Ao lá chegar, tentou se enfronhar no trato da terra e do gado, a fim de estafar a mente e o coração. Passou a trabalhar insanamente, coisa rara em sua vida, mas ainda assim não sossegou seu íntimo.

Seus pais iam aos fins de semana, oportunidades nas quais ele tinha longas conversas com Amaro, enquanto andavam pelos carreiros da propriedade.

Após dois meses naquela situação, sem conseguir parar de pensar em Maria, um belo dia estava trabalhando sob o sol, que lhe amorenara ainda mais a pele, quando ouviu a conversa de dois rapazes.

– Mas aquele Irineu é um sortudo mesmo. Conseguiu a melhor de todas!

– O que estão falando aí?

– Ah, senhor Romeu, falávamos do noivado do senhor Irineu. Ele se comprometeu no último sábado com a dona Maria do Rosário, viúva do senhor Vivaldo.

– Não diga. E quando será o casamento?

– Parece que não demorará muito. Será o tempo de prepararem a contento uma casa na corte. O casal quer ir morar em um local com vida social. E dona Rosário tem mesmo o porte de uma princesa, com um jeito muito especial de se abaixar para cumprimentar as pessoas. É um encanto.

– Esse jeito é uma reverência. Ela só deveria fazer para pessoas da realeza. Decerto, sente saudade do convívio com elas e assim o faz por hábito.

Naquela noite, Romeu andou pela propriedade, cheio de ódio, ciúme e rancores. Aquela mulher era dele, só dele. Ela já fora dele uma vez e deveria voltar a sê-lo. Era plena segunda-feira. Ele comunicou a Cecília que iria até a cidade para buscar alguns implementos que estavam faltando. Ignorou solenemente tudo o que ela lhe disse para convencê-lo a levá-la junto.

Chegando lá, fez um criado de sua confiança entregar um bilhete a Maria, quando ela saía da igreja, após a missa matinal, que costumava frequentar com a sogra.

O rapazinho era mesmo esperto, pois fez de conta que caiu ao andar rapidamente perto das duas senhoras. Com a habilidade de um ilusionista, passou o bilhete para a mão de uma espantada Maria.

Ao chegar em casa, ela leu o bilhete. Então, o danado soubera de seu noivado e futuro casamento. Era mesmo um convencido! Achava que a teria só para si na qualidade de amante. Ela poderia até aceitar tal situação, desde que também tivesse um marido bem-posto. Recusava-se a ver-se em situação ridícula, como a de uma grávida solteira. Mas, acostumada a brincar com fogo, resolveu encontrá-lo.

Foi assim que, perto das 23 horas, um ansioso Romeu viu aproximar-se a silhueta de Maria, que procurava parecer assustada e hesitante, quando estava completamente segura de si. Mal ela se aproximou, foi abraçada e violentamente beijada por seu apaixonado. Ele a segurava com sofreguidão e tremia, com a razão completamente perturbada pelos sentidos. Ainda assim, não demorou a notar que segurava junto a si um corpo rijo, hirto, despido de emoções, tal qual uma estátua.

– O que tem? Por que essa frieza repentina?

– Não há nenhuma frieza repentina, mas decência. Deve saber que agora sou noiva de outro homem, a quem devo respeito.

– Aquele Irineu é um idiota, você não se casará com ele!

– Ao contrário, Irineu nada tem de idiota. É divertido, ousado, inteligente, bem-falante. Em suma, reúne todas as qualidades para agradar a qualquer mulher, especialmente a mim.

– Não fale asneiras. Você é minha!

– Alto lá, não sou sua! Fui sua uma vez por descuido, falta de reflexão, talvez solidão demais, cansaço...

– O que tivemos foi especial!

– Falou bem: tivemos, mas não temos mais. E foi tão especial que você sumiu por semanas a fio, sem sequer tentar entrar em contato comigo. Por certo, eu não assumiria o papel de sua amante. Mas sua atitude para comigo foi a que se tem para com uma rameira: toma-se e esquece-se. Com o agravante de que nem ao menos fui remunerada.

– Não fale tantas bobagens. Papai enviou-me para cuidar da fazenda da família, e não vi meios de me livrar da obrigação.

– Entendo e creio que foi melhor assim. Com a cabeça mais livre e serena, pude conhecer melhor Irineu e concluir que é o homem de minha vida.

Romeu a tomou novamente nos braços e a mirava muito de perto, olhos nos olhos, enquanto falava com sua voz charmosa, rouca de desejo:

– Eu sou o homem de sua vida. Você é só minha. Não pode ser de mais ninguém.

Outra mulher menos ladina e experiente cederia, mas Maria tinha um longo histórico de conquistas demoradas, em que fizera o pretendente praticamente enlouquecer, a fim de torná-lo mais generoso.

– E serei exatamente o quê? Uma diversão? Passará os dias e as noites com sua família, envolto em toda a respeitabilidade, enquanto eu serei sua amante?

– Ninguém precisará saber!

– E se eu engravidar?

– Pode passar um tempo em outra cidade enquanto espera a criança e se recupera. Recursos não me faltam para lhe providenciar conforto.

– Nossa, que proposta tentadora! Aí abandono nosso filho nas mãos de qualquer um e volto para fazer esse papel ridículo: vê-lo por uma ou duas horas por semana e cuidar dos sogros que envelhecem?

– Podemos fazer um arranjo melhor.

– Esqueça, eu sei o meu valor. Você mesmo já me disse que nunca viu mulher bela como eu. É um fato: sou bela e de boa família, apenas tive a desdita de enviuvar cedo. Mas não vou comprometer minha vida.

Romeu a abraçava, rogava e finalmente o inevitável aconteceu: os dois estavam de novo em um dos quartos de visita da família Albuquerque, entregando-se aos desvarios da paixão.

Quando as emoções asserenaram, Maria se levantou, vestiu-se e lançou a Romeu um olhar imperioso:

– Foi a última vez que isso aconteceu. Considere como uma despedida, algo assim. Vou casar-me com Irineu e pretendo ser uma mulher fiel.

– Enlouqueceu? Acha que sentirá com ele o que sente comigo?

– A vida não consiste apenas de sensações. Há respeitabilidade, segurança, posição social. Nunca mais me procure.

PLANO INFELIZ

HAVIA NA POSTURA altiva de Maria, na segurança de sua voz, algo que colocou medo em Romeu. E se ela nunca mais fosse sua? Suportaria comparecer ao casamento dela, vê-la grávida de outro homem?

– O que posso fazer para convencê-la a ser minha?

– Nada, a não ser que seja meu também.

– O que quer dizer?

– Você é rico, jovem, tem plenas condições de se estabelecer em outro lugar. Leve-me para uma das províncias do sul, onde ninguém possa ter ouvido falar de nós e dos nossos. Vamos ser realmente marido e mulher.

– Deixar Cecília e as crianças? Deixar meus pais?

– Você é casado só com Cecília, ao que eu saiba. Deixei meus pais há muito tempo, mesmo porque fui criada e educada em um convento. Seus pais têm um ao outro e não haverão de morrer por sua falta. Quanto a seus filhos, levemo-los conosco. Apenas precisarão ser bem orientados para não nos desmascarar.

– Meu Deus!

– A coisa é grave, não? Comigo tudo é sempre sério e grave. Entreguei-me a você duas vezes, mas lhe afianço: nas atuais condições, você nunca mais me terá. De minha parte, poderá ficar todas as noites à espera, que não virei. O caramanchão será todo seu até de manhã. Se me quer, terá de me querer de fato e ser meu de verdade. Levaremos seus filhos e prometo tratá-los como se fossem meus. Talvez tenhamos mais filhos, talvez não. Mas seremos uma família e viveremos em regime de fidelidade. É isso ou nada.

Romeu a olhou demoradamente, e ela não titubeou, não abaixou os olhos, não tremeu. Ele sentiu que Maria estava mesmo decidida.

– Preciso pensar, isso que propõe é sério. Não sei se tenho tantos recursos assim e há toda a questão familiar a resolver.

– Seu pai é famoso por sua fortuna. Pegue o que lhe caberá naturalmente por herança, ou como recompensa pelos anos que trabalhou com ele. Seguramente, o senhor Amaro não ficará pobre nem passará necessidades.

Romeu tremeu à ideia de roubar seu pai, ao imaginar a cara que ele faria ao descobrir a realidade. Inesperadamente, veio-lhe à mente o pensamento de que conhecia as senhas dos cofres de casa e do estabelecimento principal e o lugar em que o pai guardava as chaves dos equipamentos de segurança. Igualmente pensou nas joias da mãe, em como eram ricas, e de que poderia facilmente se apropriar delas. Chacoalhou a cabeça, como que querendo se desvencilhar daquelas ideias. Em vão, pois aquilo continuou em sua mente.

– Devo me casar em setembro. Você tem três meses para tomar uma atitude de homem. Se não quiser seguir minha sugestão, nem apareça mais à minha frente com esse seu semblante de apaixonado. Saberei que é uma farsa. E, depois que eu me casar, também não estarei mais à disposição para que você mude de planos. Irei morar na corte; pretendo tornar-me, com alguma sorte, íntima da família imperial. Para tanto, não me faltam traquejo nem educação.

Coisa rara, Romeu não tinha palavras.

– Enfim, vou-me. Aconselho-o a se vestir e a ir embora logo, pois o dia em breve amanhecerá.

Romeu viu-a sair com o coração batendo acelerado e a mente em completo tumulto. Ele rapidamente aderira ao plano de levar seus filhos. Jamais se separaria deles. No mais, não gostava mesmo de Cecília. Entretanto, havia seus pais. Amava Natália e amava ainda mais Amaro. Só de imaginar a decepção dos dois, seu coração entrava em descompasso. Teria coragem? Senhor, que mulher complicada! Não poderia ter se apaixonado por outra mais razoável?

Ele foi direto para a fazenda e a ela chegou pouco antes do amanhecer, tomou um banho e rapidamente trocou de roupa. Assim vestido, entrou no quarto dos filhos e depois em seu próprio quarto conjugal. O que Cecília realmente representava para ele? Ela tinha algum valor especial ou sempre fora apenas a garantia de uma vida rica?

Quando a família acordou e começou o rebuliço de sempre, ele prestou mais atenção do que o normal ao que ocorria a sua volta. Viu os filhos, tão belos e tranquilos, brincando e implicando um com o outro, e Cecília claramente enfadada com a vida rural e brava com ele.

Romeu não trabalhou naquele dia. Apenas andou pelos carreiros da fazenda, admirando tudo e pensando em sua vida. O que fazer? A todo instante, o rosto de seu pai lhe surgia à frente, como se fosse um fantasma. Se não fosse ele...

Naquele momento, veio-lhe à mente que seu pai, que já não era tão jovem, talvez morresse logo. Se seu pai não existisse mais, o que faria? Fugiria com Maria, disso não tinha a menor dúvida.

Mas a simples ideia de seu pai falecer lhe deu um arrepio violento. E, se fugisse, e seu pai, ou mesmo sua mãe, viesse a sofrer um abalo muito forte? Como se sentiria mais tarde ao saber que fora a causa do perecimento de um deles?

Tinha certeza de que não encontraria a solução perfeita. Queria apenas achar o melhor a fazer. Não acreditava em Deus, apesar de toda a influência familiar que recebera, de modo que não orou, não pediu o auxílio do Céu, o que poderia liberá-lo, em alguma medida, da influência que sofria.

Ele e Maria eram duas almas que se obsidiavam uma à outra, para se perderem juntos. Se Maria não o tivesse encontrado, talvez se acomodasse na condição de esposa de Irineu, jovem bem-posto e adequado para ela em todos os aspectos. Aliás, moralmente ele lhe era superior, embora não se tratasse de modo algum de um anjo colocado na Terra por engano. Ao contrário, era um jovem mundano, mas com bom coração e apego genuíno à família.

VISLUMBRES DO PASSADO

À PARTE OS dois jovens que se requestavam mutuamente, cada um querendo assumir o controle da situação, havia alguns espíritos que os incentivavam a que se unissem. Eram seus cúmplices de antigos tempos, que os haviam reencontrado.

A misericórdia divina havia afastado por alguns séculos seres que se comprometeram gravemente no campo sexual. Durante a decadência de Roma, eles formaram uma espécie de comunidade que envolvia a prática de orgias. Todas as perversões possíveis haviam sido por eles vividas.

Maria, à época muito rica e importante, gozava de especial proteção do imperador então reinante. Com isso, conseguira o divórcio de um esposo a quem reputava pouco interessante, chegando a ficar com muito do dinheiro dele, o que fora inusitado.

Já Romeu permanecera casado, mas tinha vida dupla. Na condição de senador, gozava de grande influência e muita liberdade. Era-lhe fácil arrumar desculpas para longas ausências, a título de missões oficiais.

Maria tinha uma propriedade não muito distante de Roma e extremamente resguardada. Era rodeada de imensas árvores e afastada de tudo. Foi justamente essa característica geográfica que a levara à aquisição. Autêntica mansão rural, com vários aposentos, locais para banho e um salão magnífico. Ali, todos os convivas, participantes daquelas loucuras, podiam se dar aos mais loucos e repugnantes desfrutes.

Além da discrição natural do ambiente, Maria postava escravos para vigiar constantemente os limites da propriedade, a fim de evitar a entrada de alguém. Havia comprado escravos e escravas jovens e belos, para trabalharem ali.

Esperta, tratava-os a todos muito bem, permitia que tivessem do melhor possível. A propriedade não rendia nada, e o trabalho ali praticamente não existia, à parte a questão da cozinha e da limpeza, que ela destinava a outra espécie de escravos.

Aqueles jovens cuja beleza a seduzira viviam no ócio e a praticar exercícios. Nos dias de festins, eram utilizados pelos presentes para satisfação dos apetites mais baixos. Ou então deviam entre eles encenar cenas vergonhosas.

A responsabilidade por aquilo tudo era imensa, e Maria a assumia em grande parte, pois era a patrocinadora dos eventos. Romeu era seu amante predileto. Não havia entre eles afeição, mas gostavam das mesmas baixezas.

Por muitos séculos, aquilo pesou na economia moral do grupo, que, sempre que se reencontrava, acabava revivendo em alguma medida as cenas anteriores.

Desse modo, atendendo ao rogo das famílias espirituais de todos, a misericórdia divina os havia separado por longo tempo em variadas encarnações de educação e sofrimento, com muitas inibições e recalques.

Alguns se haviam reabilitado e mudado de gostos, e todos haviam melhorado, em alguma medida. Entre aqueles cuja melhoria não fora satisfatória estavam Romeu e Maria, em vias de reviver suas loucuras.

A jovem fora educada em convento, com a finalidade de que crescesse em valores espirituais. Sua mãe, antiga participante do grupo na qualidade de escrava, teve, na atual existência, um prazer secreto em prostituir a antiga dona, quando a proposta espiritual era que cuidasse dela com carinho. Havia se comprometido a orientá-la no bem.

Quando a mãe de Maria se perdeu, logo no início da vida, o plano espiritual se movimentou para auxiliá-la. A vinda de Maria ao mundo foi incluída nesse movimento de auxílio. A ideia era a de que, ao ver a filha tão cândida, tão bela, ela se tocasse do instinto materno, mudasse de vida e orientasse a moça no caminho do bem. Não foi o que ocorreu.

O casamento de Maria com Vivaldo foi outra aposta da divindade no resgate da jovem. Afinal, também Vivaldo fizera parte do grupo de nobres romanos pervertidos. Ele, no entanto, conseguira se recuperar e superar as taras, e já naquele período remoto sentia-se afetivamente ligado a Maria.

Vivaldo não deveria mesmo viver muito, por conta de certas injunções do passado. Ele precisava experimentar a dor de se separar de alguém muito amado, de deixar sonhos sem realização. Isso porque fora comerciante de escravos e não hesitara em separar famílias.

O vínculo com Vivaldo teve a finalidade especial de colocar Maria em contato com seus sogros, que tinham sobre ela certa ascendência, uma vez que a haviam socorrido em variadas situações. Compunham sua família espiritual e tinham pela jovem sem juízo um carinho infinito.

Romeu, de seu lado, foi amorosa e cuidadosamente educado por Amaro e Natália.

Como se vê, a misericórdia divina havia tomado todo o cuidado possível para ornar aqueles seres de resistência moral, a fim de que não reincidissem em suas loucuras.

Contudo, a partir do momento em que se viram, não conseguiram mudar o tom do vínculo que sempre houve entre eles – a lascívia. Em decorrência, atraíram os espíritos do antigo grupo que ainda estavam em situação moral difícil. Em especial, um casal de escravos que se sentia muito prejudicado por ambos, em razão das taras a que foram submetidos.

Desse modo, à parte as orações de Amaro e de Natália, cientes do drama que se desenhava, havia uma corte de seres pervertidos que rodeava os dois jovens e praticamente os hipnotizava. Eles queriam reviver as antigas sensações por meio dos dois amantes reencarnados.

Naquela semana, Romeu quase enlouqueceu com o mau humor de Cecília e com o desgosto que a vida rural subitamente lhe trazia. Não sabia identificar bem a razão, mas lhe parecia que aquelas cenas bucólicas eram prenúncio de desgraça. Lembrança fugidia dos tempos vividos com Maria na propriedade próxima a Roma?

Ele nem acreditou quando os pais chegaram no sábado após o almoço. Tão logo conseguiu, saiu a andar com o pai pela fazenda.

– Papai, eu preciso voltar a São Paulo. Não sou feito para esta existência campesina. Nem eu nem Cecília. Se ficarmos aqui, acabaremos nos matando.

– Mas e a questão que o trouxe para cá?

– Creio que está resolvida. Soube que Maria ficou noiva de Irineu, que, salvo engano, é seu afilhado. Então, a coisa se resolveu por si só. O pessoal da fazenda me disse que eles irão morar na corte e se casarão muito em breve. Assim, é apenas algo a ser esquecido.

Amaro o olhou longamente, como se quisesse ler em seu íntimo. Não chegou a ficar sossegado com aquela resignação toda, que não era própria de Romeu. Contudo, sabia que estava a tratar com um homem adulto, que tinha a liberdade de viver como quisesse. Assim, concordou com que todos voltassem para as respectivas casas na tarde de domingo.

Cecília ficou esfuziante com a notícia, embora as crianças a tenham lamentado. Quando chegou à cidade, Romeu ainda não tinha decidido exatamente o que iria fazer. Contudo, foi se acautelando para um desaparecimento inesperado, se necessário.

Tornou-se mais gentil com Cecília, submetendo-se a suas vontades, fez-se mais presente na casa dos pais. Ali, cuidou para estar perto do pai quando este abrisse o cofre em que guardava muito dinheiro e títulos de crédito. Também ficou mais junto à mãe, deu-lhe atenção redobrada e lembrou que ela raramente se enfeitava, mas que tinha joias lindas. De propósito, descreveu de forma errada um conjunto de colar e brincos que ela possuía. A mãe riu daquilo e foi apanhar as joias em seu quarto.

Com toda a naturalidade do mundo, Romeu foi junto, observou-a abrir um sólido baú que tinha chave e segredo. Certificou-se de que este não havia mudado e de que a chave continuava a ser guardada no lugar de hábito. Natália estendeu em sua cama suas joias, que eram ricas e variadas.

– Nossa, mamãe, não lembrava que eram tantas nem tão ricas e belas!

– São lindas, mesmo, não?

– São impressionantes.

– Como já lhe disse, tão logo nos casamos, seu pai me deu de presente as joias de minha finada sogra. Além disso, aproveitava qualquer pequena ocasião para me presentear. Ele como que queria compensar a juventude pobre que eu tive, morando de favor na casa de titia.

– Creio que algo de cigano nunca morrerá em mim, mamãe. Eu simplesmente sou fascinado por ouro, pedras preciosas, joias de todo tipo. Acho absurdamente lindo esse seu conjunto aí na cama.

– Não há motivo para negar sua essência. Não há nada de errado em admirar as coisas belas, desde que saibamos que são apenas coisas. O importante mesmo está dentro de nós, são nossos valores, a se refletirem em atitudes nobres. Se vivemos com decência, não há problema algum em que de vez em quando nos permitamos algum luxo.

– A senhora é uma mulher muito sábia.

Contudo, ele acusou a estocada. Viu-se ali tal qual era: um filho adotivo certificando-se de que tinha como se apossar da fortuna da mãe.

No trabalho, ele também mudou de conduta. Passou a se interessar mais pela parte administrativa, quis saber tudo sobre as filiais, os postos, os empreendimentos mais remotos.

Feliz com o interesse, Amaro, que vinha registrando alguns sintomas físicos desagradáveis em segredo, contou tudo o que havia para contar. Foi assim que Romeu soube que o plano inicial de fugir para uma província mais ao Sul era ruim. Os empreendimentos do pai se estendiam praticamente pelo país todo.

Ele também cuidou de ganhar mais no jogo. Para não dar muito na vista, costumava circular nas casas de seus amigos adeptos da jogatina. Quando não estava logrando em um lugar, estava fazendo o mesmo em outro. Mas sempre de forma muito charmosa e dissimulada. Ele praticamente pedia perdão por ganhar.

Ao cabo de dois meses, nos quais não conseguira ver Maria, contou todos os seus haveres e achou que eram poucos. Se decidisse fugir, precisaria cometer uma desonestidade com seus pais e talvez mesmo com sua mulher. Nunca fora muito generoso em presentes para ela, pois Cecília já trouxera por ocasião do casamento uma fortuna em joias de todo tipo.

Naquela mesma noite, enquanto ela dormia, levantou-se, abriu o baú, que se assemelhava muito ao de sua mãe, e detalhou as riquezas que nele estavam. Aquilo haveria de render muito dinheiro. Sopesou as joias, admirou-as e finalmente fechou o baú.

Não conseguia dormir e saiu para a varanda. Estava desesperado para ver Maria, literalmente louco de paixão. Ele não podia ver, mas havia uma malta de espíritos a cercá-lo, incentivando-o, excitando-o, inspirando-lhe ideias libertinas e imagens sensuais.

De repente, decidiu-se e saiu a caminhar na rua em direção à casa dos Albuquerques. Não sabia o que faria, mas precisava ver Maria. Como fazer para descobrir em qual quarto ela dormia e bater em sua janela? Poderia subornar o guarda da noite da residência para isso? Seria seguro?

Entretanto, por força da mesma malta que o assediava, também Maria, esfogueada, estava na varanda da casa, tomando um ar fresco, olhando a lua e pensando em Romeu.

Quando ele a viu, correu ao seu encontro. A moça nem fingiu que não o queria. Apenas o conduziu para dentro de seu próprio quarto, onde a indignidade aconteceu com uma pujança nunca experimentada por nenhum dos dois. É que eram muitos os partícipes da experiência, que se esforçavam ao máximo para deixar uma marca inesquecível na mente dos jovens. Isso para que eles se decidissem a viver aquele romance a qualquer custo.

A PREPARAÇÃO DE UMA TRAGÉDIA

FINALMENTE, QUANDO A emoção asserenou, eles começaram a se entender em sussurros.

– Não é seguro ficarmos no Brasil. Papai tem estabelecimentos e empregados por toda parte, praticamente em todo o país. Que tal irmos para Portugal?

– Meu casamento é em um mês. Quando pensa em fugirmos?

– Preciso de umas três semanas para arrumar todas as coisas.

– E a situação financeira? Preciso me preocupar com isso; ou você tem como nos manter?

– Vou aceitar sua sugestão e pegar antecipada uma parte da minha herança.

Tratava-se de um eufemismo para furtos vergonhosos, ambos sabiam, mas nenhum desejou dar ao que fariam os nomes certos.

– Garante-me que não voltará atrás?

– Garanto. E quanto a você?

– Sou uma mulher de palavra. Apenas, para causar o mínimo de dano possível, pretendo me passar por doente nos próximos dias. Há excelentes truques que mamãe me ensinou para isso. Espero conseguir o adiamento de meu casamento, para não fugir na véspera. Penso que isso aumentaria muito o escândalo.

Ela não esclareceu que tais truques eram usados para fazer jogos com amantes.

Foi com vários detalhes acertados que os amantes se separaram, dispostos a colocar em ação aquele plano pérfido, que tanto haveria de lhes custar no futuro. Mas eles ainda eram egoístas demais, emocionalmente imaturos de um modo injustificável por tudo o que já haviam vivido, os equívocos, os ensinamentos e as próprias dores que já os deveriam haver amadurecido para os deveres sublimes da existência.

Mais uma vez no curso dos séculos, confundiam amor com luxúria e lascívia e se dispunham a descumprir compromissos sagrados para viver livremente suas fantasias.

Eles não tinham como saber, mas vários seres comemoraram longamente a decisão que haviam tomado. Em especial, dois espíritos que lhes lançavam olhares de desdém e comentavam entre si.

– Eu lhe disse, Leonora. Eles não resistiriam.

– Confesso que tinha alguma dúvida, Lúcio. A influência dos que passam por pais do infame não é fácil de combater.

– Realmente, mas o coração dele está conosco.

Eram dois escravos do passado longínquo. À época, eles eram noivos e portadores de grande beleza, mas foram cobiçados por Maria, quando ela os vira na casa de uma conhecida sua. Em verdade, então eram criados de uma nobre que ainda cultivava os valores mais dignos da sociedade romana.

A partir do momento em que os observara, a pervertida patrícia cuidara de montar uma armadilha para ambos. Subornou um servo de sua pretensa amiga, pois cuidava de ter uma vida de aparência muito correta. Havia alguma suspeita a respeito do comportamento dessa nobre, pois a história de seu divórcio não convencera a todos. Contudo, sua proximidade com o imperador fazia que fosse prudente aceitar a amizade de Maria sem maiores reservas.

Com o suborno, fez que vários bens de valor fossem escondidos nas casas dos dois jovens. As famílias de ambos eram corretas, mas pobres, de modo que praticamente todos os integrantes trabalhavam em modestas lojas que possuíam. Apenas Leonora e Lúcio é que se fizeram criados, pela expectativa de maiores ganhos.

Tal se justificava, pois cada família possuía apenas uma pequena loja, e eram muitas as pessoas a dependerem de negócios um tanto singelos.

Ambiciosos, mas ainda não pervertidos nem desonestos, os jovens buscaram emprego com a patrícia Cláudia e conseguiram, pois eram talentosos. Lúcio era músico exímio, abrilhantava as festas da senhora e ainda dava aula a seus filhos. Já Leonora, além de sua aparência refinada, sedutora mesmo, era muito habilidosa com adornos, roupas, maquiagens, de forma que rapidamente foi escolhida para cuidar pessoalmente da dama.

Um criado de Cláudia, cooptado por Maria, apanhou vários dos enfeites mais caros da dama, assim como vários anéis de seu esposo. Levou-os em plena madrugada para as casas dos dois criados e enterrou as preciosidades nos jardins que nelas existiam, cuidando de disfarçar, mas deixando alguns resquícios, na forma de terra um pouco revolvida.

No dia seguinte, haveria uma recepção muito luxuosa a que Cláudia e seu marido deveriam comparecer. Na hora em que eles foram se preparar, notaram a falta de seus adornos preferidos e mais preciosos.

A casa logo virou uma anarquia, pelo inusitado da coisa, uma vez que jamais houvera no local qualquer tipo de crime.

Nisso, Ananias, o criado desonesto, aproximou-se de sua senhora e pediu para lhe falar em particular. Dada a gravidade do que se vivia na casa, ela acedeu rapidamente, fazendo que todos os criados que a circundavam saíssem de seu então tumultuado aposento íntimo.

– O que tem para me dizer, Ananias? Sabe algo a respeito do furto?

– Senhora, peço que me perdoe por não lhe haver falado antes. Há alguns dias, vi Lúcio em seu quarto, observando suas joias juntamente com Leonora. Achei a coisa estranha. De outra feita, vi-os admirando os anéis de seu esposo com notório ar de cobiça.

– Leonora? Lúcio? Não é possível!

– Só posso lhe dizer o que vi.

Confrontados com a informação, os jovens protestaram com veemência por sua inocência. Por influência de Ananias, combinou-se de tirar a questão a limpo mediante revista na casa dos suspeitos. Eles rapidamente concordaram.

Foi assim que os pobres jovens, um tanto temerosos, mas convictos de que se tratava de um equívoco, foram com os guardas da casa senhorial para revistar suas humildes residências.

A cena em cada uma foi igual: após revistar-se o interior das residências, passou-se a perquirir em seu derredor; e os objetos preciosos, para horror dos jovens, foram encontrados, envoltos em mantos, enterrados nos jardins.

A dor das famílias envolvidas foi imensa, e os apavorados jovens foram entregues à justiça imperial. Logo, por influência de Maria, estavam condenados à morte. Entretanto, ela rogou ao imperador que convertesse tão pesada pena em escravidão e lhe oferecesse de presente os jovens. Como era de se esperar, o pedido foi atendido.

Convertidos em escravos, os moços, ainda castos, foram enviados à mansão rural de Maria, onde encontraram um ambiente com o qual nunca haviam sonhado. Logo foram informados pelos demais escravos do que os esperava e ficaram ainda mais desesperados.

Quando Maria, acompanhada de Romeu, chegou para uma permanência transitória, foi surpreendida por um pedido de audiência de Leonora e Lúcio. Com o semblante risonho, falou a seu amante:

– Você verá a diversão que nos aguarda!

Os jovens entraram de mãos dadas e coube a Lúcio explicar a situação, toda a injustiça que haviam sofrido, que eram noivos e se amavam ternamente. Pediam a misericórdia da liberdade. Caso tal não fosse possível, que ao menos lhes concedessem a mercê de cuidar de serviços pesados, mas que não os prostituíssem. Guardavam a esperança, mesmo em sua triste situação, de se consorciarem de forma honrada.

O casal tinha aparência tocante, em sua ingenuidade e timidez. Poderiam passar por irmãos. Ambos possuíam a pele muito alva, traços delicados, cabelos e olhos castanhos, elevada estatura e porte distinto.

Romeu, tão logo o discurso começou, não disfarçou um ar de enfado. Não tinha o menor interesse em dramas e pudores de escravos...

Já Maria afetou extremo interesse e mesmo simpatia, chegando a dar esperança ao jovem casal injustiçado que se encontrava a sua frente. Quando o discurso do rapaz terminou, ela deu uma sonora gargalhada, que os assustou e fez que instintivamente se aproximassem um do outro.

– Era só o que me faltava, escravos querendo se manter puros para o casamento. Em meus domínios, escravos não se casam, eles se acasalam como animais.

Os olhos dos pedintes encheram-se de lágrimas com o discurso de Maria, mas a situação haveria de piorar muito para eles.

– Acham-se injustiçados? Pois deixe que eu lhes relate o que ocorreu de fato em suas vidas. Eu fiz que fossem incriminados com o roubo das ditas joias, que nem grande coisa eram. A pobre Cláudia tem mau gosto em termos de atavios. Providenciei para que fossem condenados à morte e consegui sua mercê junto ao imperador. Isso tudo porque os achei interessantes quando os vi em minhas constantes idas à casa de Cláudia e Pompeu. Acham mesmo que, após tantos esforços, vou lhes dar liberdade? Podem esquecer!

– O que lhe fizemos de mal, senhora?

– Nenhum mal me fizeram nem haverão de fazer, sequer a afronta de tentarem fugir daqui ou tirarem a própria vida. Afirmo-lhes que, se algo assim se passar, cuidarei de me desforrar em suas famílias. Ignoro exatamente quais são seus familiares, mas certamente possuem irmãos ou sobrinhos interessantes. Conformem-se, porque lhes faço um favor. Em vez de uma vida medíocre de plebeus, experimentarão aqui prazeres refinados, comerão ricamente, farão exercícios. Apenas percam esses pudores, que não assentam em escravos de sua beleza.

Lúcio ainda tentou argumentar, mas a senhora lhe cortou a palavra com grosseria.

– Chega de melindres e se entreguem a seu destino. Quanto a você, menina, realmente ainda não se entregou a nenhum homem?

Incapaz de falar, a moça apenas confirmou com a cabeça.

– Romeu, você quer a honra de ser o primeiro?

– Não. Você sabe que não gosto de inexperiência e tacanhice. Proponho que a iniciação dela dê-se na festa de amanhã.

Com um sorriso brejeiro, adicionou:

– Acho que adestrá-la nos caminhos do prazer deve ficar a cargo de Epaminondas. O que pensa?

Epaminondas era um escravo de pele escura que mais parecia um gigante, por sua elevada estatura.

Maria gargalhou:

– Tem razão. Será um evento e tanto! Meus convidados haverão de se surpreender e apreciar muito o espetáculo.

A partir daquele dia, a vida dos jovens converteu-se em um inferno. Tiveram de se entregar a libertinagens imensas, representar peças de cunho sexual para os convidados, participar de orgias com outros escravos, por vezes também com a participação dos convidados.

Não podiam fugir, sob pena de colocar em risco suas famílias. Aliás, no dia seguinte à conversa com Maria, foi entregue a cada um deles uma lista completa de seus familiares, com descrição física, ocupações, endereços...

O escravo que lhes entregou os documentos teve compaixão do casal e os aconselhou:

– Esqueçam qualquer ideia de fugir ou se furtar a satisfazer aos caprichos da senhora. O máximo que conseguirão é prejudicar suas famílias e talvez ver o outro perecer em meio a torturas, caso a irritem demais. Nem pensem em apelar ao imperador, pois ele sabe o que ocorre aqui. É cumplice da senhora.

Com aquela vida, os jovens foram pouco a pouco se amargurando. Sua alegria gradualmente feneceu. Pediram auxílio aos deuses em sentidas orações, fizeram sacrifícios, mas nada nem ninguém os socorreu. Por vezes, pediam socorro a algum dos nobres que os requisitavam para uma sessão íntima, mas nenhum deles estava disposto a assumir os riscos da empreitada. Primeiro, Maria era poderosa e pérfida demais para ser desafiada. Segundo, teriam de revelar sua participação nos vícios vergonhosos cultivados na casa.

A vida de Leonora e Lúcio foi plena de amargor e um ódio profundo se infiltrou neles por todos aqueles nobres e mesmo por alguns dos escravos, que se compraziam no que viviam e faziam chacota deles. Em especial, desenvolveram um terrível ódio por Romeu e Maria, que comandavam todas as ocorrências.

Eles suportaram todas as taras e viciações, infelizmente deixando seu íntimo se corromper um tanto por eles. Contra suas próprias expectativas, de vez em quando descobriam-se tendo prazer naquelas vivências, o que muito os envergonhava.

Como eram muito bem tratados, conservaram sua aparência juvenil por vários anos. Finalmente, um dia souberam da repentina morte de Maria. Falava-se em um mal súbito, mas ela havia sido envenenada por uma rival.

Romeu herdou a propriedade e os escravos, e manteve os costumeiros festins e deboches. Mas já estava ficando velho, e os eventos mais e mais se espaçavam.

Então, Lúcio e Leonora compreenderam que ele não se importava muito com a maioria dos escravos de que se servia. Gostava mesmo era das maiores luxúrias, e isso encontrava com escravos particularmente pervertidos.

Uma tarde, os dois estavam conversando em um dos jardins, após uma sessão de exaustivos exercícios e um banho que deveria renová-los.

Em seus semblantes, era visível a depravação que lhes havia tomado o íntimo, sem falar na tristeza e no amargor que os consumiam.

– Leonora, creio que poderíamos fugir. O senhor não haverá de se incomodar muito com isso. Talvez nos procure um tempo, mas não matará ou escravizará nossos familiares, como certamente a senhora faria. Aliás, ele detesta a inexperiência, e nenhum dos nossos cultiva essas taras vergonhosas que praticamos aqui.

– E iríamos para onde?

– Ficaríamos longe um tempo, escondidos na casa de algum antigo aluno meu. Há muitos que gostavam sinceramente de mim. Após um tempo, quando a perseguição terminar, iremos para junto dos nossos.

– Acha mesmo que poderíamos olhar nos olhos de nossos pais e irmãos depois de tudo o que fizemos?

– Não foi nossa culpa.

– Em parte foi, e você sabe. Não nos rebelamos. Houve várias vezes em que tivemos prazer com isso. Queiramos ou não, tornamo-nos indignos dos nossos e semelhantes a esses nobres.

– Eu não quero envelhecer aqui.

– Nem eu. Aliás, não quero envelhecer em parte alguma. Tenho horror de mim mesma, horror de todos os envolvidos nisso. Desculpe, mas até você, em razão de algumas lembranças, me causa asco.

– Não diga isso, por favor.

– É verdade. Seja sincero. Não pensa o mesmo de mim?

– Acho que fomos vítimas, que nos perverteram. A perversão é culpa de quem foi pervertido à força?

– Em nosso íntimo, poderíamos ter mantido nossas crenças e valores, rejeitado o que fizemos e vivemos. Mas agora isso não faz mais diferença. Penso que está na hora de tudo isso acabar.

– Como?

– Vamos tirar nossas vidas. Façamos um sacrifício aos deuses de nós próprios. Ofereçamos-lhes nossas vidas, rogando que nos purifiquem e nos encaminhem ao Olimpo.

Aquilo refletia em alguma medida o pensamento do próprio Lúcio, em variados momentos que lhe pareceram particularmente difíceis de viver.

Não demorou e concordaram. Escolheram um local particularmente bonito e ermo dos jardins, vestiram-se ricamente, trouxeram imagens dos deuses de sua devoção, fizeram orações e tomaram um veneno destruidor.

Desnecessário dizer do horror que os esperava após a morte do corpo. Foram décadas até que se recuperassem em alguma medida, que sua agonia amainasse. Seguiram-se vidas de refazimento, mas nunca conseguiram se libertar completamente de duas coisas: o ódio a Romeu e Maria e a perversão sexual que lhes havia sido incutida e a qual acabaram cultivando por gosto.

Agora, após tantos séculos, sentiam-se finalmente na condição de se vingar a contento do tratamento que haviam recebido no passado e não pretendiam ter a menor misericórdia.

NO DIA SEGUINTE, Maria não se levantou na hora de hábito. À medida que a manhã avançava, dona Ana foi ficando preocupada. Finalmente, bateu à porta do quarto de sua nora, mas não obteve resposta. Cautelosamente, abriu a porta e adentrou no aposento.

– Maria, querida, já está tarde.

Nenhuma resposta veio do leito.

Dona Ana aproximou-se e viu a jovem extremamente pálida e suando, completamente encharcada. Ela colocou a mão na testa da moça e verificou que estava muito quente. Mexeu nela, chacoalhou-a; e finalmente Maria abriu os olhos, parecendo perdida.

– Dona Ana? Por que essa cara de espanto? Perdi a festa?

– Não há festa alguma. Mas você está pálida e suando.

A moça já estava de olhos fechados e parecia estar dormindo novamente. A senhora saiu rapidamente e mandou que uma das criadas fosse buscar o médico.

Não demorou, e o facultativo chegou. Ele examinou longamente a jovem.

– Não sei ao certo. Ela parece ter alguma infecção.

– A coisa é grave?

– Temo que sim, mas não posso ter certeza.

A família toda se alarmou, e especialmente Irineu, o noivo da enferma. Esta pareceu delirar dias, ao influxo de um composto de várias ervas que havia tomado. Contudo, não estava tão mal quanto queria fazer crer. À parte a fraqueza da febre, a qual sabia que passaria logo, estava bem tranquila. Mas fez um drama peculiar, simulou não reconhecer as pessoas, parecia que dormia no meio de conversas, dizia estar fraca demais.

Finalmente, ao cabo da primeira semana, a febre baixou, mas a moça continuou a protestar por fraqueza.

O médico disse que ela podia ter apanhado alguma febre em decorrência de doenças tropicais às quais seu organismo de europeia não estava acostumado. Alertou, ante a iminência do casamento, que ela poderia continuar fraca e em recuperação por várias semanas. Talvez fosse o caso de adiar o matrimônio.

O apaixonado Irineu recebeu mal a notícia, mas sua preocupação com a noiva era genuína e concordou que o motivo era mais do que legítimo.

Durante os dias que se seguiram, Maria propositadamente fez uma maquiagem que não a favorecia, como se tivesse olheiras inexistentes, e sempre alegava fraqueza.

Após o espetáculo inicial da doença e a opinião do médico, ninguém duvidou minimamente de suas alegações.

A família toda e especialmente seu prometido ficaram felizes com o fato de ela ir gradualmente recuperando as forças. O matrimônio foi adiado de forma indefinida, enquanto se aguardava que a saúde habitualmente radiosa de Maria retornasse.

Ela ardilosamente ficava bastante tempo em seu quarto, de modo que não se esperava mais que levantasse cedo ou ficasse acordada até tarde, nem participasse como antes das atividades da família.

Raramente se apresentava nas horas das refeições, mas isso era considerado normal. O fato de se cansar nas conversas era um motivo para que pouco a incomodassem em seu aposento privado.

Ela havia feito o prometido: conseguira adiar seu casamento e gradualmente isolar-se da família, a fim de ter mais liberdade de ação quando chegasse o momento de sua fuga.

Quanto a Romeu, também se preparava, mas de modo distinto. Cuidando de aparentar a maior normalidade, à parte um anormal interesse pelo trabalho, foi aos poucos parando de jogar. Alegava preferir ficar em casa ou ir à casa dos pais.

Fez-se próximo de Amaro e Natália, como nunca na vida, sabendo que em breve partiria para sempre. Era como se estivesse aproveitando ao máximo a companhia dos dois.

Ocorria de ir com o pai até a casa dele, no final do expediente, e lá ficar, conversando com os genitores. Com isso, notou que seu pai parecia mais pálido e cansado do que o habitual.

Aí recebeu a confissão de Amaro de que ele estava às voltas com problemas cardíacos, mas que era algo natural para sua idade e próprio de sua família. O olhar preocupado de Natália acompanhava a conversa.

Naquela noite, Romeu foi andando lentamente para casa e refletiu que talvez sua partida engendrasse a morte de seu pai. Sondou sinceramente seu coração e lamentou por aquilo. Lágrimas correram por seu rosto ao imaginar tão trágico desfecho. De repente, um extremo impulso erótico, provocado por suas companhias espirituais, o acometeu, ao lembrar as sensações de que desfrutara com Maria no último encontro de ambos. Conseguiria viver sem aquilo? Não, não conseguiria. Sua decisão estava tomada e a manteria.

Convenceu os pais a se retirarem um tempo para a fazenda da família, a fim de que Amaro pudesse repousar no clima campestre. Como ele estava trabalhando firme há algum tempo, entendeu-se que não haveria prejuízo aos negócios, que estariam em boas mãos.

Gradualmente, tudo estava ficando pronto para que a evasão dos dois amantes ocorresse. Com o pai longe, não teve dificuldade em arrumar as coisas do modo que lhe foi mais cômodo. Conduziu ele próprio a melhor carruagem da família para sua casa, assim como uma carroça e os melhores cavalos de que dispunham.

Cecília estranhou aquilo, mas ele a convenceu com argumentos banais, dizendo que possivelmente teria de fazer uma viagem de poucos dias para um dos entrepostos em que as coisas não pareciam andar bem.

Finalmente, convenceu Cecília de que ela deveria ir fazer companhia aos pais na fazenda. Aproximava-se um grande feriado, e a ocasião era boa para que ela gozasse da presença dos pais. Ele iria nos dias de folga juntamente com as crianças, que permaneceriam ali para não terem prejuízo em sua educação.

Cecília não gostou muito, mas Romeu não lhe deixou alternativa. Fez chantagem emocional sobre o estado de saúde do pai dela, de como a mãe devia estar precisando de apoio emocional, da presença da filha.

Já Maria, que parecia estar finalmente recuperando a saúde, afirmou seu desejo de se retirar alguns dias em um convento. Queria orar em agradecimento pela recuperação da saúde e se preparar para seu casamento, que tencionava marcar quando retornasse do ambiente santo.

Refletira muito durante sua enfermidade fingida e concluiu que esse era o melhor modo de sua evasão passar despercebida por vários dias, e não apenas por algumas horas.

A família, bastante religiosa, achou a decisão judiciosa e concordou com ela. Foi o próprio noivo que a levou para o convento, despedindo-se com ternura. A jovem foi recebida pela superiora do local, que louvou sua disposição e seu fervor religioso.

Maria levou para o convento um grande baú com suas joias e algumas poucas roupas. Seria estranho se levasse todas as roupas que possuía para passar apenas dez dias no ambiente santo.

Entretanto, ela aliciara uma das criadas da casa de Ana e Osmar, uma jovem de nome Josefa. Combinara com ela quais roupas deveria separar e levar para a própria casa. Interesseira, Josefa não se preocupou minimamente com a traição que cometia com seus patrões, uma vez que a recompensa prometida por Maria era grande.

Esta tratou de avisar a sogra de que encarregara Josefa de organizar suas roupas, lavar as que não usava há tempos, arejá-las todas, porque, quando voltasse do convento, pretendia doar muitas delas.

Assim, não causou espanto que Josefa fosse frequentemente vista no quarto de Maria, entretida com as roupas desta, carregando-as para um lado ou outro.

Conforme combinado, Josefa iria guardar as roupas indicadas por Maria em sua própria casa. Quando ela saísse do convento, iria discretamente para a casa de Josefa, onde aguardaria que Romeu fosse apanhar a ela e a seus pertences.

Como havia sido educada em um convento, Maria teve certa melancolia e mesmo algumas dúvidas sobre seus projetos para o futuro, enquanto permaneceu com as freiras. É que naquele ambiente propício alguns espíritos que gostavam dela, sinceramente, trataram de fazê-la refletir, na esperança de influenciá-la para que desistisse da insânia.

Maria passava boa parte do tempo na capela, onde orava especialmente em frente a uma imagem da Virgem. Ela recitava orações decoradas, ladainhas, mas de vez em quando também conversava mentalmente com a santa, rogando proteção, especialmente para aqueles a quem iria deixar.

Como se vê, era uma criatura confusa. Orou por Irineu, Mário, Ana, Osmar e todos os integrantes daquela família. Pediu para que não sofressem muito, em especial por seu noivo, tão apaixonado, para que não cometesse nenhum gesto extremo.

Naqueles momentos, era envolvida por três senhoras desencarnadas, adornadas de formosas luzes, que influenciavam seus pensamentos.

A moça chorava dividida entre a afeição pela família de seu falecido esposo, mesmo a simpatia pronunciada que tinha por seu noivo, e a atração fatal que mantinha por Romeu.

Infelizmente para todos, aqueles dias de orações e influências positivas não lograram dissuadi-la de seu intento, até porque a tais influências ela costumava opor a lembrança do violento prazer que tivera em seus encontros com Romeu.

Imaginava que aquilo se repetiria sempre e que no final teria o melhor dos mundos: os filhos que possivelmente não conseguiria ter de seu próprio corpo, um companheiro completamente adequado a ela e uma vida de aparência respeitável.

Romeu vivia drama parecido, pois em várias ocasiões fora na casa dos pais e pensara longamente sobre os resultados que aquilo poderia acarretar. A custo, conseguiu se convencer de que a energia moral de Natália e Amaro se faria sentir, que eles não sofreriam muito em razão de sua fé e seriam o esteio de Cecília.

Em determinada noite, apanhou a carruagem que guardara em sua casa e foi com ela à casa dos pais, cujas chaves possuía. Rondou um pouco pela casa, como que se despedindo de tudo.

Um empregado, ao ouvir o barulho, apareceu com uma vela na mão.

– Ah, é o senhor, patrão? Assustou-me. Precisa de algo?

– Não. É que amanhã devo viajar a negócios e lembrei que preciso apanhar alguns documentos que papai guarda aqui.

– Quer alguma ajuda?

– De forma alguma, João. Volte a dormir. Talvez eu demore um pouco a me organizar para não esquecer nada.

O ingênuo empregado dirigiu-se novamente a seus aposentos, e a casa ficou silenciosa.

Com passos leves, Romeu dirigiu-se ao quarto dos pais, abriu o compartimento em que a mãe guardava suas joias. Apanhou-as todas e colocou em um saco que havia trazido escondido em suas roupas.

A seguir, decidido, foi para o escritório do pai, apanhou as chaves que ele guardava em um compartimento secreto da escrivaninha. Com a senha que sabia, abriu o cofre da família.

Havia muitos documentos, pelos quais não se interessou; apanhou todo o dinheiro que ali havia, ricas abotoaduras, anéis e relógios.

A seguir, cuidando para deixar tudo exatamente como estava antes, dirigiu-se com passos firmes para fora da casa. Uma vez que estava decidido a fazer, não ficaria mais remoendo mágoas e consequências que possivelmente jamais se dariam.

Fora de carruagem pela segurança que ela oferecia, pois poderia muito bem ter carregado o rico saco durante o curto trajeto até sua casa. Quando a ela chegou, guardou o saco em seu quarto.

Já havia prevenido os criados de que no dia seguinte iria sair bem cedo com as crianças rumo à fazenda da família, para passar alguns dias. O mesmo havia dito aos que trabalhavam no estabelecimento onde eram geridos os negócios e no qual costumava ficar, cujo cofre também praticamente esvaziara.

Assim, em torno de 4 horas da manhã, acordou as crianças, fê-las vestir as roupas que haviam sido previamente preparadas para elas. Pegou as malas das crianças, que alegadamente iriam passar um longo tempo com os avós, e as suas próprias, junto com o rico saco, cheio também das joias de sua esposa.

Na tarde do dia anterior, Maria havia se despedido das freiras que a haviam acolhido. Elas se surpreenderam pela partida tão rápida. Dos dez dias que passaria ali, a jovem ficara apenas três.

– Desculpem-me. Senti-me ótima aqui, lembrei-me da minha infância. Mas, ao longo das horas que se passavam em grande paz, foi-me dando uma saudade imensa de minha sogra! É como se fosse uma mãe para mim. Conscientizei-me de que em breve irei embora para a Corte, de modo que me será difícil vê-la. Embora estar aqui seja ótimo, sinto que devo conviver ao máximo com dona Ana enquanto posso.

Tocadas por aquele sentimento tão bonito de uma nora para com sua sogra, não ocorreu a nenhuma delas fazer oposição.

Maria tomou uma carruagem de aluguel e foi para a casa de Josefa, que já a esperava. Ali, Maria conferiu suas roupas, terminou de arrumar sua bagagem e esperou calmamente a noite passar. Não quis dormir. Como Josefa e seu marido não sabiam mesmo como fazer sala para uma mulher tão refinada, combinaram de que ela os acordaria quando decidisse partir.

Perto de cinco horas da madrugada, com as crianças dormindo no interior da carruagem e um criado de sua confiança conduzindo uma carroça de grande porte, Romeu ali apareceu. Rapidamente, Maria acordou Josefa para ajudá-la a levar suas coisas para o carroção, remunerou-a conforme haviam combinado, e sentou-se ao lado de Romeu.

Os dois jovens trocaram um beijo apaixonado e logo um sorridente Romeu colocava os cavalos em marcha. Eles iam rumo à felicidade que imaginavam, sem se preocupar com as tragédias, dores e lágrimas que isso causaria.

Nós os deixaremos momentaneamente seguir conforme seus sonhos, enquanto nos ocupamos com os que foram deixados. Logo mais, retomaremos contato com o casal de apaixonados.

A PERFÍDIA É DESCOBERTA

NA MANHÃ DAQUELE mesmo dia, Amaro amanheceu tomado de uma estranha melancolia. Indagou-se se era medo de morrer, mas reconheceu que não o tinha. Lamentava deixar especialmente Natália, sua esposa amada, que haveria de se sentir muito sozinha. Agora que Romeu parecia estar tomando juízo, não deveria haver muitos problemas com sua ausência.

Seria realmente uma pena deixar sua família, mas sabia que era mortal e especialmente era um cristão, de modo que não podia temer a morte nem questionar os desígnios divinos. Ele saiu para passear a cavalo e se distrair.

Natália e Cecília ficaram em casa cuidando de variadas coisas, pois também ali a boa senhora encontrara uma clientela para sua benemerência. Havia incontáveis pobres em volta da fazenda, que na verdade não era muito grande. Era a rigor uma propriedade voltada mais ao lazer. Tinha, claro, suas criações e plantações, mas havia muito mais campos vastos, flores, matagais, tudo chamando ao descanso e à contemplação.

Fora dela, contudo, a miséria grassava. Dona Natália, com seu coração sensível, interessou-se logo no primeiro dia pelos pequenos proprietários que rodeavam sua família e cuidou de ajudá-los.

Quando não estava presente, pois ficava a maior parte do tempo na cidade, mantinha duas criadas encarregadas de olhar por seus tutelados, como os chamava.

O dia passou lentamente, com uma espécie de melancolia no ar.

À noite, a melancolia havia passado à apreensão, pois Romeu ainda não aparecera com as crianças. Eram esperados para o jantar e, lá pelas 22 horas, o trio permanecia à espera.

Embora o estranho temor em seu peito, e algo em seu íntimo que lhe bradava haver alguma coisa errada, Amaro tentava acalmar sua mulher e sua filha, especialmente Cecília, que era nervosa por natureza.

– Acalmemo-nos. Seguramente Romeu ficou retido até tarde no trabalho e não quis se lançar com as crianças em plena noite na estrada para cá.

– Que trouxesse vigias, ora essa.

– Ele preferiu descansar com as crianças em casa e vir amanhã, quando começa o feriado. Relaxemos.

Ninguém se convenceu muito com aquele discurso, pois havia um clima de coisa errada, mas resolveram se deitar.

A manhã do dia seguinte passou lentamente, enquanto a apreensão ia crescendo. Finalmente, convenceram-se de que havia algo definitivamente errado e que era preciso averiguar.

Amaro chamou Jairo, um jovem que ali trabalhava e morava com sua família, e o mandou à cidade para colher informações.

Logo após o almoço, o obediente Jairo apanhou um dos cavalos mais rápidos da fazenda e se lançou rumo à cidade. Haviam-lhe sugerido que talvez a condução utilizada por Romeu houvesse quebrado uma roda, caído em um buraco, e ele estivesse precisando de ajuda.

Entretanto, toda a estrada até a cidade foi percorrida por Jairo sem que entrevisse situação semelhante. Dirigiu-se à casa de Romeu, onde foi informado de que ele partira ainda no dia anterior para a fazenda da família, junto com as crianças. Que resolvera adiantar a ida em um dia.

Por uma questão de cautela, Jairo passou em frente ao estabelecimento principal dos empreendimentos de Amaro, onde tudo estava quieto e fechado, e foi até a casa dele.

Ali, conversou com João, que lhe contara da viagem programada por Romeu para o dia anterior, falando-lhe da visita noturna.

Sem entender nada do que ocorria, o jovem simplesmente se dirigiu para a fazenda o mais rapidamente que conseguiu.

Quando lá chegou, Natália, Cecília e Amaro estavam sentados na varanda. Jairo retirou o chapéu, aproximou-se respeitoso e contou a história.

A surpresa do trio foi imensa: ele havia partido no dia anterior, com as crianças, para uma viagem de trabalho, sabendo que era esperado na fazenda para breve?

O jovem foi dispensado, e os três rapidamente se entenderam no sentido de que precisavam voltar à cidade para verificar o ocorrido.

Arrumaram os pertences que costumavam levar consigo e se fizeram transportar para São Paulo em uma carruagem. Ao ali chegar, foram para a casa de Cecília.

Ela interrogou os criados, que repetiram a história, a qual não esclarecia absolutamente nada. Não ocorreu a Cecília verificar suas joias. Entretanto, ela notou que Romeu havia levado uma quantidade impressionante de roupas. Deixara praticamente as de que não gostava muito.

– Papai, para onde terão ido meu marido e meus filhos?

– Não parece crível que ele os levasse para uma viagem de negócios.

– Ele me falou que tinha uma viagem de trabalho em mente para os próximos dias.

– Verdade? Eu ignorava isso completamente.

Decidiram ir para a casa de Amaro e Natália, a fim de conversar com João a respeito da falada visita noturna.

João também não tinha muitas informações, de modo que restou aos três quedarem-se preocupados.

– Para onde terá ido Romeu? E fazer o quê?

Amaro, desde a manhã, começara a pensar na história da paixão entre Romeu e Maria, mas não podia falar daquilo na presença de Cecília. Nem tinha cabimento que preocupasse Natália com algo que possivelmente nada tinha a ver com o aparente sumiço.

Pensativo, disse que iria verificar seu escritório. Talvez Romeu houvesse deixado algum bilhete para ele ali, uma vez que havia problema em um dos estabelecimentos de sua rede de empreendimentos.

Amaro tremia quando se dirigiu para seu escritório e fechou sua porta.

Seria possível? O filho que acolhera com amor há tantos anos teria coragem de fugir levando seus netos? Olhou sua escrivaninha e nada achou de diferente. Nisso seu olhar se fixou no cofre ali existente.

Tremendo e suando, como se estivesse em vias de ver um fantasma ou um demônio, o bondoso Amaro puxou uma cadeira e se sentou em frente ao cofre. Suas trêmulas mãos se atrapalhavam ao digitar a senha, mas finalmente ele abriu a porta e vislumbrou o interior do cofre: praticamente vazio, à parte alguns documentos e escrituras.

Era verdade! Romeu, seu filho do coração, a quem amava mais do que a Cecília, o traíra, roubara, lograra, inventando uma história de trabalhos e cuidados para convencê-lo a se afastar e deixar-lhe o caminho livre.

O bom homem colocou a mão no coração e começou a chorar baixinho. Era a dor máxima de sua existência. Lágrimas corriam por seu rosto, e ele lutava para evitar que o choro virasse soluços, para não chamar a atenção.

Ficou ali um longo tempo, lembrando-se do menino a quem comprara para evitar que caísse nas mãos de um pedófilo. Lembrou-se da alegria do filho, de seu sorriso, de sua beleza, e de seus maus hábitos.

Fora um mau pai, não conseguira educar seu filho. Não conseguira fazer que o menino superasse os maus instintos que cultivara na primeira infância.

E agora? Como contar a Natália e Cecília que elas provavelmente não mais veriam Romeu e as crianças?

Após um longo tempo, Amaro conseguiu se acalmar, saiu do escritório e foi para junto das mulheres, que estavam em uma pequena saleta, a fim de que a conversa que tinham não fosse ouvida pelos criados.

Ao verem os olhos vermelhos de Amaro, entenderam que algo muito grave estava se passando e que ele já sabia o que era.

O homem se sentou em frente às duas, que estavam em torno de uma pequena mesa, pegou as mãos delas e as olhou tristemente.

– Por Deus, papai, quer me matar? O senhor sabe o que ocorreu? Diga logo, por favor!

– Cecília, minha querida, infelizmente creio que Romeu nos deixou para sempre...

As duas lhe lançaram olhares assustados, como se ele de repente tivesse enlouquecido.

– Por que diz isso? Eu e Romeu sempre nos demos bem e ultimamente nosso casamento estava em sua melhor fase!

Natália, que conhecia seu marido, sabia que ele não falaria aquilo à toa, de modo que permaneceu apenas observando.

– Fui olhar minha sala, para ver se ele tinha deixado algum bilhete. Talvez algo inusitado realmente tivesse ocorrido em alguma filial e ele necessitasse de viajar. Imaginei que, sendo assim, deixaria um bilhete para mim.

– Ele deixou?

– Não. Mas levou todo o dinheiro que eu tinha guardado no cofre. Sabem que divido os valores entre os cofres daqui de casa e lá da casa de comércio. Ele teve seguidas oportunidades de me ver colocando a senha no cofre para abri-lo. Também pôde observar onde eu guardava a chave. Nunca me preocupei com isso, pois jamais me passou pela cabeça que fosse me roubar.

– Meu Deus! Esses dias ele pediu para olhar minhas joias e nós dois as admiramos longamente.

– Aposto que elas também já estão longe. Vamos com calma para seu quarto. Não há necessidade de que todos saibam os detalhes de nossa infelicidade.

Ao abrir seu baú de preciosidades, Natália viu-o integralmente vazio. Romeu não deixara absolutamente nada. Ela colocou a mão no coração.

– Meu filho teve a baixeza de me lograr assim! Induziu-me a abrir meu baú em sua presença. Com certeza, atentou para a senha e o local onde eu guardava a chave. Teve a coragem de levar tudo. Apontei-lhe várias peças que eram herança e recordação de momentos felizes. Falei de como representavam muito para mim, não pelo valor monetário, mas pela lembrança.

– Ele deve ter apanhado minhas joias também.

– Com certeza. Eu me pergunto se o outro cofre, o do estabelecimento, também foi limpo. Isso pode me colocar em situação difícil para fazer frente aos compromissos mais imediatos. Tenho bens para vender e repor meu capital de giro. Enquanto não os vender, terei de fazer empréstimos bancários.

– Mas por que ele faria isso, santo Deus?

Cecília lançava um olhar indagador a seu pai.

– Papai, ele andava conversando bastante com o senhor nos últimos tempos. Sabe algo que ignoramos?

– Amaro, meu querido, agora é momento de sinceridade.

– Ele me disse estar em crise existencial, em dúvida quanto ao que fazia e vivia. Especialmente, disse estar apaixonado por outra mulher.

– Eu sabia que havia mulher nessa história! Quem é ela? – disse Cecília.

– Querida, antes de sairmos julgando os outros e fazendo escândalos, vamos verificar o tamanho do prejuízo. Vamos nos manter juntos...

– Juntos? Sim, devemos nos manter juntos. Mas e meus filhos? Jamais os verei novamente?

Ao finalmente dizer em voz alta o que mais a perturbava, Cecília começou a chorar violentamente e teve uma das crises emocionais que tanto a esgotavam na adolescência e na juventude. Terminou por perder os sentidos.

Chamaram o médico, que a auxiliou como pôde, e a jovem finalmente recobrou a consciência quando a noite começava.

Ao ver a filha melhor, Amaro deixou-a aos cuidados da mãe e foi em direção a seu estabelecimento. Ele não gostava de ir lá durante a noite, para evitar surpresas desagradáveis com ladrões. Contudo, teve um sorriso triste ao pensar que agora ali comparecia para se certificar do que já sabia: fora covardemente roubado pelo filho que criara.

Ainda assim, foi cauteloso, olhou para todos os lados, abriu a porta e rapidamente fechou-a pelo lado de dentro. Encaminhou-se a sua sala e sentou-se em frente ao cofre. Ele estava pálido e suarento, sentindo-se mal desde que tivera a certeza da defecção do filho. Resoluto, abriu o cofre e constatou o que já esperava: estava limpo de todo o dinheiro, restando apenas alguns papéis.

O filho sabia, para além de qualquer dúvida, que o deixaria em situação difícil perante os fornecedores. Sabia que o dia do pagamento dos empregados era na semana seguinte. Intimamente, havia cultivado a esperança de que, por consideração a ele, o rapaz não tivesse mexido no dinheiro daquele cofre. Que ilusão! Criara um egoísta, um desonesto. Como fora desastrado em sua função de pai! Além de Romeu, que se revelava de uma baixeza surpreendente, ainda havia Cecília, sem força moral alguma, a quem seria preciso tutelar de perto.

Como ali não havia ninguém, ele permitiu novamente que as lágrimas corressem em seu rosto, que o choro viesse solto e se transformasse em soluços.

– Romeu, Romeu, por que fez isso conosco? Ah, meu filho...

Após um longo tempo, fechou o cofre e foi para casa. Estava decidido a saber a extensão da baixeza de Romeu e obteve com Cecília a senha e o local da chave do compartimento em que ela guardava suas joias.

Foi para a casa dela andando lentamente, observando a noite e conversando com Deus. Pedia perdão por sua falta de sucesso como pai. Rogava também que o Pai do Céu tivesse piedade de Natália e de Cecília e as amparasse e fortalecesse.

Sabia que Natália, embora sensível, era forte. Sem dúvida, encontraria consolo em encher seus dias com atividades nobres. Mas e quanto a Cecília?

Será que a jovem Maria também desaparecera? Ou quem sabe Romeu fora na frente para organizar uma casa para os dois? Isso se Romeu não tivesse trocado de paixão e levado outra mulher consigo. De nada era possível duvidar.

– Senhor, que tipo de mulher educará meus pequenos?

Chegou à casa dos filhos e foi diretamente ao aposento do casal. Nenhum criado o questionou, pois todos já haviam entendido que algo de anormal se passara com Romeu e as crianças.

Com um sorriso de desencanto no rosto, Amaro confirmou que o compartimento estava vazio. Suspirou profundamente, levantou-se e foi em direção à própria casa.

Quando a ela chegou, Cecília estava encostada na cabeceira da cama, com lágrimas rolando pelo rosto, enquanto Natália lhe segurava a mão, sentada em uma cadeira.

Amaro as olhou tomado de infinita compaixão e puxou uma cadeira.

– Infelizmente, o pior ocorreu mesmo. Romeu levou suas joias, Cecília, e o dinheiro que eu mantinha no cofre do estabelecimento. Creio serem sinais seguros de que não pretende voltar.

Cecília soluçou longamente, até se acalmar e fazer ao pai a pergunta fatídica:

– Quem é a mulher por quem Romeu me deixou?

– Francamente, não lhe direi ainda, pois, pelo que entendi, ela de algum modo lhe resistia aos avanços. Vou sindicar se continua na cidade ou se também sumiu inesperadamente. De qualquer modo, saber quem ela é não lhe fará a menor diferença neste momento. Vou colocar detetives atrás deles, para ver se conseguimos recuperar as crianças. Temos de aguardar o desenrolar dos acontecimentos.

Mais tarde, com Natália, em seus aposentos privados, Amaro contou toda a história.

– Maria do Rosário? Deus meu, jamais imaginaria! É uma mulher lindíssima, a mais linda que já vi, confesso, mas está noiva e de casamento marcado.

– Estava de casamento marcado, não? Parece ter adoecido de repente e seu casamento ficou sem data definida.

– Será que uma coisa tem relação com a outra?

– Não sei, mas você é amiga de dona Ana, a sogra dela. Não a vê sempre na igreja?

– A Ana eu sempre vejo, mas Maria deixou de acompanhá-la em razão da enfermidade.

– Amanhã não há atividades de filantropia na igreja?

– Não, não há.

– Então, façamos coisa distinta. Quero descobrir essa verdade, para dar mais detalhes aos detetives que pretendo contratar ainda amanhã. Vamos falar com o padre Renato. Pedir que nos ajude a descobrir a verdade. Que vá à casa do senhor Osmar e dona Ana, nem que seja a título de visitar a enferma, que sempre se mostrou tão religiosa.

– Tem razão, é uma excelente ideia.

Na manhã seguinte, o casal foi à missa das 7 horas e permaneceu sentado quando todos os fiéis se dispersaram.

Padre Renato, que os conhecia bem, havia estranhado a expressão facial de ambos. Ao notar que não iam cumprimentá-lo na saída da igreja, mas permaneciam sentados, entendeu que algo grave havia ocorrido.

– Meus bons amigos, sinto que precisam falar comigo. Recolhamo-nos na sacristia, que é um ambiente mais discreto.

Logo o bom sacerdote ficou sabendo de todo o ocorrido e seu espanto foi genuíno, assim como sua disposição de ajudar.

– Não se preocupem. Mandarei um recado ainda cedo para dona Ana, comunicando-lhe meu propósito de fazer-lhe uma visita após o almoço, caso isso não seja motivo de transtorno.

O casal saiu agradecido, e dona Ana, muito religiosa, sentiu-se honrada ao receber a correspondência e convidou expressamente o sacerdote para tomar o café da tarde com ela e as filhas. Caprichou nos quitutes e mandou chamar as filhas, todas casadas, para que estivessem presentes.

Padre Renato era realmente querido por toda a família Albuquerque e foi muito bem recebido. A certa altura, abordou o assunto que o inquietava.

– E nossa boa Maria? Soube que estava convalescendo bem de sua enfermidade. Gostaria muito de dar-lhe minha bênção.

– Ah, padre, Deus é muito bom. Nossa Maria recuperou a saúde e as cores tão lindas que a natureza lhe deu. Em agradecimento, recolheu-se ao convento da Lapa, gerido por madre Teresa, para passar alguns dias orando em agradecimento por sua cura. Ao sair, pretende marcar o casamento com Irineu.

– Excelentes notícias. Quando ela retornará? Será uma alegria celebrar esse matrimônio. Dificilmente se verá noiva mais bela por aqui!

– O senhor tem razão. Nossa menina é linda mesmo! Creio que deve permanecer no convento mais uns quatro ou cinco dias e depois retornará para nós.

O padre ali permaneceu pelo tempo que o bom tom permitia e exigia. Quando pôde, despediu-se das senhoras, alegando ter de visitar um doente ainda naquele dia.

Contudo, uma vez fora de casa, dirigiu-se a passos rápidos ao convento, que ficava um tanto longe. Fazia calor, mas ele não se incomodava com a repercussão do sol, que ainda brilhava no céu, em suas vestes negras. Caminhou um bom tempo até que vislumbrou o convento. Apreciava irmã Teresa, com quem tinha ótimas relações. Costumava ir atender às irmãs enfermas, ministrar-lhes os sacramentos, e toda semana dizia uma missa na capela do convento. Assim, ao se anunciar, foi bem recebido.

– Sua bênção, senhor padre!

– Deus a abençoe, madre!

– A que devemos a honra de sua presença? Nenhuma irmã está enferma, e a missa será apenas daqui a dois dias!

– Serei sincero com a senhora. Soube por dona Ana Albuquerque que sua nora, a jovem Maria do Rosário, aqui se encontra internada para um retiro. Gostaria de falar com ela.

– Deve haver algum engano. Há dias que ela foi embora!

– Embora para onde?

– Para a casa dos Albuquerques, ora essa! Para onde mais poderia ir? Disse estar muito saudosa de sua sogra e consciente de que, ao casar-se, irá se afastar dela de modo praticamente definitivo.

O padre não foi muito bom em disfarçar seu desgosto com a informação, mas não havia nada que pudesse fazer. Conversou um pouco com a madre e logo apresentou suas despedidas.

Para ter certeza do que ocorria, embora a tarde já estivesse em vias de virar noite, decidiu ir para a casa de Irineu, o noivo de Maria. Seria estranhíssimo se a noiva buscasse abrigo na casa de seu futuro marido, ainda que junto com a família dele, antes de oficializar seu matrimônio. Mas precisava averiguar se isso não havia ocorrido.

Andou novamente a passos ligeiros e gastou um bom tempo até chegar à casa dos Oliveiras. Precisou parar um tempo perto da mansão, a fim de descansar e recuperar um fôlego, pois já não era um homem muito jovem.

Bateu à porta e foi recebido por um mordomo, pois a família era realmente muito rica, vaidosa e mesmo pomposa.

– Boa tarde, senhor padre. Sua bênção.

– Deus o abençoe.

– A quem devo anunciá-lo?

– À dona da casa, senhora Jaira.

Ele foi introduzido em uma espécie de antessala, e logo a senhora, ricamente vestida, apresentou-se.

– Meu bom padre, que alegria recebê-lo. Sua bênção.

– Deus a abençoe.

– Posso ajudá-lo em alguma coisa?

– Meu motivo para estar aqui é meio ridículo, mas visitei muitos pobres hoje e, ao voltar para casa, senti muita sede. Como a igreja e a casa paroquial estão longe, pensei que a senhora, sempre hospitaleira, talvez pudesse me ajudar.

– Claro, por Deus! Venha comigo.

– Amadeu, mande que tragam uma bilha de água fresca e dois copos para a biblioteca. O senhor me perdoará por recebê-lo nesse cômodo mais recolhido?

– Até prefiro, dona Jaira.

Os dois sentaram e ali o padre rapidamente obteve as informações de que precisava. O jovem Irineu, após comprar a casa na corte que julgava digna de sua noiva e de mobiliá-la, voltara a seus afazeres. Deveria chegar do trabalho dali a pouco.

Foi realmente o que aconteceu, e em breve a família Oliveira estava toda reunida em torno do padre Renato. Ele conversou com todos, abençoou-os, garantiu a Irineu que seria uma das maiores alegrias de sua vida abençoar seu casamento.

O rapaz corou de felicidade.

– Maria do Rosário está fazendo um retiro espiritual no convento da Lapa. Tão logo saia, uma de nossas primeiras providências será ir falar com o senhor!

O padre, bom juiz de caráter que era, e também por força de seu ofício, que envolvia ouvir confissões, viu que o rapaz estava perdidamente apaixonado pela conhecida beldade.

Igualmente leu em seus olhos que ele não estava envolvido em nenhuma perfídia. Aguardava realmente que a prometida saísse do convento, onde estava pretensamente reclusa por alguns dias, para marcar o compromisso.

O padre sabia do passado um tanto leviano de Irineu, que no fundo não destoava do da maioria dos jovens de sua idade. Mas entendia que ele estava sinceramente enamorado, empolgado com o casamento, desejoso de formar família e aquietar-se. Padre Renato não conteve um olhar de compaixão para o jovem e logo tratou de se retirar, deixando quase toda a família Oliveira, que ali se reunira, ignorante de que em breve seria envolvida em um escândalo.

Saiu dali e foi direto para a casa de Amaro, onde foi recolhido por ele e por sua esposa na biblioteca.

Cecília se encontrava dormindo à custa de tranquilizantes, pois frequentemente tinha crises de choro convulsivo, e o único meio de acalmá-la era com remédios fortes.

O médico estivera novamente na residência naquele dia e medicamentos hábeis a domar as constantes crises foram prescritos e providenciados.

Ele lançara olhares curiosos a dona Natália, que se manteve silente quanto à razão do transtorno emocional da filha.

Mas o doutor Eugênio conhecia a família de longa data e não deixou de notar a ausência de Romeu e das crianças. Intimamente, indagou-se se o casal estaria enfrentando uma crise matrimonial. Era no que dava, pensava, deixar que irmãos de criação se casassem. Cedo ou tarde a realidade se impunha, e eles passavam a se ver como de fato eram: apenas irmãos.

Naquela mesma noite, o médico comentou o assunto com sua esposa, senhora conhecida pelo gosto da bisbilhotice e que ficou muito interessada pelo ocorrido.

Desnecessário dizer que no dia seguinte ela começaria a fazer perguntas e a conversar com suas comadres a respeito do que parecia ocorrer de estranho na casa dos Silveiras.

Padre Renato fez seu relato, e os três concluíram a mesma coisa: Maria e Romeu haviam fugido, levando as crianças consigo.

– Meu Deus, isso é tão cruel e insano! Abandonar a esposa, roubar-nos e ainda levar os filhos! Jamais esperaria algo assim de Romeu, embora sua habitual falta de juízo.

– Creio que isso foi ingenuidade nossa, Natália. Ele me confessou que estava apaixonado por Maria do Rosário, que lhe concedera favores absolutamente impróprios. Eu até havia alertado nosso filho de que a sociedade local não veria com bons olhos caso abandonasse a família para morar com outra mulher. Ele seria excluído de todos os meios que gosta tanto de frequentar. Ainda lhe disse que providenciaria, com todos os meios que tenho, para que nossos netos ficassem com a mãe e conosco. Diante disso, ele tomou suas providências...

– Eu achava que ele nos amava sinceramente...

– Até acredito que ama, mas é egoísta e inconsequente demais para deixar de viver o que considera a paixão de sua vida em respeito a nós e para evitar de nos causar dores.

– O que os amigos pretendem fazer?

– Amanhã mesmo vou colocar detetives para localizar os trânsfugas. Com Romeu e Maria do Rosário, não pretendo fazer nada. Ignorarei o roubo, não envolverei a polícia nisso de imediato. Mas tão logo os localize, cuidarei para que Pedro e Ana voltem a nosso convívio. Concorda, Natália?

– Sim. Não quero meu filho na cadeia. Ele levou minhas joias, que não são poucas, mas o pior de tudo foi saber que a educação que lhe dei não adiantou de nada...

– Desculpe-me, dona Natália, mas não posso concordar com esse seu raciocínio. A senhora deu uma educação primorosa a seus filhos. Penso que, se não tivesse tido pais tão criteriosos quanto os senhores, Romeu teria virado um marginal ainda na adolescência.

– Talvez o senhor tenha razão, mas a dor de ter sido roubada por meu filho é algo que carregarei para sempre no coração. Todos os dias irei recomendá-lo à Virgem, pedindo que o oriente a que reveja o estranho caminho que tomou. Ela haverá de ouvir meus rogos de mãe. Ainda que ele não volte para nós, que pelo menos viva honradamente de agora em diante, não se envolva em mais falcatruas. Nós o perdoaremos, mas outros podem facilmente decidir se vingar.

– Como explicarão a ausência de Romeu e das crianças?

– De minha parte, pretendo falar a verdade, da forma mais superficial possível, sem envolver os Albuquerques e Maria do Rosário. Vou dizer que Romeu desapareceu com as crianças de uma hora para outra, de forma inexplicável.

– A ausência de Maria do Rosário também será notada em poucos dias. Os fofoqueiros de plantão não deixarão de ligar uma história à outra.

– Isso é problema de quem gosta de fofoca. De nossa casa, semelhante comentário não sairá. A esse respeito ainda amanhã pretendo orientar Cecília, para que se preserve ao máximo. Ela haverá de nos ouvir.

– O que ocorrerá com Cecília?

– O melhor é que passe a morar conosco, não acha, Natália?

– Com certeza! Ela é passional, age sem pensar. Precisará de um longo tempo para se recuperar desse trauma. Amanhã mesmo providenciarei a transferência de suas roupas para cá e o que mais for necessário para fechar a residência dela.

– Será que não se oporá, em sua condição de mulher casada?

– Não creio. Ela é meio sem juízo também, mas sabe que só pode contar conosco. Acha que seus amigos de jogatinas e noitadas a apoiarão? Uma mulher sozinha, abandonada pelo marido, é sempre alvo de comentários levianos e propostas indignas. Eu conheço minha filha. Cecília é frágil e se sentirá melhor contando com meu amparo direto e constante.

O padre logo saiu, pois a noite avançava, caminhando lentamente. Correra tanto o dia inteiro, que estava cansado. Seu coração ia condoído pelo drama de tantas pessoas boas, que sofreriam pelo egoísmo de dois jovens. E as crianças? Eram tão ligadas aos avós, haveriam de sofrer, longe até mesmo da mãe. Tomara ao menos que a jovem Maria fosse uma boa mãe substituta.

Enquanto Cecília dormia um sono pesado, produto de narcóticos, seus pais conversaram no quarto ao lado.

– Amanhã preciso retomar meus afazeres e providenciar um empréstimo, pois há muitos compromissos a cumprir nos próximos dias. Poderia desfalcar o caixa de outros estabelecimentos, mas isso no momento não seria oportuno. Vou dar nossa casa como garantia e colocar a fazenda em que nos recreamos à venda. Que graça terá ir lá sem as crianças?

– E sua saúde, querido?

– Haverá de aguentar o que for necessário. Tenho um jovem muito esperto e responsável trabalhando comigo há alguns anos. Não fosse a presença de Romeu, e eu já o teria designado gerente. Farei isso amanhã. Ensinarei a ele tudo o que precisa saber, mas durante um tempo precisarei estar realmente à frente do que ocorre. É um momento de crise, que preciso contornar.

O MARTÍRIO DE DONA NATÁLIA

NO DIA SEGUINTE, começou uma rotina afanosa para Amaro e Natália, que começaram a envelhecer rapidamente com o desgosto que haviam experimentado e com o acréscimo de tarefas desgastantes com que se viram a braços.

Amaro começou a instruir Mário, um jovem inteligente e industrioso, no afã de gerente. Houve um movimento geral de surpresa com a ausência de Romeu e de indagação a respeito do que havia ocorrido, uma vez que Mário passou a ocupar a sala que anteriormente fora do filho.

Ciente disso e de que a verdade é o melhor remédio contra fofocas, Amaro reuniu os empregados ao final do expediente, com as portas fechadas.

– Pedi que todos ficassem um pouco a mais hoje, pois há coisas que quero lhes esclarecer, a fim de que não fiquem se indagando. Romeu decidiu ir embora com as crianças, sem nos avisar. Deixou Cecília, que doravante morará comigo e com Natália. Aqui, a única diferença é que Mário passará a me auxiliar. Desde hoje, estou treinando-o para que administre os empreendimentos, não apenas esta loja, em minhas eventuais ausências. Era só o que tinha a lhes falar. Boa noite, senhores!

Dizendo isso, retirou-se sob o olhar perplexo dos empregados, que logo tiveram de se retirar também, pois ele ficou aguardando do lado de fora, para fechar a porta.

Seu semblante estava triste como nunca haviam visto em uma convivência que para alguns já era bastante longa. Era evidente que enfrentava um sofrimento moral considerável. Isso e suas naturais discrição e dignidade impediram perguntas inoportunas.

Claro que a notícia correria rapidamente pela cidade, o que, aliás, já vinha se dando, em razão dos falatórios e das indagações da esposa do médico, que sempre nutrira certa inveja por Natália.

Caso se fosse indagar o que realmente ela invejava em Natália, a resposta haveria de ser sua dignidade. A esposa de Amaro tinha um talento natural para fazer cessar comentários desairosos sobre ausentes, convidando para o trabalho ou mudando acintosamente de assunto. Seu olhar de censura nunca era incentivo às maledicentes do grupo da paróquia, o que desagradava a muitas, que se sentiam diminuídas perante ela.

Nos dias que se sucederam, Amaro providenciou um vultoso empréstimo bancário, oferecendo como garantia sua casa. Não teve dificuldade alguma para isso, pois a residência era valiosa, e seu patrimônio era realmente vasto.

O gerente a custo dissimulou seu espanto e mesmo sua curiosidade, mas não encontrou modo de fazer as perguntas que realmente gostaria de fazer.

Com o dinheiro do empréstimo, todos os empregados foram pagos pontualmente, e os fornecedores também não experimentaram nenhum atraso nos pagamentos.

Amaro também não teve dificuldade em vender sua fazenda de recreação, como a chamava, por ser ela extremamente bem cuidada. Como a vendeu a um antigo amigo seu, teve de enfrentar certas perguntas que preferiria ter evitado.

– O compadre sabe que lamentei haver perdido o negócio quando comprou a fazenda. E a incrementou bastante nos últimos tempos. Mas por que a vende agora?

– Onofre, eu comprei esta fazenda para conviver mais de perto com meus netos aos domingos e feriados. Como você sabe, Romeu sumiu com as crianças, e não tenho a mínima ideia do paradeiro deles. Assim, não faz sentido manter o local.

– Nosso antigo convívio há de me permitir uma pergunta que talvez lhe soe desagradável.

Amaro apenas ficou esperando a pergunta. De fato, o assunto era-lhe desagradável, mas Onofre era padrinho de Cecília, amigo de longa data. Não queria ser indelicado com ele.

– Seu filho foi embora com Maria do Rosário, a nora sumida dos Albuquerques?

– Não tenho como afirmar isso. Jamais os vi juntos.

– Entretanto, o comentário é grande na cidade nesse sentido. Dona Ana caiu enferma com a notícia, e o senhor Osmar igualmente se abalou muitíssimo. Sabe que eles a receberam em casa e a trataram como a uma filha. Parecia uma moça tão fina...

– Pois é, mas às vezes nos enganamos ao julgar o caráter dos outros. Criei meu filho dando o melhor de mim para que fosse um homem honrado, e veja o que ocorreu. Cecília e Natália estão inconsoláveis sem os pequenos.

– Irineu, o noivo de Maria do Rosário, anda pela cidade com um ar insano. Teme-se que perca o juízo. Já foi diversas vezes ao convento em que a noiva esteve internada, interrogando a madre como se a noiva fosse uma bandida, e ele, um policial. Por fim, convenceu-se de que ela saiu do local no segundo ou terceiro dia após ter nele entrado, quando deveria ficar pelo menos dez dias. Descobriu que ela saiu de lá em uma carruagem de aluguel. Agora, roda pela cidade querendo descobrir quem foi o cocheiro a levá-la.

– Trabalho sem utilidade, parece-me. Não era sua esposa e desistiu de se casar com ele. O que poderá fazer se descobrir a história toda?

– Ele está convencido de que a jovem fugiu com Romeu, mas quer confirmar, para ir atrás dos dois. Sente-se desonrado e quer desafiar seu filho para um duelo.

– Se ele descobrir o paradeiro de meu filho, fará um favor em me contar. Gostaria muito de localizar meus netos e trazê-los de volta.

Contudo, aquela conversa em nada tranquilizou Amaro. Apesar de todo o ocorrido, amava Romeu sinceramente e temia por sua sorte. Ele próprio, com vários dias de antecedência, já havia despachado detetives para todos os cantos do país em que era plausível que Romeu e Maria se instalassem. Entretanto, como conhecia bem seu filho, estava convencido de que a empreitada de encontrá-lo não seria fácil. Suspeitava fortemente de que ele e Maria do Rosário, levando junto seus netos, tinham ido embora do país. Talvez, com destino à Itália, de onde ela era originária.

Uma vez lá, a moça haveria de saber o melhor jeito de se tornar invisível. Assim, sua maior esperança residia no resultado das investigações dos detetives que enviara à Corte. Esperava que conseguissem alguma informação sobre o destino dos quatro. Afinal, a passagem de um casal como aquele não era algo tão difícil de guardar na memória. Duvidava de que existissem dois jovens tão bonitos, charmosos e cheios de traquejo. Infelizmente, também profundamente insensíveis.

Em razão do montante do desfalque, a venda da fazenda não foi suficiente para colocar as contas dos negócios de Amaro em dia. Como eles eram prósperos e rentáveis, o proprietário não se incomodou muito, sabendo que em breve conseguiria o suficiente para resolver a pendência bancária.

Sua preocupação real era com Cecília, que definhava a olhos vistos. Natália ficava o tempo todo de olho nela. Quando tinha de se ausentar, para cuidar de seus múltiplos afazeres, deixava alguma criada junto da moça, que nunca ficava sozinha.

Ela chorava frequentemente. Graças a medicamentos variados, suas crises haviam passado, mas ela vivia como se hebetada. Não tinha outro assunto a não ser os filhos e o marido, por quem parecia nutrir um misto de amor e ódio.

De outro lado, os investigadores que Amaro contratara não traziam nenhum resultado, e o tempo passava, parecendo a cada dia mais distante a probabilidade de ele tornar a ver seus netos queridos.

Essencialmente generoso, ele sofria mais por Natália e Cecília do que por si próprio. Sua esposa estava, como ele, com os cabelos completamente brancos. Era evidente que sofria pela ausência do filho e dos netos, mas especialmente por ver sua filha amada, a menina que fora tão aguardada, naquela situação.

Mas ele especialmente lamentava pelo filho, por ter se permitido causar tantos sofrimentos por causa de uma paixão. Tanto lhe havia falado sobre o valor da honra de um homem, da importância de cuidar do próximo, de ser um bom cristão... Infelizmente, suas palavras haviam encontrado apenas ouvidos moucos, ao que parecia.

O burburinho a respeito do assunto era forte na cidade, pois se havia finalmente ligado de forma definida o sumiço de Romeu com o de Maria do Rosário.

A custo de tanto perquirir, Irineu localizara o cocheiro que apanhara sua noiva no convento. Após tanto tempo, era compreensível que o pobre trabalhador não tivesse lembrança precisa do destino de uma específica passageira.

A princípio, ele não soube dar a informação que o jovem tanto queria e se dispunha a pagar a preço de ouro. Contudo, o acaso veio em socorro da descoberta da verdade.

Certo dia, o jovem cocheiro passou pela casa onde deixara Maria do Rosário e viu Josefa saindo com o marido. Ele passou um tempo observando e, embora com alguma dúvida, convenceu-se de que ali fora o destino da jovem saída do convento.

Não esperou muito para bater à porta da residência da família de Irineu, pois era um domingo, e pedir para falar com ele. Logo estava conduzindo o afoito rapaz para a casa que identificara.

Irineu achou a casa muito pobre para ser de alguma amiga de Maria e indagou da vizinhança a respeito de quem pertencia. Logo surgiu o nome de Josefa e a informação de que ela trabalhava para os Albuquerques.

Descoberto esse elo, não custou para Josefa confessar sua participação, pois o rapaz parecia meio louco e ameaçou matar a ela e a seu marido, caso não lhe desse todas as informações.

Ele não se fez de rogado em partilhar com sua família e amigos os informes que obteve, pois não estava mesmo mais em seu juízo perfeito. Parecia nem notar que aquele dado novo apenas reavivava a história e a fazia parecer mais apetitosa para os adeptos de boatos e fofocas.

Assim, logo dona Ana e o senhor Osmar, assim como seus familiares, estavam inteirados do ocorrido. A família se recolheu em sua vergonha, deixando de participar de eventos sociais.

Quanto a Irineu, além de descobrir o vínculo, fizera Josefa lhe falar o que Maria tivera a imprudência de lhe contar: que voltava para a Europa, que ia morar em Portugal com seu novo apaixonado.

Aquela informação também não demorou a chegar aos ouvidos de Amaro, que fez cessarem as investigações que mantinha no Brasil, e cuidou de enviar três homens para procurar os trânsfugas em Portugal.

Sabia que agora tudo seria muito demorado, isso se a investigação desse em alguma coisa. Enquanto isso, sua filha seguia extremamente triste.

Aos poucos a moça parecia se recuperar, saía do quarto, ajudava a mãe com suas costuras. Natália, após muito hesitar, convidou a filha a acompanhá-la no atendimento aos pobres da paróquia. Afinal, já fazia mais de um ano que ela fora abandonada e estava na hora de recomeçar a sair um pouco de casa. Cecília não tinha nada de que se acusar, pois não cometera adultério. A culpa no caso era toda de Romeu e de Maria do Rosário.

A ideia parecia boa, mas o resultado foi trágico. A pretexto de confortá-la, a mulher do médico que a tratava tocou no assunto crítico quando ambas estavam um pouco afastadas do resto do grupo.

A curiosidade e o gosto pela maledicência fizeram com que várias mulheres se aproximassem e começassem a comentar o ocorrido. Tratava-se de antigas amantes de Romeu, especialmente da época em que era solteiro, e de jovens que se sentiram atraídas por ele, mas não conseguiram lhe chamar a atenção.

Cecília fez-se de forte, mas, ao ir para casa com a mãe, caiu em soluços na carruagem.

A custo, Natália tentava consolá-la, mas a moça não aceitava nenhum argumento. Com justeza, ela sentia que aquelas mulheres fingiram consolá-la, mas na verdade se regozijavam com sua desgraça. A beleza de seu marido devia ter tentado a muitas, mas ela fora a eleita. Isso, antes de Maria do Rosário aparecer...

Foi uma noite triste, mas os pais falaram longamente com ela durante o jantar, e Cecília, a partir de certo momento da conversa, pareceu se conformar com o ocorrido. Mirou longamente os pais.

– Mamãe, papai, os senhores têm razão. Estou fazendo muito drama. Não sou a primeira nem serei a última mulher a ser abandonada pelo marido. Claro que a falta de meus pequenos me abala muito. Mas tenho esperança de que seus investigadores logo os tragam de volta para mim. Enquanto isso, preciso ser grata pelo que tenho: os melhores pais do mundo!

Assim falando, abraçou-os e lhes agradeceu tudo o que faziam e sempre fizeram por ela. Parecia ter amadurecido de repente, encontrando algum consolo. Isso não deixou de surpreender os pais, que comentaram longamente durante a noite sobre o ocorrido. Mas concluíram que era ingratidão reclamar do amadurecimento da filha.

No dia seguinte, Cecília parecia bem mais calma e senhora de si, embora quem olhasse atentamente pudesse perceber um brilho estranho em seus olhos. Ela acordou cedo e não tomou seus medicamentos habituais. Aliás, na noite anterior, já não os tomara. Passara a noite acordada e refletindo. De nada disso sua mãe estava ciente. Ela, embora reparando em sua filha, viu-a mais alerta e aparentemente tranquila e trabalhadora.

Cecília ficou praticamente a manhã toda junto com a mãe, na cozinha, auxiliando-a na preparação dos pães que seriam ofertados aos pobres mais tarde. Natália observou que a jovem forçava um pouco um estado de alegria, mas levou isso à conta de que se tratava mesmo de um esforço de retornar à vida normal. Não viu o que criticar nem o que a preocupasse muito.

A jovem foi extremamente gentil com todos. Na hora do almoço, fez questão de servir a seu pai, sentou-se ao lado dele e lhe deu toda a atenção possível. Em dado momento, passou-lhe a mão nos cabelos com carinho.

Os olhos de Amaro marejaram de lágrimas pela gentileza da filha para com ele, pois era um homem grato por tudo o que lhe faziam. Mas as lágrimas decorriam especialmente de sua alegria ao ver que a filha se esforçava para renascer, talvez encontrar um novo rumo na vida.

Ele não acreditava em mudanças radicais, mas sabia que as grandes mudanças, principalmente as internas, surgem frequentemente da prática, da insistência em manter uma atitude mais sadia.

Após o almoço, Cecília se uniu à mãe no auxílio aos pobres no quintal da pequena mansão em que moravam, fazendo-o com grande gentileza e atenção. Quando o atendimento aos necessitados terminou, ela anunciou seu desejo de ir visitar sua antiga casa.

– Por que isso, filha? Você parece tão bem. Não vá lá se encher de recordações que talvez a entristeçam!

– Eu, na verdade, quero que o papai venda a casa, quero me desligar de tudo o que nela existe. Vou fazer uma verificação final, para ver se não há nela nada que me interesse.

– Tem certeza, Cecília?

– Tenho, mamãe.

– Então, leve Verônica com você. É um favor que lhe peço, pois isso me tranquilizará.

Verônica era uma jovem criada da residência, filha de uma senhora que também trabalhava na casa.

– Está bem, mamãe. Não pretendo fazer nada de secreto mesmo. Quero abrir a casa, verificar os cômodos, talvez apanhar alguma coisa.

Logo as duas iam pela rua conversando alegremente. Chegaram à residência, Cecília a abriu e realmente fizeram o que pretendiam. Pelo tempo que passara fechada, tudo cheirava um pouco a mofo. Em dado momento, Cecília disse:

– Verônica, fique aqui cuidando da casa. Vistorie o resto dos aposentos, veja se não há nada de valor. Eu vou à loja da esquina para comprar duas vassouras, para que possamos limpar um pouco ao menos as teias de aranha.

– Sim, senhora.

Cecília saiu, mantendo o semblante sereno. Contudo, em seu rosto havia uma espécie de tique, que repuxava o canto direito de seus lábios. Para disfarçar, ela abaixava a cabeça ou simplesmente sorria quando alguém mais conhecido passava por ela.

Uma vez na loja, comprou alguns panos, duas vassouras e um bom pedaço de corda. Quando chegou à casa, circulou-a muito vagarosamente e escondeu a corda atrás de uma árvore do quintal. Entrou na residência e a limpou superficialmente, juntamente com Verônica.

Já era quase noite quando as duas voltaram para casa. Tranquilamente, a moça contou aos pais que limpara um pouco a casa e não achara nela nada que lhe interessasse particularmente. Pediu ao pai que providenciasse a venda.

– Quando meus filhos voltarem, pretendo viver com eles aqui. Creio que os senhores não se incomodarão.

Amaro e Natália trocaram um sorriso feliz.

– Isso nos fará muito felizes, filha. Pode deixar que amanhã mesmo eu tomo as providências necessárias para colocar a casa à venda. Deverá haver alguma burocracia a mais, pelo sumiço de Romeu, que é proprietário juntamente com você. Mas penso que não terei muitas dificuldades para conseguir a anuência da autoridade responsável para fazer a venda.

Eles jantaram em um clima tranquilo. Na sequência, Cecília se sentou ao piano e tocou por longo tempo, sempre optando pelas músicas que sabia serem do gosto de seus pais. Na hora de praxe, todos foram dormir normalmente.

Contudo, em torno de uma hora da madrugada, a jovem Cecília, vestida como estivera durante o dia todo, saiu de seu quarto. O mais silenciosamente que conseguiu, apanhou a chave de sua casa e saiu pela porta de trás da residência, cuidando de encostá-la após sua passagem.

Com o semblante estranho, entre um misto de paz e loucura, com o tique da boca muito visível, avançou pela rua, a cabeça coberta por um véu escuro. Dirigiu-se a sua residência, entrou na propriedade, apanhou a corda onde a escondera e entrou na casa com ela.

Uma vez lá dentro, subiu em uma escada e abriu um alçapão do quarto principal, que dava para uma espécie de sótão, no qual algumas coisas eram anteriormente guardadas. O local era uma espécie de depósito. Ela subiu, com alguma dificuldade, amarrou a corda em uma haste de madeira que sustentava o teto, com a maior firmeza que conseguiu. Aí, fez um laço na outra ponta e desceu com ele. Viu que havia calculado bem, pois o dito laço ficava em local mais alto do que ela.

Cecília parou um pouco e pareceu tomar consciência do que fazia. Era seu anjo da guarda, uma senhora de nome Elvira, que lhe falava vigorosamente para que não fizesse aquilo. Era uma repetição de algo já feito no passado e que lhe causara grande sofrimento. Para que refazer um caminho tão triste?

Aquela hesitação durou um longo tempo, no qual a moça pensava. Mas em um átimo veio-lhe à mente a imagem de Romeu e Maria do Rosário abraçados, e ela se decidiu. Subiu na escada, colocou o laço no próprio pescoço, chutou a escada em que se apoiava e caiu para a morte.

A muito digna Elvira, embora suas celestes prerrogativas e talentos, tentou em vão tornar Cecília inconsciente durante o processo de desencarnação e logo após deste. A jovem estertorava, tentando livrar-se da corda que a sufocava, sentindo uma imensamente aflitiva falta de ar. Elvira entendeu que a nulidade de suas tentativas decorria do funcionamento da lei divina. Já por duas vezes Cecília cometera suicídio e fora muito auxiliada. Antes da última encarnação, fora bastante educada e na carne tivera os melhores pais possíveis. Todos os abortos sofridos por Natália, antes da vinda de Cecília, foram tentativas de reencarnação desta. Com o corpo espiritual bastante desequilibrado, não conseguia formar um corpo físico viável. Como era importante que sua vida fosse longa, que tivesse filhos, as gestações por meio das quais renasceria com limitações muito severas foram interrompidas, naturalmente ou por intercessão dos amigos espirituais.

Ela finalmente renascera, ainda psicologicamente frágil, mas já com plenas condições de suportar as expiações e provas às quais sabia que possivelmente seria sujeita.

Agora claramente a determinação superior era para que ela experimentasse em toda a sua crueza as consequências do suicídio, a fim de que parasse com essa rebeldia, que já se tornava um hábito – quando a vida complicava, e o momento do testemunho chegava, ela desertava do palco do mundo.

Elvira pôs-se em sentida oração, que a aureolou de intensa luz, a qual também envolveu de algum modo a triste Cecília, protegendo-a da agressão de espíritos malévolos e levianos que não cessavam de se avolumar no ambiente.

INTERVENÇÃO DE MADRE AUGUSTA

NISSO, DEU ENTRADA no local um espírito de notável evolução, por suas emanações fluídicas e pela formosa luz violácea que o cercava. A sua chegada imediatamente causou um mal-estar geral nos espíritos afastados do bem que ali se encontravam, de modo que todos resolveram se afastar.

– Madre Augusta, seja bem-vinda, minha senhora!

– Querida Elvira, acompanhei atentamente os últimos lances de nossa menina e percebi, pelas inclinações e pensamentos dela, que repetiria a loucura.

– Sim, e não consigo nem torná-la inconsciente, para que se recupere um pouco.

– Não o conseguirá. Tem minha permissão para ficar com Cecília e protegê-la até o sepultamento. Isso se fará a título de caridade para com ela e deferência para com seus pais, especialmente com Natália. Momentos difíceis se avizinham, e nossa amiga, tão fiel ao Senhor Jesus, faz jus a não precisar lidar com a presença de seres malfazejos nas próximas horas. Aliás, há ordens para que o velório que se seguirá seja muito protegido.

Elvira lançou a madre Augusta um olhar entendido:

– Nosso irmão Amaro está em risco?

– Risco muito grande. Oremos por todos.

A madre ainda se quedou alguns instantes orando com Elvira, até que se retirou, indo instalar-se na residência de Amaro, onde foi recebida com deferência pelo espírito guardião do local. A presença de um espírito daquele quilate possivelmente significava a necessidade de um amparo muito grande para o digno casal, cuja formação familiar era por ele tutelada.

Madre Augusta se dirigiu ao quarto do casal e observou que este era mantido em seus corpos, pelos respectivos mentores. Após uma troca de olhares, ela se aproximou do leito e orou longamente, criando um ambiente fluidicamente superior, pleno de paz. Dedicou-se a irradiar para Natália e Amaro fluidos calmantes.

Em razão disso, quando o casal acordou no dia seguinte, já passava de dez horas da manhã. Ambos se espantaram.

– Por Deus, Amaro, estamos mesmo ficando velhos: dormindo até esta hora!

– Nem diga, Natália. Nem lembro quando foi a última vez em que dormi tão bem!

Eles se vestiram e saíram com uma leveza estranha em direção à cozinha. Parecia que estavam em outro mundo, com uma sensação de irrealidade.

A criada Maria os recebeu com um sorriso gentil.

– Bom dia, senhores. Achei que ninguém se levantaria nesta casa no dia de hoje!

– Bom dia, Maria. Cecília ainda não se levantou?

– Não, senhora. O quarto dela permanece fechado.

Aquilo incomodou de algum modo os dois, que trocaram um olhar estranho e se dirigiram para o quarto de Cecília. Observaram a cama em ordem, em sinal de que ninguém ali dormira ou de que fora arrumada após Cecília se levantar. Como não era hábito da jovem arrumar o próprio leito, e tendo em conta as palavras recentemente ditas por Maria, o coração de ambos começou a bater descompassado: havia algo errado.

Quando retornaram à cozinha, deram ordem para que todos procurassem Cecília. Eles próprios, ainda sem tomar alimento algum, puseram-se a procurá-la pela casa, que era realmente vasta, pelos jardins e quintal, ainda mais amplos. Foi tudo em vão.

Algum tempo depois, estavam todos reunidos na cozinha da residência. Foi quando o criado João afirmou:

– Patrão, houve algo estranho hoje. A porta dos fundos amanheceu aberta. Achei que havia esquecido de fechá-la, mas tenho praticamente certeza de que ontem à noite eu passei a chave na porta.

– Será que dona Cecília não saiu cedo para ir à missa?

– A missa da manhã foi às sete horas. Ela já deveria estar em casa, se assim o fosse.

Nisso, Natália se lembrou da ida de Cecília à própria casa e foi verificar o claviculário. Imediatamente, notou a ausência da chave da casa da filha.

Dispensou os empregados, para que voltassem a seus afazeres, observando que seguramente Cecília estava na própria casa.

A Amaro não passou despercebido o semblante preocupado da esposa. Contudo, com a cumplicidade de uma longa convivência, os dois se entenderam com uma troca de olhares. Afetando normalidade, sentaram-se, tentaram comer alguma coisa e depois saíram juntos em direção à casa da filha.

– O que será que aquela louca está fazendo na própria casa?

– Não sei. Mas você fez bem em dispensar a criadagem. Seria muito estranha uma procissão de nossa gente pelas ruas da cidade. Já bastam os comentários desairosos que nos envolvem agora. Só resta ganharmos a fama de exóticos.

Com o semblante preocupado, ambos, de mãos dadas, circularam a casa de Cecília até achar a porta que ela havia deixado aberta ao chegar. Chamaram por ela em voz alta, mas apenas o eco da casa vazia respondeu.

Foi quando entraram no quarto principal e depararam com a

cena mais triste de suas vidas: a própria filha enforcada no meio do aposento. Gritaram em uníssono:

– Meu Deus!

Correram em direção à filha, com a esperança de que ainda estivesse viva, mas ao primeiro toque notaram nela o gelo da morte. Apalparam-na, imensamente chocados. A seguir, abraçaram-se e começaram a soluçar, sem conseguir pronunciar nenhuma palavra. Nisso, Natália notou que Amaro estava estranho e parecia apoiar-se nela.

– Amaro, o que você está sentindo?

O bom senhor estava com os olhos velados e não conseguia falar. Simplesmente deslizou para o chão. A preocupação de Natália naquele instante era imensa. O ambiente espiritual estava magnífico, pela presença de madre Augusta e de outras entidades de grande evolução, amigas do casal. Mas a mãe de Cecília estava, além de chocada pelo suicídio da filha, com o imenso temor de ver-se privada de seu companheiro da vida toda.

Ela o sacudiu, chamou-o vivamente e parecia não saber o que fazer. Ao ver que seu amado não despertava, resolveu pedir ajuda. Abaladíssima, com lágrimas correndo pelo rosto, ela se encaminhou o mais rápido que conseguiu para a drogaria que ficava na esquina.

Dona Natália não era desconhecida do dono do estabelecimento, senhor Freitas, que sabia de sua generosidade pelo tanto de medicamentos que comprava para os pobres da região, sempre de forma bastante discreta.

– Senhor Freitas, por favor, preciso de ajuda!

– O que aconteceu, dona Natália?

– Muita coisa, mas o mais importante é que meu marido desfaleceu. Ele está na casa de minha filha, que fica perto daqui. Amaro tem problema de coração, temo que esteja correndo risco de morrer!

O senhor Freitas, cujo prenome era Marcos, mandou que um empregado seu fosse em busca do médico de Amaro, enquanto ele próprio selecionava rapidamente alguns medicamentos. A seguir, encaminhou-se com Natália para a casa. Ela não parava de chorar. Não mais soluçava, mas seu rosto estava permanentemente lavado por lágrimas, que escorriam silenciosas e abundantes.

– Acalme-se, dona Natália. Pode ser só um desmaio. O senhor Amaro não gostaria de vê-la neste estado. De repente, chegamos lá, e ele já está acordado.

Ela ouviu aquilo com estranhamento, com a imagem da própria filha enforcada gravada de forma indelével em sua mente. Pareceu reunir coragem e falou para seu assustado acompanhante:

– Senhor Freitas, Cecília, minha filha, se enforcou nesta noite. Acabamos de encontrá-la. Que Amaro acorde é meu maior desejo, mas sinto que doravante todos os meus dias serão de luto perene por minha menina ter partido tão cedo e desse modo tão triste!

O farmacêutico, como boa parte dos habitantes da cidade, sabia dos últimos acontecimentos da vida de Cecília, de modo que imediatamente entendeu a dimensão do drama em andamento. Ainda assim, abriu a boca de forma desmesurada. Apenas não tocou em dona Natália para ampará-la por saber que esta cultivava modos estritamente tradicionais, era uma mulher que se mantinha acima de qualquer suspeita, e poderia não gostar do gesto de intimidade.

Quando chegaram ao aposento da dupla tragédia, Marcos fez tudo o que podia, mas logo entendeu que Amaro estava morto. Ainda assim, para não ser o porta-voz de notícia tão óbvia e tão triste, permaneceu colocando sais para que o morto respirasse, como se isso fosse possível.

Amaro, em espírito, ainda vinculado ao corpo em razão da desencarnação tão recente e dramática, era mantido inconsciente, com a cabeça pousada no colo de madre Augusta. Esta, em oração, parecia um foco de luz no meio de toda aquela tragédia. Sustentava a inconsciência de Amaro e infundia-lhe uma paz profunda, cuja fruição era até difícil de imaginar em relação a alguém desencarnado naquelas circunstâncias. A madre também emitia fluidos de um lindo azul, extremamente calmantes, em direção a Natália. Nisso era auxiliada pelos espíritos presentes, todos equilibrados. A casa estava inteiramente iluminada, e nenhum espírito malfazejo ou leviano conseguia dela se aproximar.

Natália, assim amparada, apesar de sua imensa dor, começava a aceitar a realidade do duplo falecimento. Seu amantíssimo companheiro, o melhor ser humano que conhecera em sua longa vida, estava ali, no chão, morto após ver o espetáculo de sua própria filha enforcada. Lamentou que a última imagem da vida de Amaro fosse aquela.

Ela também entendeu que vivia o momento supremo de testemunho de sua vida: fora privada da companhia do filho e dos netos, sua filha se suicidara, e seu marido morrera. Ficara sozinha, privada de todos os que eram importantes em sua vida.

Nisso, sua mentora, Lindalva, falou-lhe com ternura:

– Ainda lhe restam os pobres. Continuará pelo resto da vida a ser mãe deles. Sua alma é de mãe. Pense na mãe sublime de todos nós e inspire-se nela.

Natália registrou aqueles pensamentos de forma natural, pois orava muito e sempre pedia que seu anjo da guarda a tutelasse e inspirasse. A boa senhora se ajoelhou ao lado do corpo de seu falecido marido e começou a orar à Virgem Maria, rogando-lhe forças e inspiração. Mas especialmente lhe pedindo que não abandonasse sua pobre filha e amparasse seu nobre marido.

Considerando as crenças reinantes à época, era natural que Natália imaginasse que a filha estivesse condenada pela eternidade. Mas logo seu raciocínio nesse sentido falseou. Inspirada por Lindalva, ela refletiu que continuava a amar sua filha, talvez ainda mais do que antes, por sabê-la sofredora a ponto de se matar. Deus seria menos amoroso do que ela? A Virgem seria uma mãe menos atenciosa do que ela? Não. Impossível. Ignorava como, mas seu coração e sua mente rejeitavam a ideia de que a filha estivesse para sempre perdida, no inferno ou em local semelhante. Sempre fora uma moça frágil, mas boa. Fizera muito bem na vida, sob sua orientação. Apenas começara a se desorientar quando se apaixonara por Romeu. Seu pensamento assemelhou-se a um grito de imensa dor:

– Meu filho querido, onde você andará? Imaginará você o mal que nos causou a todos? Que Deus o poupe dessa ciência e o auxilie a ser um bom homem, que ajude muita gente e se redima de algum modo de tudo o que causou.

O médico chegou rapidamente e não teve dúvida em logo declarar os dois óbitos. Ele tentou consolar Natália, mas isso no momento era tarefa impossível, sob o prisma humano. Sentindo-se sozinha e isolada de todos, ela pediu aos dois homens que ao menos um ali permanecesse, enquanto ela providenciaria o necessário ao velório e ao sepultamento. A aparência de dor e desolação dava à sempre digna Natália uma espécie de aureola impressionante. Era impossível deixar de admirar a força daquela mulher. É claro que as lágrimas não cessavam de rolar em seu rosto, mas parecia haver nela uma serenidade diferente. Não gritava, não desmaiava, não imprecava contra o destino. Apenas lidava com o incontornável, com sua habitual gentileza, a fidalguia que lhe era inata.

Os dois homens decidiram permanecer no local, desejosos de algo fazer de útil por aquela mulher tão distinta e sofrida. Ela aceitou o oferecimento do médico para se fazer transportar em sua carruagem à própria casa. Ali chegando, reuniu a criadagem e contou o ocorrido.

O espanto e o choro foram intensos, pois Cecília e Amaro eram realmente muito amados. Isso sem falar na generosidade do finado, sempre atento às necessidades de todos.

Natália também fez chamar o jovem Mário, gerente dos empreendimentos de seu marido. Muito mais rápido do que seria possível imaginar, o rapaz ali se encontrava presente, já informado previamente por João, que o fora buscar, acerca do ocorrido. Com o chapéu na mão, ele se apresentou perante uma já enlutada Natália.

– Dona Natália, receba meus sinceros sentimentos. Estou a sua integral disposição para o que precisar.

– Meu jovem, vejo que já está sabendo da desgraça que atingiu minha família. Chamei-o aqui por várias razões. Quero que determine o fechamento de todos os nossos estabelecimentos por uma semana, em sinal de luto. Salvo, claro, as fazendas e outros negócios, que precisem cuidar de questões urgentes, como trato de animais, colheitas etc. É um homem de bom-senso ou não teria sido escolhido por Amaro para ajudá-lo de forma direta. Saberá o que fazer. Embora não seja parte de suas funções, peço-lhe também que providencie na funerária o necessário para o transporte dos corpos e o velório, que se fará nesta casa. No mais, quero que continue em sua posição e assuma a frente de todos os empreendimentos. Não consigo pensar muito nisso agora, mas haveremos de encontrar um meio de você me manter informada sobre tudo o que ocorre, por relatórios periódicos.

O rapaz estava com os olhos brilhantes de lágrimas não derramadas.

– Dona Natália, vejo que a senhora não se lembra de mim. Sou um dos filhos de dona Lourdes, que morreu há cerca de dez anos. Papai faleceu muito jovem, e a senhora a auxiliou a manter a mim e a meus irmãos. Os serviços de faxina que minha pobre mãe conseguia fazer, com sua saúde sempre frágil, não eram suficientes para manter nossa família. Para mim, foi uma alegria e uma honra ser empregado por seu marido e especialmente ser chamado por ele para ajudar com a administração de seus negócios. Tem em mim um servidor grato e fiel.

– Realmente, eu não o reconheci. Quando sua mãe morreu, já não precisava mais de ajuda, pois seus irmãos haviam crescido e estavam trabalhando. Já você era muito jovem quando eu ia a sua casa. É um conforto saber que um laço de confiança nos une. Precisarei muito de você.

– Repito, dona Natália: poderá sempre contar comigo para qualquer coisa de que necessite.

O rapaz saiu e foi pela rua chorando pelo drama vivido por aquela família tão boa. Não falara, mas amava Amaro como a um pai, pois pouco conhecera o seu. Ficara profundamente escandalizado com o comportamento de Romeu, que sempre lhe parecera um vagabundo ingrato. Seguramente, ele seria fiel a Natália e começaria se esmerando e apressando no cumprimento de seus primeiros pedidos.

A casa de Natália já estava sendo posta em aspecto enlutado pelos criados, que colocavam os crepes e as faixas negras habituais.

Chamado, padre Renato fez-se presente e foi informado por Natália de tudo o que ocorrera.

– Meu Deus, dona Natália, o que lhe posso dizer? Sabe que sempre apreciei imensamente sua família e a bondade de que a senhora e seu finado esposo invariavelmente deram exemplos.

– Meu bom padre, minha fé na bondade divina e na da Virgem haverá de me servir de consolo. Mas também preciso do conforto de minha religião, que o senhor representa.

Imediatamente o padre entendeu que a situação dele era complicada. Ele apenas assentiu com a cabeça.

– O mausoléu de nossa família fica no cemitério atrás da igreja matriz. O senhor colocará algum óbice a que eu enterre minha filha lá, ao lado de meu esposo e de nossos parentes já falecidos?

– Dona Natália, sua filha se matou, o que complica um pouco as coisas. O Direito Canônico não permite que ela seja enterrada em campo santo.

– Eu sei, mas, com todo o respeito, o Direito Canônico foi feito por homens. Seguramente homens santos e inspirados, mas homens, sujeitos a falhas. O senhor acha que Nosso Senhor Jesus Cristo negaria a uma mãe o conforto de ver sua filha sepultada de forma cristã?

O padre refletiu longamente.

– A senhora me pede que ignore algumas regras de minha igreja...

– Sim. Que ignore regras humanas, mas siga o que seu coração lhe indicar como sendo a solução que Nosso Senhor aplicaria ao meu caso.

Um longo silêncio se seguiu a isso.

– Dona Natália, eu posso ter problemas sérios, mas atenderei a seu pedido. Entremos em acordo. Não haverá missa de corpo presente na igreja. Farei orações e abençoarei os corpos aqui mesmo em sua casa. Mas o cemitério da igreja dará guarida a sua filha. Tem razão em seus argumentos. Em verdade, não sou livre para agir, pois prestei voto de obediência. Se advierem consequências, afirmarei perante meus superiores que a menina foi vítima de sua doença mental, pois efetivamente ela estava em tratamento quando cometeu o ato extremo. Talvez isso sirva de justificativa para meu gesto.

– Agradeço-lhe, meu padre. Em suas eventuais justificativas, não se esqueça de contar que minha família é profundamente cristã. Isso deve valer alguma coisa.

O VELÓRIO

ALGUMAS HORAS DEPOIS, os corpos de Cecília e Amaro estavam em caixões colocados no salão principal da residência, que se enchia de gente. A maioria sinceramente compadecida da desgraça que atingira a família Silveira. Muitas pessoas, contudo, ali estavam antes de tudo curiosas e desejosas de testemunhar o resultado de uma história que já se alongava nos boatos da cidade.

Vestida de negro, Natália presidia com extrema dignidade as exéquias. A tristeza de seu rosto era evidente, mas agora ela não chorava mais continuamente. Conseguira se controlar e era apenas eventualmente que precisava secar os olhos. Era a própria imagem da dor serena e resignada, postada ao lado dos caixões em que repousavam os corpos de seu marido e de sua filha.

A presença de padre Renato causava certa estranheza em muitas pessoas. Ele não apenas comparecera ao velório de uma suicida como várias vezes convidava todos a orarem o rosário em sua intenção e na de seu pai. Seria decente que um padre tivesse semelhante conduta?

Em especial, dona Rosa, a mulher do médico, indignava-se e perguntava se haveria a pretensão de enterrarem em campo santo a pecadora eternamente perdida. Indagava-se em especial porque o mausoléu da família Silveira ficava ao lado do de sua família materna. Semelhante profanação seria um desrespeito para com toda a comunidade da região, em especial com sua família e seus venerandos defuntos.

Entretanto, ela frequentemente se sentia confusa e desconfortável com seus pensamentos e sentimentos, indagando-se, a contragosto, se sua postura era a de uma legítima cristã, se não lhe faltava caridade. Afinal, o assunto não era de sua alçada.

Havia no ambiente algo de especial, que convidava à contrição; era algo de solene, que impressionava. Tratava-se de madre Augusta e vários membros da equipe por ela comandada no plano espiritual.

Após haver desligado Amaro do corpo e o entregue, ainda inconsciente, a seu anjo da guarda, a fim de ser levado a esferas de refazimento, ela velava pelo ambiente. Ternamente abraçada a Natália, infundia-lhe pensamentos de resignação e confiança em Deus. Além disso, madre Augusta sustentava o clima psíquico da casa, fazendo constantemente que o ambiente todo fosse varrido por uma espécie de raios que desfaziam emanações perniciosas.

Essa atuação intensa, um cuidado especial para Natália, em razão de seu merecimento, era de algum modo sentida pelos presentes, que ficavam desconfortáveis ao manterem pensamentos pouco caridosos. Para muitos, era uma experiência curiosa que viviam: a de ficar desconfortáveis com a própria intimidade.

Com a hora do enterro se aproximando, padre Renato se levantou mais uma vez e convidou todos a orarem com ele.

– Irmãos em Cristo, aqui estamos para orar na intenção das almas de Cecília e de Amaro Silveira, a fim de que nossas preces os acompanhem à morada eterna.

Seguiu-se uma longa oração, cheia de fórmulas sacramentais, que se parecia muito com uma missa de corpo presente. Não fosse o ambiente de um lar, mas o de uma igreja, e a caracterização da missa estaria quase completa.

Quando a participação do padre terminou, ele convidou todos a que acompanhassem o féretro até o mausoléu da família Silveira.

Dona Rosa arfou de indignação por um instante, antes de se sentir mal. É que suas emanações fluídicas não se casavam ao ambiente sustentado por madre Augusta. Quando tinha pensamentos invejosos, ao mirar a casa, ou maldosos, ao mirar o corpo de Cecília, um estremecimento desagradável e de todo inexplicável para ela, pois inédito, percorria-lhe o corpo.

Os caixões foram fechados, colocados na carruagem da funerária, formando-se na sequência uma procissão, que cantava músicas sacras e fúnebres, ou então ladainhas, sob o comando do padre.

Natália, amparada por vários de seus primos e parentes mais afastados, seguia na frente do cortejo, com um véu negro a cobrir-lhe o rosto, abaixo do qual novamente as lágrimas rolavam incessantemente.

Aproximadamente uma hora depois, estava tudo terminado, no que tangia ao enterro dos restos mortais. Amaro estava em paz e amparado, ao passo que Cecília em espírito se retorcia e resfolegava, tentando respirar. Seu pensamento era confuso, ela não entendia como tentara se matar sem conseguir. Parecia viver um pesadelo, com o sentimento de sua queda com a corda no pescoço, o súbito apertar do laço, a sufocação, tudo se repetindo. Era um viver e reviver, com grande padecimento. Ela chorava silenciosamente, não conseguia identificar o que ocorria a sua volta nem se lembrava de orar.

Após a saída dos encarnados, ali haviam permanecido alguns membros da equipe de madre Augusta e ela própria. Elvira, a mentora de Cecília, preparava-se para retirar a proteção fluídica que sobre ela colocara, e que a afastava do contato com outros psiquismos.

Nisso, madre Augusta interveio.

– Espere um instante, Elvira.

A madre parecia estar muito distante, seu rosto estava como que transfigurado. Após alguns instantes, tornou a prestar atenção ao que ocorria a sua volta.

– As preces de Natália à Virgem Maria encontraram acolhida. Cecília não poderá ser desligada do corpo nem deixar de experimentar as consequências fluídicas e psíquicas do próprio ato. Contudo, ordens vêm da esfera da Virgem para que seja resguardada de qualquer tipo de perseguição ou deboche.

A madre imediatamente falou com o chefe da equipe que cuidava do cemitério.

– Irmão Almir, o senhor acompanhou o que aqui ocorreu. Por favor, providencie para que Cecília não seja incomodada, tendo em vista as ordens das esferas resplandecentes que nos chegam.

– Certamente, minha boa senhora.

A seguir, a equipe espiritual da madre se retirou, juntamente com Elvira, pois sua tarefa fora assumida por outros. Iam atender a seus outros compromissos, uma vez que as atividades dos trabalhadores do bem são inúmeras e incessantes.

Natália, em seu lar, finalmente só no próprio quarto, orava em frente a uma imagem da Virgem, pedindo por seu esposo e sua filha. Em verdade, continuava as preces que formulara durante todo o velório. Não tinha como saber, mas suas orações já haviam sido atendidas, na medida do possível.

Extremamente cansada, a senhora resolveu repousar. A casa toda estava em um silêncio anormal, com os criados movimentando-se com uma cautela inusitada.

Longe dali, dona Rosa, em sua casa, fervia de indignação. Finalmente liberta do que considerava uma fascinação a que fora acometida durante o velório e o sepultamento, ela espumava de raiva e partilhava sua indignação com o esposo.

Ele não se emocionava tanto com a questão, pois na realidade não acreditava em vida após a morte, na religião ou na divindade. Era católico apenas porque não o ser na época constituía algo complicado demais, que lhe prejudicaria a vida social e as relações.

Como conhecia bem o mau gênio da esposa, não se opôs aos projetos dela, que imediatamente começou a escrever uma carta para o bispo responsável, denunciando a conduta do padre Renato, que reputava como indigna, desrespeitosa, uma autêntica heresia.

Em sua raiva, precisou escrever e reescrever o texto várias vezes, pois a mão lhe tremia, em sua indignação. Finalmente, sentiu-se satisfeita, leu o texto em voz alta para o marido, que deu sua aprovação silenciosa. Decidida, colocou a missiva em um envelope, lacrou-o e mandou que um criado tomasse as providências para que chegasse a seu destino, o mais rapidamente possível.

A carta surtiu seus efeitos, mas menores do que os esperados por dona Rosa. Padre Renato era de família rica, poderosa e influente, de modo que houve cautela por parte do bispado antes de adotar alguma medida mais drástica contra ele, e antes mesmo de formalizar a instauração de um inquérito. O padre foi convidado a ter uma entrevista com o bispo.

Ciente do que se tratava e conhecedor da natureza humana, padre Renato muniu-se de documentos, declarações do médico e de Natália, a respeito da enfermidade de Cecília. Mas também cuidou de fazer um inventário do montante de doações feitas pela família Silveira para a Igreja e suas obras pias no correr das últimas décadas. A soma era astronômica.

À vista de tantas informações e dados, o bispo impressionou-se. Admoestou padre Renato, fez que este se confessasse a ele e lhe deu uma penitência. Mas não houve ordem para que se retirasse o corpo de Cecília do mausoléu situado nos fundos da igreja. Houve o entendimento mútuo de que o mal, por assim dizer, já estava feito. Seria deveras penoso para todos os envolvidos que se promovesse o traslado do corpo para um local profano. Uma família tão cristã merecia que se não a incomodasse muito. Ademais, o bispo não era insensível, ao contrário. A história toda o tocara muito e ficara a imaginar a dor de dona Natália, ao fim de tantas desgraças. Não queria ser ele a lhe impor a dor final, da desonra do corpo profanado da filha, que talvez lhe tirasse as forças.

A carta de dona Rosa acabou sendo ignorada. Mal o padre Renato saiu da sede do bispado, a missiva foi queimada. Era como se nunca tivesse existido.

Natália, de seu lado, ficou enferma e de cama algumas semanas, vítima de tantas emoções. Mas sua profunda fé a sustentou, jamais houve revolta em seu coração, sequer amargor. Era apenas tristeza pelo destino dos seus.

Estava intimamente convencida de que Amaro estava no céu, pois sempre fora um homem temente a Deus, justo e bondoso. Quanto a Cecília, confiava-a à mãe celeste, que haveria de encontrar um meio de ampará-la.

Após recuperar a saúde, ela se entendeu com o jovem Mário, que crescera em deveres após o falecimento de Amaro. Estabeleceram sistemática de encontros periódicos, nos quais ele a deixaria inteirada das ocorrências de seu patrimônio, extremamente vasto.

Natália recusou convites de familiares para ir morar com eles ou proposta de que alguém viesse morar com ela. Sentia-se bem em sua casa e tinha os criados por autênticos filhos. Ademais, tinha principalmente os pobres, aos quais pretendia dedicar a vida.

E assim o foi. No correr dos anos, Natália dedicou-se incansavelmente aos pobres, aos desvalidos e mesmo aos decaídos. Sua porta não se fechava quando a miséria batia. Inteligente, ela sabia separar o joio do trigo e costumava visitar ou mandar visitar os que se apresentavam frequentemente com necessidades. Sua casa era um verdadeiro pouso de caridade, e sua carruagem era sempre vista nos bairros pobres da vila, onde visitava doentes, enfermos, órfãos, necessitados em geral, cuidando de todos eles. Para isso, contava com o apoio de duas jovens criadas, pois por vezes havia trabalho mais pesado a ser feito.

Isso sem falar em seu auxílio às atividades da igreja, que permaneceu inalterável. Ela tinha uma rotina bem definida, que começava sempre do mesmo modo.

Montara em seu quarto um altar no qual figuravam as imagens de Jesus e de Maria e principiava o dia orando, pedindo que a auxiliassem a fazer o bem de forma sábia, que colocassem em seu caminho todos aqueles que necessitavam de alívio, conforto e consolo.

Invariavelmente pedia que o serviço que teria a graça de desempenhar fosse levado em conta pela alma de Cecília e para orientar e, se possível, modificar o caráter de Romeu, a fim de que se emendasse. Também pedia para que os netos fossem bem cuidados e crescessem como pessoas de bem.

À noite, ela também orava agradecendo por tudo o que tivera oportunidade de fazer, pelas bênçãos que recebera, na figura das lágrimas que secara.

Por certo, tais orações repercutiam nas esferas superiores.

AMARO NO PLANO ESPIRITUAL

QUANTO A AMARO, no plano espiritual, não demorou a voltar a si. Quando o fez, encontrava-se frente a Vicente, que havia sido seu guia espiritual, e a madre Augusta.

Eles lhe sorriram docemente, recebendo com carinho o bom trabalhador que retornava à casa.

Amaro experimentava certa confusão. Sentia um misto de paz e desconforto. Parecia-lhe que algo terrível acontecera, algo que recordava com dificuldade. Mas também havia aquele júbilo em seu íntimo, um bem-estar, uma paz profunda. Aqueles dois que o olhavam... quem seriam?

– Amaro, seja bem-vindo. Saiu-se muito bem da empreitada. Parabéns!

– Desculpe-me, meu senhor, mas eu o conheço?

Vicente limitou-se a olhar Amaro profunda e calmamente. Ao influxo desse olhar, dos fluidos brandos e poderosos que dele vinham, nosso querido amigo começou a desvencilhar-se da perturbação tão natural aos que morrem, especialmente aos que morrem em um repente, em meio a uma comoção violenta.

– Vicente! Madre Augusta! Eu os conheço. Mas como...?

– Recorde-se, querido. Sonde seu íntimo profundamente.

Alguns momentos se passaram enquanto Amaro sentia ressurgir de seu íntimo um conteúdo ignorado, novo, parecia que vidas se sucediam em suas lembranças, em contraponto a suas crenças católicas da última existência. Espírito lúcido e maduro que era, não demorou muito a tomar cobro de si.

– Meu Deus! Estou de volta... Meu pobre filho, minha filha infeliz... Como está Natália?

Foi calmamente informado de tudo e, em sua qualidade de espírito equilibrado, conseguiu controlar as emoções. Tranquilizado, em alguma medida, pela graça concedida a Cecília e pela certeza de que Natália era forte o suficiente, focou a mente em Romeu.

– Meu menino. Novamente eu não consegui conduzi-lo ao bem.

– Mas fez todo o possível. Sua vida foi exemplar, caro Amaro. Quanto a Romeu e a Cecília, haverão de amadurecer com essa experiência.

– Gostaria de fazer um pedido.

Madre Augusta sorriu, já ciente de que se tratava.

– Diga, filho querido.

– Gostaria de visitar Natália e Cecília. Sei que pouco poderei fazer por minha filha no momento e quero apenas me tranquilizar quanto a Natália. Mas gostaria principalmente de autorização para tentar influenciar Romeu no bem, enquanto ainda na carne. Talvez dê tempo de melhorá-lo de algum modo, ajudá-lo a ser menos egoísta.

– O filho querido certamente se lembra do que combinamos antes de seu último renascimento. Esta seria a última vida em que Romeu contaria com sua presença, caso não se emendasse.

Amaro foi rápido.

– A existência dele ainda não findou ...

A madre continuava sorrindo.

– Eu sei. Por isso, tem minha permissão. Caso ele não se emende, após tantos séculos desprezando os benefícios de sua dedicação, terá de caminhar sozinho um tempo. Terá escolhido o seu caminho e haveremos de respeitar seu livre-arbítrio. Você apenas irá ficar aqui um tempo, reencontrar amigos, inteirar-se melhor de seu patrimônio íntimo milenar. Depois poderá ir ter com Natália, Cecília e ficar com Romeu até o fim da existência dele.

CONVÉM RETORNAR UM pouco a narrativa, para retomá-la a partir do momento em que Maria do Rosário e Romeu se lançaram em sua aventura. Tão logo se distanciaram um pouco de São Paulo, o moço fez uma parada e pediu a Maria que lhe tosasse a cabeça toda. Ambos concordaram que precisavam se disfarçar, pois certamente seriam perseguidos, por causa das crianças. Pensando nisso, Romeu providenciara roupas um tanto desengonçadas para todos, assim como perucas. Sua cabeleira era grande e revolta, de modo que era melhor que fosse raspada. Quanto a Maria e às crianças, limitaram-se a trocar de roupas e a ficar a postos com as perucas que lhes cabiam, para usarem em cada pousada ou local de estada no qual parassem.

Maria estava de bom humor e encarou sem desagrado aquela novidade de tornar-se propositadamente feia. Como seu encantador rosto ainda poderia denunciá-la, tratou de enfeá-lo com uma pesada maquiagem, que mais a assemelhava a um fantasma do que a qualquer outra coisa.

Quanto às crianças, imaginavam estar vivendo uma aventura. O pai as convenceu disso, de modo que se divertiam. Não sabiam que estavam sendo levadas embora sem previsão de retorno, para nunca mais verem sua mãe e seus avós.

A viagem foi cansativa, e Maria aos poucos começou a se irritar com as reclamações das crianças, desabituadas a quaisquer desconfortos. Ela usava um tom de voz muito suave para confortá-las e encorajá-las, mas em seu íntimo pensava que se tratava de dois pirralhos mimados, a quem teria de ensinar bons modos.

Romeu apesar de sua falta de juízo, amava sinceramente os filhos. Contudo, a alegria e a empolgação da fuga o tornavam menos perspicaz, de modo que não notava a irritação disfarçada de Maria.

Eles seguiram sem maiores problemas para o Rio de Janeiro, onde logo embarcaram, com suas roupas largas e desajeitadas, suas perucas feias, rumo a Portugal.

Romeu não gostou muito da exigência de Maria de que eles ficassem em uma cabine apartada, ao passo que o criado ficaria com as crianças. Mas se deixou convencer pelas promessas que lia no olhar langoroso de Maria, que dizia estar com muita saudade de ficar sozinha com ele.

Lisonjeado em sua vaidade e movido por seu desejo, ele deixou os filhos aos cuidados de Otávio, seu criado de confiança. Era o começo de um movimento de separação entre pai e filhos...

A viagem foi intensa para o casal de enamorados e nela Maria mais e mais se cansava da presença de seus enteados, como os considerava. A menina enjoou e passou mal quase a viagem inteira, reclamando cuidados. A partir de certo momento, começou a perguntar pela mãe, querendo saber quando ela viria. Já o menino parecia mais tristonho a cada dia, com saudade de casa e dos avós. Romeu cuidava de distraí-lo, levando-o para olhar o mar e para passear no navio.

– Papai, estou com saudade do vovô.

– Não se preocupe, Pedro. Logo ele irá nos encontrar em Portugal. É tudo uma grande brincadeira.

Quando chegaram a Portugal, após tomarem muitas informações, compraram dois carroções e trataram de se distanciar de Lisboa. Àquela altura, estavam fartos de suas roupas e perucas esquisitas, mas sabiam que precisavam se manter disfarçados e especialmente se afastar dos grandes centros.

Dirigiram-se para Sintra e arrendaram uma quinta que ficava nas cercanias da cidade. Assim, tencionavam ficar na melhor situação possível, em sua condição de fugitivos: bem instalados em local discreto, mas com uma cidade próxima, à qual poderiam ir eventualmente.

A quinta era realmente bem cuidada e possuía uma ampla casa mobiliada. Maria encantou-se com o local e juntamente com Romeu foi tomada de uma estranha excitação, mesclada de perigo e melancolia. Não sabiam, mas estavam fazendo uma inconsciente comparação com a habitação mantida por Maria, quando ambos eram romanos e se entregavam a loucuras em grupo.

A melancolia e a sensação de perigo vinham do sofrimento que haviam experimentado ao longo do tempo. Não foram poucos nem curtos os períodos em que sofreram nas mãos de suas antigas vítimas: os belos escravos utilizados em prazeres exóticos.

A excitação vinha do fato de a luxúria ainda neles não estar extinta. Enfim, instalaram-se rica e confortavelmente, com o dinheiro furtado de Amaro, e planejaram uma vida de ócio e festas.

No princípio, tencionavam viver discretamente. Com o tempo, quando eventuais buscas pelas crianças tivessem cessado, poderiam se mostrar mais em sociedade, receber e ser recebidos.

Maria insistiu com Romeu para que as crianças fossem internadas em instituições religiosas para serem educadas.

– Não, Maria. Não quero me separar de meus pequenos.

– Com você falando assim, parece que quero o mal de nossos filhos. Eu fui educada em um convento e lhe garanto que foi ótimo.

– São muito jovens.

– Mas estudavam no Brasil. Pretende que cresçam iletrados, contando apenas com o pouco que hoje sabem?

– Vou hoje mesmo a Sintra para contratar um mestre-escola para eles.

Maria assentiu, por não ter o que fazer, mas mantinha na mente a ideia de afastar as crianças.

Cuidadas por Otávio e pelo mestre-escola Lucas, as crianças passavam praticamente o dia todo entretidas.

Enquanto isso, os pais se entregavam a loucuras. Haviam contratado vários criados. Inconscientemente, só contrataram pessoas jovens e com alguma beleza. De forma instintiva, não simpatizavam com ninguém que fosse um pouco mais velho ou feio.

Gradualmente, de forma inconsciente, estavam recriando o ambiente no qual haviam se perdido outrora.

À noite, às vezes até durante o dia, ambos saíam a andar pela propriedade e se entregavam a práticas obscenas ao ar livre, de modo mais e mais despudorado. Romeu se encantava com aquilo, que representava para ele o paraíso: ócio e libertinagem.

Apenas quando estava a sós é que seu coração ficava pequeno ao pensar no que fizera ao pai e à mãe. O que sentiriam por ele agora? Desprezo? Estariam arrependidos de havê-lo recolhido quando ele era criança?

Não raro, chorava ao pensar na tristeza de seu pai. De Cecília, pouco se lembrava, pois nunca chegara a amá-la.

À medida que o tempo passava, os dois libertinos se cansavam da vida campesina. Não era do gosto de nenhum deles ocupar-se das coisas do campo, e tinham bastante dinheiro, de modo que não viam necessidade de colocar a propriedade para produzir.

Sem nada de útil para fazer, Romeu tentou empolgar Maria do Rosário com o jogo. Havia levado seu estoque de baralhos, mostrou-lhe como trapacear, ensinou-lhe o significado das marcas que havia produzido nas cartas. Maria, à parte a curiosidade inicial, não conseguia se interessar pela coisa. Admirou o engenho de Romeu, elogiou-o, mas ela não tinha muito jeito para o jogo. Faltava-lhe agilidade, dissimulação. Sempre que tentava utilizar as marcas, ficava evidente seu movimento com os dedos, buscando-as. Romeu gargalhava e terminou por aconselhá-la a que jamais tentasse aquilo em público, pois seria desmascarada na hora.

Eles estavam aflitos para estabelecer vida social, mas ainda havia o receio de serem perseguidos, por conta das crianças.

Não sabiam, mas Natália havia suspendido tais buscas, por achar que, com a morte da mãe, era melhor que as crianças crescessem com o pai, por mais desajuizado que fosse.

Na busca dos dois havia apenas capangas de Irineu, que havia desenvolvido uma autêntica obsessão pelo que chamava de vingar sua honra. Mas também ele seguia pistas longe do local em que se situavam os amantes. Sem falar que era difícil encontrar duas pessoas que haviam viajado parecendo autênticos fantoches, mas cuja descrição era de máxima beleza e sedução. Os homens de Irineu simplesmente não conseguiam avançar nas investigações.

Romeu, ante o enfado de Maria com o jogo, terminou por envolver vários dos criados em rodadas que promovia toda tarde. Ora ele ganhava, ora perdia, pois não havia a emoção do dinheiro em disputa, visto que todos os seus parceiros eram pobres, e o jogo era meramente simbólico.

Uns dois anos depois da fuga, finalmente o casal decidiu que era hora de passear mais livremente por Sintra. Vestiram-se elegantemente e foram com as crianças. Passaram por vários locais, Romeu informou-se de clubes existentes, onde as pessoas mais seletas se reuniam.

Não demorou para ficar sabendo nem para conseguir um convite para uma noitada. Seu charme, sua beleza, a elegância de seus trajes, a riqueza de toda a sua pessoa impressionava. Facilmente convenceu as pessoas com quem conversava de que era um barão brasileiro passando uma temporada em Portugal.

Em um restaurante chique no qual a família almoçou, pediu para falar com o dono, explicou sua situação, seu desejo de divertir-se. Após um rápido olhar em seu interlocutor, o dono do local disse que o apresentaria às pessoas certas. Ficava contente de ver seu restaurante tão bem frequentado. Disse que por vezes ali mesmo, após o horário convencional do jantar, fidalgos se reuniam para se divertirem à mesa de jogo.

O casal ainda passeou pela cidade, informou-se a respeito de educandários para as crianças, visitou casas de moda, comprou bebidas refinadas.

Na próxima noite de jogos, Romeu apresentou-se no restaurante do senhor Mário e foi por ele introduzido na comunidade dos viciados em jogatina. Ele despertou imediata simpatia, pois era realmente boa companhia para quem gostava de diversão sem conteúdo. Demonstrou sua habilidade com as cartas, e não perdeu nem ganhou muita coisa, pois não eram as suas cartas marcadas que estavam na mesa.

Esse foi o início de uma rede de amizades que Romeu promoveu na cidade de Sintra, justamente com as pessoas que lhe interessavam: mundanas, venais, ricas e elegantes.

O plano dele era tornar sua quinta um requintado antro de jogos. Para tanto, aceitou convites para jantar na casa de seus novos amigos, oportunidades nas quais se fez acompanhar de Maria do Rosário. O notável casal abrilhantava qualquer evento, por sua alegria, suas réplicas bem dadas, sua simpatia. Com isso, contornavam a inveja que suas bonitas figuras poderiam despertar.

Não faltavam olhares ardentes de homens e de mulheres em direção ao casal, aos quais eles gostavam de retribuir por um tempo, sem dar muita continuidade. Com isso, inspiravam ilusões e apetites malsãos, brincando com as fissuras morais próprias e alheias.

A QUINTA SE TRANSFORMA EM UM ANTRO DE CORRUPÇÃO

ALGUNS MESES DEPOIS, a quinta do casal era frequentada por uma sociedade muito distinta. Eles promoveram jantares refinados, com direito a música e jogos.

Logo a notícia correu a respeito do casal que sabia tão bem proporcionar diversões, e os convites para estar na casa deles passaram a ser disputados.

Ao menos uma vez por semana, um grupo se reunia para jogar no local. As mulheres compareciam e ficavam ao lado dos homens, enquanto eles se divertiam com suas habilidades de jogadores.

Com os baralhos de Romeu em cena, ele não demorou a começar a ganhar, mas o fazia discretamente, sabendo perder de vez em quando, para não despertar suspeitas.

O ambiente gradualmente deixou seu primeiro aspecto mais familiar, e homens começaram a ir com suas amantes, passou-se a beber mais, a rir mais alto. Casais saíam para passear pela propriedade, que tinha carreiros e nichos docemente iluminados pela lua.

Muito devagar, tudo começava a se parecer com o que havia sido em Roma.

Os próprios empregados começavam a mergulhar naquela atmosfera libidinosa. Passaram a espionar Romeu e Maria quando estes davam suas escapadas diurnas e noturnas para libertinagens ao ar livre. O casal notou que era espionado, mas aquilo apenas tornou a coisa mais picante para eles.

Ninguém falava abertamente, mas criados e senhores estavam reciprocamente cientes do que ocorria. Os empregados passaram a também se permitir atitudes levianas nos recantos da propriedade, as quais por vezes eram vigiadas por Romeu e Maria, de forma nem tão discreta assim.

O tempo foi passando, e a situação se complicando. Ana, a esta altura, já era uma menina bem crescida e estava exposta àquilo tudo de forma mais perigosa e acintosa do que Pedro, que era menor e mais ingênuo.

Um dia, Romeu notou que sua filha espionava um casal de servos em atitudes de escancarada luxúria. A menina havia subido em uma árvore para admirar a triste cena. Ao se aproximar do local, ele a viu e ouviu as vozes alteradas e ofegantes dos criados.

Romeu se arrepiou ao pensar no que seus pais diriam daquela situação. Ele próprio, enquanto pai, sentia que tinha responsabilidade de educar a filha para que fosse uma mulher honrada.

Pela primeira vez, sua consciência realmente pesava, e ele se questionava a respeito do que estava fazendo. Não o sabia, mas Amaro estava ao lado dele, chamando vivamente sua atenção para as próprias responsabilidades.

Em vez de cessar com tudo, Romeu decidiu internar Ana em um convento para ser educada. Ao ser cientificada do ocorrido e da decisão de seu companheiro, Maria teve de disfarçar a própria alegria: ela não suportava os filhos do marido, em especial o pequeno Pedro. Mas a vez de ele ir embora chegaria, ou ela não se chamaria mais Maria do Rosário!

Ana tinha personalidade forte e discutiu muito com Romeu sobre sua internação.

– Não vou e pronto! Não basta o senhor ter me afastado de minha mãe e de meus avós, agora quer me afastar de si próprio e de meu irmão?

– Não se trata de afastá-la, mas de zelar por sua educação.

– Então, eu quero ir embora para o Brasil. Em São Paulo deve haver escolas de qualidade. Morarei com mamãe ou com meus avós.

– Isso está fora de questão!

– O senhor é um mentiroso. Mentiu para nós que era tudo uma brincadeira, essa vinda às escondidas para cá...

Uma sonora bofetada na cara de Ana foi a resposta a essa afirmação. Era de se esperar que se calasse.

– Bate-me porque falo a verdade. Eles não nos seguiriam? Mas na verdade se tratava de uma fuga sua com sua nova mulher. Roubou-nos de mamãe!

A menina acabou levando uma surra muito violenta, da qual demorou alguns dias para se recuperar. Quando as marcas sumiram, ela foi embarcada em uma carruagem alugada pelo pai e com ele teve de se dirigir à cidade de Lisboa, onde ficava o convento escolhido para sua educação.

A menina não mais dirigia a palavra ao próprio pai. Chorou ao se despedir de Pedro e ignorou Maria do Rosário solenemente.

A viagem foi praticamente silenciosa. Ao chegarem a Lisboa, Romeu levou a filha direto ao convento. Lá chegando, conversou com a madre superiora sobre a internação da menina. Disse que ela tinha personalidade rebelde e estava indo a contragosto.

– Não se preocupe, senhor Romeu. Aqui primamos por ensinar as virtudes da obediência e da resignação a nossas internas. Quando sair daqui, sua filha parecerá outra pessoa.

– Excelente, madre!

Romeu abraçou a filha, mas ela não lhe retribuiu. Apenas ficou hirta nos braços dele, com o coração pulsando forte. Sentia-se imensamente injustiçada.

Apesar de sua postura firme, cruel mesmo, Romeu sabia que a filha tinha razão. Ele era um mentiroso, e a filha seria mais feliz se tivesse ficado com a mãe e os avós. Ele amava sinceramente os filhos, e era com pesar que se separava de sua menina. O orgulho o impedia de pedir perdão pela surra violenta que lhe dera, e não queria reabrir a discussão. O que poderia responder às perguntas dela? Eram todas embaraçosas demais, porque a verdade estava contra ele.

Foi um homem melancólico, lamentando a própria fraqueza, que saiu do convento. Havia prometido a si mesmo nunca se separar de seus filhos. Mas a menina precisava mesmo de instrução, e ele não podia permitir que ela crescesse com um comportamento de prostituta. Fatalmente, isso ocorreria se continuasse a espiar os atos libidinosos da criadagem.

Uma voz íntima lhe indagou se na casa de seus pais alguma vez vira algo semelhante. Era Amaro instigando a consciência do filho. Este se lembrou vivamente da figura dos pais, pensou na dignidade que sempre reinara na casa paterna. Ali havia alegria, mas tudo era muito correto. Já na sua casa... Será que não aprendera nada? Tivera o melhor pai do mundo e sabia disso. Ah, o senhor Amaro... Como o amava! Entretanto, também havia Maria do Rosário e as loucuras que com ela vivia, o dinheiro sendo gasto fartamente e logo recuperado nas mesas de jogo. Isso sem falar no ambiente picante em que vivia. Ali todo dia parecia uma aventura nova. Nunca se sabia o que ocorreria.

Maria do Rosário não sabia, mas ele tinha várias amantes na cidade, as quais encontrava quando ia fazer compras, realizar pagamentos, operações bancárias.

O que Romeu não sabia é que Maria também tinha amantes. Um se passava por amigo de Romeu. Quando este ia à cidade, ele, que morava perto da quinta do casal, para ali se dirigia, a fim de ter encontros íntimos com Maria. Mas ela também se entregava eventualmente a um ou outro empregado que lhe parecia mais atraente. Gostava de tê-los à disposição, de escolher o momento, de depois se fazer de desentendida. Tudo aquilo a contentava. Como permanecia muito bela, embora o tempo que passava, tinha sucesso em seu jogo e sempre vencia.

Com fome, após sair do convento, Romeu passou em uma confeitaria, que mantinha algumas mesas ao ar livre. Sentou-se ali e ficou a refletir, com pensamentos contraditórios. Havia em seu íntimo algo de irrequieto, pois não parava de questionar suas decisões dos últimos tempos, a pensar em como sua vida poderia ter sido diferente. E se seu dinheiro acabasse? Não, isso não era provável. Ainda tinha muito dinheiro e continuava a ganhar rotineiramente no jogo. E se suas trapaças fossem descobertas? Não, era pouco provável. E quanto a Pedro? Queria que crescesse para ser alguém como ele? Não era melhor que fosse um homem honrado? Para isso, precisaria dar-lhe bons exemplos, como os que recebera dos pais.

Em plena tarde, Romeu se embriagava, intimamente torturado pela influência de seu pai, que aproveitava aqueles momentos de solidão, de sofrimento pelo afastamento da filha, para influenciá-lo de forma mais intensa.

Em sua embriaguez, olhando para o céu e refletindo, ele não notou que alguns conhecidos passaram do outro lado da rua e o reconheceram. Tratava-se de alguns casais de São Paulo que passeavam em Lisboa. Não eram seus amigos de jogo, mas o conheciam por causa de seus pais. Sua história era famosa em São Paulo. Não foram falar com ele, por considerá-lo um desqualificado, mas a informação de sua localização seguramente chegaria a Irineu.

Ao final da tarde, completamente ébrio, Romeu subiu na carruagem para sua viagem de volta para casa.

Já era um homem maduro, mas, com aparência mais jovem, continuava sedutor, e sua figura chamava a atenção. Isso era até surpreendente, haja vista seu hábito de beber muito e de passar as noites em claro. Mas, como Maria do Rosário, tardava em envelhecer.

Romeu passou algumas semanas um tanto distante e incomodado. Olhava Pedro constantemente. O filho também já estava crescido. O que se tornaria? Um pervertido, um jogador, um beberrão como o pai? Será que não devia enviá-lo a Amaro, para que o educasse? Não, isso estava fora de questão.

Com o correr dos dias e o péssimo clima psíquico da casa, ele esqueceu um pouco aquilo. Sua consciência o acusava de ser mau pai, mas sentia não ter como voltar atrás. Se voltasse para São Paulo, o que diria? Com que cara reencontraria os amigos? Não conseguia se imaginar frente a frente com seu pai, com sua mãe. Com Cecília? Sim, não se incomodava muito com o juízo que ela fazia a seu respeito. O que mais o incomodava em verdade era o olhar do pai. Por que será?

AMARO RECORDA O PASSADO

AMARO O OLHAVA ternamente quando o filho assim se punha matutar. Também ele se punha a pensar. Amava tanto aquele rapaz. Em tantas vidas tentara encaminhá-lo ao bem. Sua mente voltava ao passado...

Uma das encarnações mais remotas de que se recordava com Romeu passara-se na Grécia antiga, em Atenas.

A família do jovem Ptolomeu, agora Romeu, era muito rica, e o jovem era mimado ao extremo. Adornado de todas as graças – inteligência, fortuna, beleza –, mantinha oculto da família um lado bastante pervertido. Relacionava-se com várias damas casadas.

Amaro era, então, um escravo da casa. Não se lembrava de outra vida que não a vivida com aquela família patrícia. Era bem tratado, como o podia ser um escravo, sempre ciente e conscientizado de sua posição. A matrona da família, Cecília, mimava seu filho caçula e realizava todas as suas fantasias.

Quando Romeu se tornou um rapazinho, Amaro foi designado para ser seu escravo particular, auxiliá-lo a vestir-se, cuidar de seus pertences, diverti-lo quando estivesse entediado.

Romeu era temperamental, como o são todas as criaturas muito mimadas, e achava que o mundo girava ao seu redor. Não permitia nenhum erro e costumava castigar qualquer pequeno atraso ou equívoco. Para tanto, mantinha um pequeno chicote, que usava com frequência. Não batia muito, mas tinha prazer em mostrar que mandava, que sua vontade era a lei. Gostava de ser temido.

Amaro tinha de ajudá-lo a manter em secreto suas aventuras libidinosas. Chegando já aos 25 anos, era esperado que se casasse, mas o jovem recalcitrava.

Amaro levava e trazia recados de senhoras casadas, em geral mais velhas do que Romeu, e o ajudava em seus encontros, mantendo vigília nas casas das ditas senhoras, enquanto o marido estava fora.

Por vezes, à noite, também assumia o papel de vigia, enquanto Romeu e sua amante do momento se divertiam mesmo em locais públicos ou tidos por sagrados, votados aos deuses de que a Grécia sempre foi pródiga.

Romeu estava sendo pressionado a se casar quando a desgraça se abateu sobre ele. Uma estranha doença de pele acometeu-o de repente. Começou nas partes íntimas, na forma de vermelhidão e coceiras. Ele buscou auxílio com médicos e curandeiros, mas foi em vão. Em poucos dias, todo o seu corpo estava coberto de manchas vermelhas que ameaçavam supurar.

A família ficou horrorizada com aquilo e resolveu esconder o rapaz enquanto a cura ou a morte não chegavam. Cecília, apesar de seu amor pelo filho, era muito egoísta para fazer o menor sacrifício por ele. Enviou-o para uma das propriedades da família, longe o suficiente de Atenas para que ninguém soubesse do ocorrido. Em sua vaidade, ela temia que a família pegasse fama de pestosa.

Foi assim que, em certa noite, um abatido Romeu e seu escravo de confiança se puseram a cavalgar em direção à dita propriedade. Não era uma grande herdade, e a senhora do local, Cecília, havia mandado que todos os empregados que lá se encontravam voltassem para Atenas.

Romeu e Amaro ficariam sozinhos no local. Lá havia bastante comida, conforto, árvores frutíferas, e eles levavam potes de unguentos e ervas para o tratamento, em cujo êxito ninguém acreditava.

Em verdade, ambos estavam sendo mandados para que morressem à míngua, pois não se duvidava de que o escravo logo também pegaria a enfermidade.

Foi naquele local ermo que Amaro desenvolveu um afeto paternal por Romeu. Via-o sofrer a cada dia, entre revoltas e imprecações. Sua beleza esfacelava-se, ele ia ficando inchado, perdendo os cabelos, em um lento declínio em direção à morte.

Reclamava de tudo, chorava, mas no fundo morria de medo. Naquela situação tão singular, Amaro começou a conversar mais com seu senhor, que já não podia mais bater nele.

– Desculpe, senhor, mas não será melhor conformar-se com a vontade dos deuses?

– Conformar-me com esta injustiça?

– Será assim tão injusta sua situação? Essa doença de pele, não a terá apanhado em alguns daqueles antros fétidos a que frequentava por vício?

– Não o autorizo a falar assim comigo.

– Irá me desculpar, mas estamos só nós dois aqui. Sou seu escravo em verdade, mas também sou a única pessoa que se ocupa e cuida do senhor. Então, eu vou lhe dizer o que penso.

– Irei puni-lo quando eu sarar!

– Haverei de suportar as punições, que não serão as primeiras que me aplicará. O senhor não acredita nos deuses?

– Acho que não. Nem sei. Nunca pensei muito neles. Não serão apenas lendas, estátuas?

– Alguém há de ter feito este mundo tão belo em que vivemos, não lhe parece?

– Zeus?

– Não sei. Talvez seja o Deus desconhecido, tão pouco considerado. Será que nossa condição humana, tão precária, nos permite ter noção de quem realmente criou e organiza o mundo?

– Quem quer que seja, resolveu me punir.

– Não acredito nisso. O senhor não foi punido. Eu poderia me considerar punido, já que nasci escravo. O senhor nasceu livre, rico, bonito, amplamente dotado. E livremente escolheu um caminho de desonra no qual se infelicitou. Se alguém o puniu, foi o senhor mesmo.

– De onde tira essa doutrina tão estranha, essas conclusões tão ofensivas sobre mim?

– De tudo o que vi e vejo. Não entendo nada de deuses ou divindades. Mal sei ler e escrever. Mas me parece que as dores que nos atingem costumam ser uma consequência do que fazemos, e não uma punição.

– Então, por que você nasceu escravo?

– Aí, eu já não sei, meu senhor. Como lhe disse, sou bastante ignorante. Deve ter uma lógica qualquer. Se a lógica existe no que vejo e entendo, deve existir no que não entendo.

– Não fica triste por ser escravo?

– Gostaria de ser livre, de poder viajar, estudar, de ter um pouco de dinheiro, de constituir uma família, ter filhos. Mas, se não posso, não posso. Prefiro pensar que moro em uma boa casa, tenho comida, saúde, roupas...

– Tem saúde enquanto não apanhar minha enfermidade. E eu sempre o maltratei, sempre o puni por pequenas coisas.

– Minha saúde permanecerá enquanto for possível. Até lá, serei grato por ela. E o que serão alguns golpes de vara ou chicote? Há gente que sofre muito mais. Já reparou nos pobres das ruas, nas mães que mendigam com os filhos nos braços?

– Nunca reparei nisso, confesso.

– Sim, nunca abaixou os olhos para quem sofre. Apenas os mantinha fixos em seus prazeres.

– Seus raciocínios são estranhos. Mas lhe digo uma coisa: jamais perdoarei minha mãe pelo abandono a que me sujeitou.

– Sua mãe o tratou bem a vida toda. Extremamente bem. Talvez até bem demais. Se o houvesse educado melhor, exigido mais do senhor, provavelmente não estaria nessa situação. Por que valoriza um pequeno gesto egoísta em vez da bondade da vida toda?

O rapaz doente se punha a cismar. Aquelas conversas prosseguiam. Amaro cuidava de Romeu cada vez com mais carinho, e este se abandonava em seus braços. Quando ficou claro que morreria, apanhou um papiro e escreveu um pequeno testamento, no qual deixava Amaro livre após sua morte.

Um carinho pleno de doçura foi se estabelecendo entre aquelas duas almas. Romeu morria lentamente, cheio de medo, sob os cuidados de Amaro. E foi realmente em seus braços que deu o último suspiro.

Amaro chorou longamente pela morte daquele a quem já considerava um amigo. Seguindo orientações vindas de Atenas, providenciou o sepultamento do jovem sozinho, ali mesmo na herdade. Em seguida, fechou a residência e se encaminhou para a casa da família. Ia sadio, pois a enfermidade não o atingira naqueles dois anos de contato direto com o enfermo.

Cecília não gostou de ver a carta com a última vontade do filho, mas não teve coragem de desrespeitá-la. No fundo, sentia-se culpada por tê-lo abandonado para que morresse à míngua. Mas era muito vaidosa e preocupada com a opinião dos outros para sequer pensar em solução diferente.

PERANTE O MESSIAS: OPORTUNIDADE PERDIDA!

DEPOIS DESTA, FORAM tantas as existências em que o destino dos dois se vincularam! Mas a mais marcante de todas foi a que se passara em Jerusalém.

Já velho e viúvo, Amaro, à época chamado André, teve a desdita de ver morrer sua única filha, a qual tinha um filho paralítico. O menino tinha as pernas tortas de uma forma irremediável. Nunca conseguira andar nem engatinhar. Aos oito anos, arrastava-se pela casa. O pai do menino o deixara com o avô, dizendo que iria fazer uma viagem e logo retornaria, mas simplesmente desapareceu.

O idoso se preocupava, pois era pobre, e todos os seus parentes moravam longe. Não poderia viajar com o menino para ir morar perto deles. E se ele morresse, o que aconteceria com seu neto?

A certa altura de sua vida, sentindo as forças decaírem, ele se desesperava e clamava ao Deus de Abraão, de Isaac e de Jacob que o ajudasse a achar uma solução. A vizinhança não simpatizava com seu menino, e ele não sabia o que fazer.

Foi quando começou a circular um forte boato sobre um rabino que fazia maravilhas. Comentava-se que curava as mais tristes doenças. Fazia paralíticos andarem, limpava leprosos, abria os olhos de cegos de nascença. Seria o Messias prometido? Ah, se fosse... Ele não morreria antes de ver o Salvador. E quem sabe o Messias não se condoeria de sua dor de avô e lhe curaria o neto?

Os boatos eram cada vez mais intensos. Certa feita, ouviu dizer que o rabino se encontrava em um vilarejo ali perto, onde pernoitava. Amaro reuniu todo o dinheiro de que dispunha e alugou uma pequena carroça. Colocou o neto em cima e passou a noite na estrada, a puxar a carroça, pois não tivera dinheiro para alugar também um animal. Ia com a alma cheia de esperança e de certo temor. Estaria pronto para conhecer o Messias? Mereceria tal honra? Sua consciência era pura o bastante? Sentia-se indigno até de conhecer o Senhor, quanto mais de lhe pedir que algo fizesse em favor de seu neto, nosso conhecido Romeu, então chamado Ibrahim.

A alvorada encontrou Amaro chegando ao dito vilarejo, onde não demorou para identificar um número significativo de pessoas reunidas. Eram doentes e curiosos, que queriam ver aquele homem tão especial. Esgotado da viagem, ele confortou o menino, que reclamava que suas dores haviam aumentado com o sacolejar da carroça. Esse era um detalhe a mais: o neto tinha muitas dores em razão das pernas entravadas e do hábito de se arrastar.

Amaro reparou que as pessoas estavam voltadas para uma pequena praça que havia no local e teve a esperança de que o Messias, se era dele mesmo que se tratava, ali parasse para tratar das pessoas. Posicionou a pequena carroça virada para o local e se sentou com o neto em seu colo, com o coração tomado de estranho tumulto.

Nisso, ele o viu! Senhor, como era bonito o Messias! Não se lembrava de jamais haver visto alguém tão bonito. O sol brilhava atrás dele e lhe colocava uma espécie de aureola. Racionalmente, não saberia dizer por que o achava tão bonito, pois estava longe e o via ofuscado pela luz do céu. Mas seu coração cantava, sua alma estava em júbilo. Viu um homem imenso, cercado de luz, esbelto, alto, bem-feito, com cabelos que pareciam cintilantes. Oh, que ele viesse para o seu lado...

O garboso homem galvanizava todas as atenções, posicionou-se mais ou menos no centro do povo aglomerado e começou a falar coisas que o pobre Amaro jamais havia imaginado. Era um rosário de delícias, para quem sempre vivera de forma sofrida. A voz dele era incomparável. Deus, oh, bom Deus, compensara viver para chegar até este dia! Não importava o amanhã. Aquele era o enviado do Altíssimo, só podia ser. Era impossível não o admirar, em sua sabedoria, sua voz a um tempo máscula e suave. E, sim, agora que o via bem, era realmente de uma beleza gloriosa.

Amaro bebeu aquelas palavras, aconchegando o neto junto a seu coração, tomado da mais intensa felicidade de sua vida. Até esquecia o motivo pelo qual ali viera. Estar ali era o que importava. Nada poderia ser mais importante do que ver o Salvador.

A manhã ia bem avançada, com o meio-dia chegando, quando o Senhor começou a circular por entre os doentes, produzindo maravilhas.

De repente, oh alegria infinita, ele parou em frente a Amaro. Este foi tomado da maior timidez possível e conseguiu apenas fitar aqueles olhos magníficos. E o Salvador sabia o seu nome!

– André, você veio de longe para me ouvir, puxando essa carroça.

– Sim, senhor, era preciso que eu viesse para ouvi-lo.

– Mas não veio por você. Acha que seus dias já estão contados e que nada mais pode esperar na Terra.

– Com efeito, senhor. Mas estou feliz demais por tê-lo visto. Agora, posso morrer em paz. Entretanto...

– Teme pelo pequeno...

– Temo, senhor. Ele é paralítico e só tem a mim. Sou velho, hei de morrer logo. O que restará para ele? Arrastar-se e mendigar pelas ruas?

– André, arrastar-se no mundo com a consciência tranquila não é tão ruim assim. As pernas direitas e sadias podem bem ser um grande perigo.

– Não entendi, senhor.

– Quem anda e corre pode ser tentado a passar na frente dos outros, a prejudicar o semelhante.

– Senhor, entendo pouco do que diz. Rogo-lhe por meu neto, a quem tanto amo: é apenas uma criança.

Romeu olhava aquilo tudo pasmo, sem entender e intimidado como nunca na vida.

– Sua fé é grande, André? Crê que posso curar seu neto?

– Creio, senhor, do fundo do meu coração!

– Então, que sua fé realize a obra. Levante-se, menino!

Neste momento, algo prodigioso aconteceu com Romeu. Ele sentiu uma corrente muito fria passar pelo seu corpo, como se o lavassem com água extremamente gelada. Ao mesmo tempo, seus nervos, músculos e ossos se movimentavam e esticavam de modo estranho. Ele gritou de susto. Ao cabo de alguns instantes, seu corpo estava modificado.

O Cristo lhe estendeu a mão.

Ele apanhou timidamente aquela mão, levantou-se, deu uns passos e gargalhou de alegria.

– Filho, aproveite a bênção que a fé de seu avô lhe granjeou. Ande pelo caminho reto. Pense que suas pernas sadias são uma responsabilidade. Virá o dia em que terá de dar conta do que fez delas.

E o homem magnífico passou adiante. Amaro abraçou Romeu, ambos tomados de intensa alegria, rodeados por circunstantes que queriam saber detalhes da enfermidade, do que ocorrera.

Os dois voltaram para Jerusalém puxando a pequena carroça, cada um com um varal na mão, enquanto comentavam as alegrias da empreitada.

A partir daquele evento, a conduta de Romeu foi gradualmente mudando. Ele se achava muito pobre, com seu avô, e aquilo o descontentava. Como agora era sadio, sentia que podia tudo e queria encontrar meios de enriquecer.

Quanto a Amaro, sua saúde também melhorou imensamente a partir do contato com o Messias, e ele sentiu que teria muitos anos pela frente. Tentou fazer com que o neto se interessasse por sua função de tecelão, mas sem êxito. Romeu queria enriquecer.

Aproveitando-se de sua nova liberdade de locomoção, o menino, que crescia a olhos vistos, começou a sumir o dia todo. Ele tomara gosto de perambular pela cidade. Seu avô se desesperava. Pobre, precisava trabalhar e não tinha como ficar procurando o neto pela cidade. Já percebera que a índole do jovem não era boa. Enquanto enfermo, reclamava o tempo todo e nada estava bom para ele. Agora, que podia ajudar, pois suas dores não mais o incomodavam e conseguia ficar em posição adequada para tecer, só queria saber de andar pela rua.

Não faltaram sermões, longas conversas, absolutamente tudo o que estava ao alcance do bom velho. Romeu sorria para ele, tentava ludibriá-lo, mas era em vão. Afinal, havia ali um desacordo completo sobre um ponto essencial: Amaro queria que Romeu trabalhasse e se comportasse como convinha a um judeu. Romeu não se interessava por nada disso.

Em suas andanças, o jovem vislumbrou um jeito de ganhar dinheiro fácil, observando a movimentação do povo no mercado e nas grandes aglomerações. Conseguiu um pequeno punhal, afiou-o bem e começou a utilizá-lo para cortar os cordões das bolsas dos desprevenidos.

Dissimulado, hábil, mas com aparência meio rude, como se fosse um matuto desajeitado, não despertava suspeitas.

Para acalmar o avô, começou a ajudá-lo com as despesas da casa. Dizia que ganhava dinheiro ajudando as pessoas, carregando seus pertences, fazendo pequenos serviços.

– Quero conhecer as pessoas que você ajuda.

– São pessoas ricas, que não têm nenhuma consideração por mim e seguramente não vão querer conhecê-lo.

– Diga-me o nome delas.

Sem o menor pudor, Romeu listava pessoas importantes e mesmo algumas inexistentes. O avô não acreditava nele, mas não havia o que pudesse fazer.

Certa manhã, Amaro estava labutando em seu tear quando um conhecido chegou esbaforido.

– O que o põe nesse estado, Saul?

– Sabe Jesus, que curou minha sogra e seu neto? Foi preso!

– Preso por quê?

– Intrigas do Sinédrio, com certeza.

Amaro, que nem sabia que o Senhor estava na cidade, largou tudo o que estava fazendo e seguiu o movimento da multidão, para acompanhar o que ocorreria com o Mestre.

Foi um dia de dor e estupefação. Incrédulo, ele viu o povo preferir um ladrão a Jesus, viu aquele a quem aprendera a amar de forma irrestrita atravessar a cidade com uma cruz às costas. Ia acompanhando a tragédia tomado de uma dor profunda, com o rosto constantemente lavado de lágrimas.

Era impossível que aquilo estivesse acontecendo com o enviado de Deus. Simplesmente impossível. Seguramente haveria uma manifestação celeste que recolocaria as coisas em seus lugares. Não ousava pensar que Deus estava tardando, mas a cada momento ficava mais incomodado e mesmo desesperado. Cuidou de ficar o mais próximo possível e gritou agoniado quando viu pregarem o Mestre na cruz e a seguir o erguerem, como se fora um bandido comum.

O coração de Amaro era uma chaga imensa, e ele orava intensamente, por entre lágrimas e soluços, esperando um milagre. Houve até quem lhe chamasse a atenção: que vergonha um homem de sua idade com aquela conduta! Poderia se dar muito mal ao demonstrar tanto afeto pelo condenado, a quem os fariseus em peso abominavam.

Amaro pareceu nem entender. Correr risco? O que poderia lhe acontecer? Ser preso, morto? Já estava velho mesmo. Seria uma glória se pudesse sofrer um pouco em honra do enviado divino.

Nisso, ele viu Romeu em meio à multidão. Foi um lenitivo para seu dolorido coração: o neto viera demonstrar agradecimento e fidelidade a quem o curara!

De repente, vergonha das vergonhas, viu que Romeu disfarçadamente estava roubando um homem! Ele de algum modo cortara os cordões da bolsa de um senhor e se afastava muito discretamente. Seu neto era um ladrão! Em vez de se preocupar com Jesus naquele momento tão doloroso, aproveitava a comoção reinante para pegar o que era dos outros. Aquela era a fonte do dinheiro de Romeu!

Ele não conseguiu se aproximar do neto, que sumiu no meio da multidão. Acompanhou até o fim o drama da cruz e foi embora, sem conseguir entender nada. O enviado de Deus morrera de forma indigna. Por que Deus não se manifestara? Tudo lhe era absolutamente incompreensível.

Quando chegou à casa, Romeu lá estava, com ar tranquilo, como se nada de especial tivesse ocorrido.

– Romeu, não está triste pelo que aconteceu com Jesus, que o curou?

– Sim, meu avô. Mas nada havia para fazer, não acha? Quem somos nós para nos metermos nas intrigas dos grandes e poderosos?

– Eu o vi no meio da multidão.

O jovem conseguiu manter a aparência tranquila, mas não gostou do tom de voz do avô.

– Não vi o senhor.

– Não deve ter visto mesmo. Estava muito ocupado tomando as bolsas alheias.

– De onde o senhor tirou essa história?

– Eu o vi, Romeu, cortando a bolsa de um homem e se afastando sorrateiramente!

– Deve ter visto outra pessoa fazer isso, alguém parecido comigo.

– Não. Foi você mesmo que eu vi. Um ladrão, meu neto? Depois de tudo o que lhe ensinei? Depois da graça que recebeu ao recuperar a saúde de forma tão maravilhosa? É assim que agradece a Deus? É assim que gastará sua vida?

A conversa foi longa, e Romeu negou-se a admitir o óbvio. Mentia descaradamente.

Ele foi crescendo, sempre causando desgostos ao avô, a quem, entretanto, não chegava a afrontar. Tinha respeito por Amaro, abaixava a cabeça para ele. Dava todas as mostras exteriores de respeito, mas não tinha a menor vergonha de fazer coisas erradas.

Com o passar dos anos, tornou-se um rapaz alto e troncudo. Havia algo de rude em sua aparência, que não chegava a ser desagradável. Desde há algum tempo, deixara de roubar bolsas e passara a ser uma espécie de guarda de um famoso bordel da região.

O dono do bordel era um homem chamado Simeão, que mais tarde renasceria como Irineu. A favorita de Simeão era uma linda e pervertida jovem chamada Maria, também nossa antiga conhecida dessa história. Ela gostava de iniciar rapazinhos nas artes eróticas e fora isso o que fizera com Romeu, quando ele tinha entre 15 e 16 anos. Acabara se apaixonando por ele. Ela tudo podia junto a Simeão, que passava os dias bebendo, de modo que em verdade Maria administrava o bordel. Facilmente conseguira fazer que Romeu fosse contratado como segurança.

Simeão não tinha ciúmes de Maria, tanto que ela atendia os clientes mais ricos e importantes do local. Mas não admitia que tivesse preferidos, de modo que o relacionamento dela com Romeu era um segredo. Segredo muito mal guardado, uma vez que os encontros deles aconteciam no próprio bordel, e as outras prostitutas sabiam do que ocorria.

As brigas entre as prostitutas eram bastante comuns, e cumpria a Maria decidir as contendas e apaziguá-las. Certa feita, ela tomou medida bastante drástica contra uma das moças, que já tinha histórico de brigas com quase todas as mulheres do local. Além de privá-la de seus ganhos durante um mês, fê-la trabalhar nesse período na limpeza. Desse modo, ela se prostituía à noite e de dia tinha de fazer serviço bruto, sem ganhar nada.

Teresa sentiu-se injustiçada, mas sabia que não adiantava reclamar para Simeão, que deixava tudo nas mãos de Maria. Contudo, havia um meio de se vingar de Maria, talvez até de livrar-se dela. Quem sabe Teresa não lhe tomaria o lugar? Era com efeito uma bela rapariga, mas com um palavreado muito vulgar, maneiras lamentáveis, sem traquejo algum. Filha de prostituta, só conhecia da vida o que vivera e vivia em bordéis.

Ela se achegou a Simeão e tornou-o ciente do caso de Romeu com Maria, com riqueza de detalhes. Fê-lo em um dos raros dias de sobriedade do dono do prostíbulo, o qual prestou bastante atenção aos detalhes, mas disse que não lhe importava o que as prostitutas faziam durante o dia, desde que trabalhassem bem à noite.

Entretanto, em seu íntimo a situação era bem diferente da calma externa que pretendeu fingir. Teresa não acreditou que ele não tivesse ligado e foi embora de cabeça baixa, mas contente pelo que havia feito: a hora de Maria estava chegando.

Ocorre que Simeão era realmente apaixonado por Maria. Com uma lógica estranha, não ligava para o que ela fazia em seu trabalho remunerado. Mas um caso com um dos vigilantes parecia-lhe uma traição. Como conhecia bem aquela que considerava sua mulher, sabia que tinha de agir disfarçadamente. Via como as pessoas que se indispunham com ela costumavam morrer de repente. Ela tinha conhecimentos de curandeira e não se privava de envenenar quem se colocasse em seu caminho. Inseguro do sentimento dela, não queria correr o risco de ser envenenado. Assim, começou a prestar mais atenção ao que ocorria a sua volta para se certificar, passou a beber um pouco menos e a planejar sua vingança.

Enquanto isso, Amaro continuava em seu modesto labor e frequentava reuniões em que eram comentados os ensinamentos de Jesus. Acreditara sem qualquer dificuldade em sua ressurreição e apreciava a maravilha de tudo o que ele havia dito.

Mais de uma vez tentara levar Romeu com ele às reuniões, mas o rapaz ria da ideia que reputava ridícula de um homem voltando da morte. Mesmo quando este homem havia lhe endireitado em poucos instantes o corpo gravemente deformado. Ele não se interessava mesmo era pela doutrina, pelo que Amaro lhe falava. Parecia-lhe muito trabalhoso aguardar um reino que não se sabe quando viria, enquanto se privava de todos os gozos da Terra e se cuidava de doentes e pobres.

A vida de neto e avô seguia muito complicada. Amaro tinha profunda vergonha do trabalho de Romeu e sempre procurava convencê-lo a mudar de ramo. O dinheiro que o rapaz trazia para casa não o tentava de modo algum.

– Esse seu dinheiro é sujo. É fruto da vergonha e da desgraça de muitas famílias.

– Dinheiro é dinheiro. Sua origem não faz diferença. Se vem do templo ou do prostíbulo, compra a mesma coisa.

– Romeu, pense como se explicará no dia do juízo. Sua vida é uma imensa vergonha. E quando reencontrar seus pais, o que dirá a eles?

– Pouco me lembro de minha mãe, e meu pai me abandonou. Sempre tive apenas o senhor por mim.

– Então, troque de atividade por mim. Dê-me essa alegria.

– Não tenho talento para tecelão e não faço nada de errado. Apenas vigio o ambiente para que não ocorram brigas.

– Não seja hipócrita, Romeu. Quantas vezes chega cheirando a bebida de madrugada? E, durante o dia, frequentemente vem para casa cheirando a perfume de mulher. Sua vida é uma devassidão só.

– Sou jovem, meu avô. Pensarei nessas coisas quando for mais velho.

– Nunca se sabe o dia nem a hora em que seremos chamados a prestar contas de nossos atos.

O rapaz dava de ombros e saía para a rua, a fim de encerrar aquelas conversas que considerava desagradáveis.

De seu lado, Simeão era muito amigo de um cliente rico de seu bordel. Era um homem de posses chamado Jacó, que lhe devia vários favores. Afinal, o dito Jacó passava por um judeu tradicionalista, e Simeão facilitava seus encontros com prostitutas de forma discreta, sem que ele precisasse passar na frente dos outros clientes.

Assim, certo dia, quando Romeu saía de seu local de trabalho, Simeão deu-lhe um pacote e pediu-lhe que o entregasse a Jacó, em sua casa. Romeu ficou surpreso, pois aquilo não fazia parte de suas incumbências. Contudo, a casa de Jacó era rica e bonita, e ele tinha interesse em conhecê-la.

Surpreendentemente, fizeram-no entrar na residência de Jacó, e ele foi conduzido a uma sala em que o homem habitualmente trabalhava. Na entrada, teve de deixar sua capa.

Jacó demorou a aparecer, e a ordem era para que a encomenda lhe fosse entregue pessoalmente. Quando o viu, ele pareceu se agradar da presença do homem mais moço e demorou-se mostrando-lhe sua residência, com vários aposentos. Envaidecido, Romeu nem notou que a coisa fosse estranha.

Finalmente, ele saiu e foi direto para casa, pois estava cansado. Estava dormindo no meio da tarde, quando foi acordado por um burburinho. Jacó com vários homens da polícia ali estavam, vasculhando tudo.

– O que acontece?

– Não se faça de desentendido. Sumiu uma joia de grande valor de minha casa.

– E acha que está aqui? Pois pode procurar!

Jacó fez de conta que procurou por todo lado, quando finalmente fixou os olhos na capa de Romeu. Começou a mexer nela e logo encontrou, enrolado em alguns fios, um anel extremamente rico.

– Aqui está meu anel, seu ladrão!

– Nunca vi este anel!

– Então, ele surgiu por milagre em sua capa? Salvo engano, na que usou quando foi hoje cedo em minha casa. Este anel estava em cima de minha mesa, e você deve tê-lo apanhado em um momento de distração minha.

Romeu foi preso por roubo. Como era conhecido por seu mau caráter, ninguém duvidou de que fosse culpado. Muitos sabiam de sua atividade anterior, de rapa-bolsas.

Amaro, quando foi cientificado da história, chorou lágrimas amargas; também ele, crente de que a história bem poderia ser verdadeira.

Foi visitar o neto na cadeia, onde tiveram uma triste conversa. O rapaz negava ser culpado com veemência, e o avô não ousava acusá-lo. Apenas o ouvia e se lembrava de todas as vezes em que ele mentira.

Foi um Amaro arrasado que se retirou do local. Mais arrasado ele ficou alguns dias depois, ao saber que seu amado neto fora condenado a ser crucificado.

Romeu era amplamente desprezado pelos judeus em razão de seu sabido histórico de rapinagens e de seu trabalho no prostíbulo. Desse modo, os vizinhos de Amaro, embora apreciassem o ancião, não foram ampará-lo no dia crítico da crucificação de seu neto.

Perto da cruz de Romeu formou-se um estranho conjunto de pessoas. Um grupo era formado dos seguidores do Cristo e amigos de Amaro, que com ele frequentavam reuniões. Outro grupo era integrado pelas prostitutas e outros trabalhadores do bordel. Maria estava furiosa com a situação, pois se entendia enganada. Achava que havia alguma outra coisa na história que ninguém lhe falava. Não era possível que Romeu tivesse necessidade de roubar, com o dinheiro que ela habitualmente lhe dava.

Ela conseguiu falar com o moço, pois os guardas do presídio eram frequentadores habituais do estabelecimento que Maria gerenciava. Achou a história estranha. Por que Jacó teria montado aquela farsa? Sabia que gozava da absoluta preferência do renomado judeu, mas teria ele ciúme? Ou seria tudo manobra de Simeão, que descobrira seu caso? Ela já conversara com o amante, que negara tudo, profundamente surpreso. Confirmara que havia enviado Romeu, então Ibrahim, para a casa do rico comerciante, mas em razão de negócios que ambos tinham em comum.

Embora não amasse Romeu, Maria tinha uma ligação especial com ele, no plano carnal. Eram ambos pervertidos e cheios de imaginação, de modo que se divertiam muito juntos.

Ela não sabia que Romeu tinha encontros com outras prostitutas, em locais distantes do bordel. Em suma, ela estava ali, aos pés da cruz, com o coração em tumulto. Era orgulhosa e ficara brava de suas tentativas de suborno não terem encontrado ressonância.

É que forças poderosas foram colocadas em ação para a rápida condenação de Romeu. Jacó era rico e influente e não queria que o caso se arrastasse, para evitar que seu hábito de frequentar o bordel fosse conhecido. Uma vez que ele se envolvera na história, queria liquidá-la o quanto antes.

O resultado dessas intrigas e baixezas todas ali estava: o robusto Romeu erguido em uma cruz, em um dia de intenso calor, padecendo desconforto inominável.

Ele via seu avô chorar e seu coração ficava pequeno. Nunca conseguira entender aquele avô amado. Ambos sempre quiseram coisas diferentes. Era mesmo um azar que sua vida tão divertida tivesse aquele fim terrível e inexplicável. Ele sequer estava arrependido de tudo o que vivera. Apenas lamentava que ele e o avô estivessem sofrendo.

Também olhava várias de suas amantes ali presentes e se enchia de um secreto orgulho: ele agradara a todas, tanto que estavam ali, dando-lhe apoio. Lágrimas de dor corriam pelo seu rosto suarento. Será que aquilo demoraria muito?

De seu lado, Amaro, mais uma vez, lembrava as palavras de Jesus quando lhe pedira que curasse seu neto. O Senhor soubera imediatamente os perigos que rondavam o futuro de Romeu, em razão de seu caráter, e o alertara. Mas chegava a lamentar a cura do neto? Não, apesar de tudo, não lamentava. Fora muito importante para os dois aquele evento. Apenas não imaginara que Romeu tivesse instintos tão maus e que ele não conseguiria educá-lo. O bom velho se culpava...

Ele também se lembrava de que um dos ladrões colocados ao lado do Mestre na cruz lhe pedira assistência para depois da morte e conseguira a promessa. Assim, tentou convencer Romeu a se converter.

– Meu neto, pense no dia de sua cura.

– Sim, meu avô. Nunca vou esquecer aquele dia.

– Peça auxílio a Jesus, meu querido. Ele há de socorrê-lo!

– Como? Ele não conseguiu livrar-se a si próprio da morte na cruz...

– Ele ressuscitou, querido. Você sabe disso. Desejo que aceite a santa doutrina de Jesus. Já lhe falei tanto dela e posso repetir tudo durante esta tarde.

– Ah, meu avô, desculpe, mas estou com muita dor para ficar ouvindo tudo aquilo agora. E Jesus me ajudaria como?

– Encaminhando-o para o reino dele.

– Não consigo entender a lógica disso tudo. Não sei onde fica esse reino. Foi um homem que morreu em desonra, como eu. Mas já que o senhor quer, eu faço. Jesus! Por favor, ajude-me do jeito que lhe for possível!

Foi um berro muito alto, mas sem sinceridade alguma, e os dois sabiam disso.

– Está satisfeito, meu avô?

– Não, e você sabe. Isso tem de ser feito com a alma, com unção e fé.

– O senhor pede demais de mim a esta hora. Eu pedi. Pronto. Quando pedimos água a alguém, não precisamos ter fé. Se a pessoa tiver e quiser, ela nos dá a água.

Era visivelmente uma conversa infrutífera, e Amaro desistiu dela. Contentou-se em ficar perto do neto, lembrando histórias que tinham vivido juntos, dizendo o quanto o amava.

Romeu era jovem e forte, e demorou bastante a morrer. Mas finalmente ele expirou.

Foi um alívio para Amaro, que cuidou de preparar e, juntamente com seus amigos, enterrar o corpo do neto. O grupo das prostitutas se cansara da espera e fora embora, porque elas precisavam se preparar para as atividades da noite: a vida delas continuava. Lamentavam a ausência daquele bom companheiro, daquele amante divertido, mas logo o esqueceriam.

Maria não conseguiu elucidar o caso, de modo que teve de se conformar com o desaparecimento de seu amante sem punir ninguém pelo ocorrido. Infelizmente, não poderia servir uma bebidinha para o responsável por aquilo...

Quanto a Amaro, continuou a morar em sua casa pobre, a trabalhar, a distribuir com os outros o pouco que tinha e a buscar conforto em sua fé em Jesus. Sempre pedia ao bom Mestre que auxiliasse seu neto da forma que fosse possível.

Ele atingiu idade muito avançada e morreu dormindo, pleno da paz que cultivara durante a vida toda. Sua fé na doutrina de Jesus, na existência de um Deus que amava a todos, o confortara e impedira que se revoltasse com as dificuldades que vivera. Ele, um avô que tentava ser pai, amara aquele menino sem juízo com intensidade e ternura. Quanto mais o amariam Deus e Jesus, infinitamente melhores do que ele! Não sabia exatamente como, mas acreditava que, de algum modo e em algum momento, Romeu seria resgatado para a felicidade.

Amaro não sabia naquela época, mas ele se empenharia arduamente por esse resgate no curso dos séculos.

A reflexão sobre aquela existência findou e Amaro continuou a pensar nas vidas que se seguiram a ela. Refletiu sobre a vida em Roma, já referida nesta narrativa, em que fora pai de Romeu, mas também não o conseguira conduzir pelo caminho da honra.

O MOSTEIRO

FINALMENTE, COMEÇOU A relembrar a vida que ambos passaram na Itália, no então Reino de Nápoles. O Sol de Assis já havia passado pela Terra com sua mensagem de fraternidade, humildade e paz. Contudo, os séculos corriam sem que ela fosse assimilada como poderia e deveria.

Amaro era um frade e morava em um mosteiro perto da cidade de Nápoles. Era professor de idiomas para os internos, incluído o latim, língua com a qual guardava grande afinidade. Além disso, ajudava na limpeza do mosteiro todo, especialmente dos locais considerados impuros. Gostava de limpar os currais e estar perto dos animais, como uma homenagem sua ao Pobrezinho de Assis.

Em razão disso, era visto como exótico, pois vinha de família nobre e rica, trouxera um belo dote quando seu noviciado terminara e fizera os votos definitivos. Como era bondoso e humilde, seu exotismo não o prejudicava.

O mosteiro na época era regido por um monge bastante orgulhoso, cheio de paixões e conivente com condutas indecorosas que ocorriam no próprio ambiente santo. Homem na força da idade, aceitava que damas da nobreza ali permanecessem a título de fazer penitência e retiro, oportunidade na qual recebiam visitas íntimas de frades específicos, dos quais eram amantes.

Eram costumes que repugnavam imensamente a Amaro, então chamado Lucas, que com eles não se envolvia. Tentava infundir em seus alunos o máximo possível os valores cristãos, lembrando-os rotineiramente de exemplos do Cristo e de Francisco de Assis, de quem era devoto.

Certa noite, frade Lucas, nosso querido Amaro, acordou assustado. Era inverno, fazia muito frio, e ele tinha a sensação de que precisava fazer algo com urgência. Orou intensamente e viu seu anjo da guarda, que lhe apontava em determinada direção. Amaro escondia essa sua peculiaridade de ver seres espirituais, bons, maus ou meramente sofredores, pois sabia que as consequências de semelhante revelação não seriam boas. Especialmente porque o abade Manuel costumava estar rodeado de entidades lamentáveis.

Seguindo as indicações de seu anjo, ele logo concluiu que a emergência se localizava fora do mosteiro. Abriu a porta principal e quase caiu com a força do vento, que o cegou durante alguns instantes. Nevava, e estava mesmo muito frio. Ele rapidamente viu um pequeno cesto, no qual era possível divisar uma mãozinha roxa de tão gelada. Rapidamente, Amaro apanhou o cesto e o recolheu. Fechou a porta e levou a preciosa carga para sua cela.

Ao ali chegar, afastou as cobertas e viu um pequeno menino, com lindos olhos azuis. Sem saber o motivo, seu coração se alegrou intensamente. Ao mirar aqueles olhos, uma felicidade sem fim o dominava. Era como se estivesse reencontrando alguém muito querido.

O que teria levado a mãe a abandonar aquela minúscula criança em noite tão fria? Somente o bom Deus poderia sabê-lo. Não duvidava de que fosse filho de um dos frades com alguma aldeã das redondezas, que conseguira esconder a gravidez dos pais e tivera de se livrar da criança em circunstâncias tão estranhas.

Amaro era muito intuitivo e pensou que talvez aqueles pequenos olhos azuis e aquela penugem ruiva lembrassem o abade, mas não se aprofundou nesse raciocínio.

Apanhou a criança no colo, cantou para ela, esquentou-lhe as mãos, bailou pela cela, feliz como nunca na vida. A criança, mesmo aquecida, não deixava de choramingar, e o frade entendeu que deveria ser de fome. Foi buscar leite no dispensário, aqueceu-o na cozinha e improvisou como pôde para dar a bebida à criança. Nunca cuidara de nenhuma, mas daquela tinha intenção de cuidar.

Logo na manhã seguinte, foi falar com o abade sobre o ocorrido.

– Mais uma criança deixada em nossa porta? Uma boca a mais para sustentar. Com certeza, não se lembraram de deixar dinheiro para as despesas!

– Senhor, não se preocupe com isso. É um menino Jesus lindo, e eu gostaria muito de cuidar dele.

– Você irá cuidar da criança? E suas obrigações?

– Será apenas um acréscimo, senhor, não se preocupe.

O abade autorizou com um sorriso enigmático no rosto. Pensou que, não fosse a notável rigidez de princípios do frade Lucas, e imaginaria que a criança era filha desse frade. Seria muito interessante se tal ocorresse. Não foram poucas as vezes em que docemente o frade, atento ao dever de obediência, tentara convencê-lo a não mais admitir a entrada de mulheres no mosteiro.

Embora tivesse boa aparência e elevada cultura, o frade jamais se interessava pelas penitentes admitidas no local, a não ser para enfadá-las ao falar de lições evangélicas. Ora, todos sabiam que não era para isso que elas eram ali admitidas.

Aliás, o abade era rigoroso nessa admissão, pois não queria comprometer o nome do mosteiro. Se admitisse a entrada geral de mulheres, as realmente religiosas poderiam falar a respeito do que ocorria nas noites de penitências. Mesmo as não tão religiosas assim, caso despidas de beleza e não conseguissem atrair nenhum dos frades, poderiam falar, por despeito.

Assim, apenas eram admitidas mulheres da alta nobreza, volúveis e com grande beleza. Isso facilitava muito as coisas para todos.

Alheio àquilo tudo, que para ele era um escândalo, Amaro ajeitou um pequeno leito em seu quarto, nele colocou o menino, que tencionava nominar de Francisco por ocasião de seu batismo, que não deveria tardar.

Após alimentá-lo, com o céu no coração e nos olhos, foi dar uma aula de latim. Ao entrar na sala, os internos se levantaram como de costume. Ele conduziu uma oração e mandou os jovens se sentarem, para iniciar sua lição.

A alegria de seu rosto era tão sublime que um dos meninos lhe perguntou:

– O que lhe aconteceu de tão bom, irmão Lucas?

– Por que acha que algo diferente me aconteceu?

– O senhor parece trazer o paraíso no rosto!

– Ah, um bebê recém-nascido foi deixado na porta da frente do mosteiro durante a noite. Eu me apaixonei imediatamente pela criança. Haverei de educá-la para que cresça em graça e virtudes perante Deus. Considero-o um anjo com o qual o Senhor me presenteou.

Aquela conversa jamais ocorreria com qualquer outro professor, pois os demais se mantinham distantes dos internos, como se fossem seres muito superiores. Já Amaro gostava de conversar com os jovens, contar passagens de sua vida, saber da vida deles. Apenas assim ele os poderia auxiliar, caso tivessem algum problema. Era realmente um digno filho espiritual de Francisco de Assis que ali se encontrava.

Ele teria um tempo para se dedicar a tarefas que lhe falavam ao coração de homem genuinamente humilde. Cuidaria dos animais, faria limpeza, formaria o caráter dos pequenos alunos e educaria Francisco, Romeu renascido. Tudo isso era um lenitivo perto das tarefas que o esperavam mais tarde.

Enquanto isso, o abade Manuel administrava o mosteiro, permitindo que nele se perpetrassem hábitos escabrosos. Era o vinho que corria solto, eram as visitas impudicas, as conversas lascivas... Com seus 40 anos, ele imaginava ainda ter muito tempo para se divertir. Passaria pela mente daquele homem tão instruído e pervertido que um dia ele seria chamado a prestar contas do que fazia? Em verdade, não. Achava-se intocável. Pensava que os leves cilícios que se aplicava, as confissões que periodicamente fazia ao provincial da ordem, contando muito por alto e de forma bastante suavizada o que fazia e permitia fosse feito, que tudo isso o deixaria quite com Deus. Acreditava estranhamente que vivia regalada e fartamente na Terra enquanto esperava as recompensas do Céu. Recompensas de quê?

Em um dia em que o mosteiro se abria para confissões, ele se paramentou e logo viu surgir a figura de dona Francisca. Era uma jovem nobre, bela, leviana, passional e rica, que costumava fazer penitência no local. Estranhou que ela se apresentasse como sua penitente, que quisesse se confessar com ele, pois mantinha relações íntimas com o frade Frederico.

Mas logo ficou sabendo a razão de tudo. Após as cerimônias e fórmulas de praxe, seguiu-se uma confissão muito malfeita, própria de quem achava que tudo o que fazia era certo. Na sequência, a dama Francisca abordou a questão que a trazia. Era uma bela moça de pele clara e cabelos pretos lisos compridos, no momento ocultos pelo véu negro da confissão. Era casada com um conde, senhor sexagenário que, benevolente ou obtuso, não sabia ou fingia não saber o que a esposa tanto fazia no mosteiro.

– Meu bom abade, antes que me esqueça, trago-lhe uma oferta de meu esposo.

Dizendo isso, passou uma bolsa pesada de moedas de ouro às mãos do religioso, o qual se impressionou com o valor que rapidamente estimou para a oferenda.

– É muita generosidade do senhor conde.

– Como o senhor sabe, admiramos sua administração do mosteiro.

O abade fez um gesto de agradecimento com a cabeça.

– Senhor abade, quis me confessar com o senhor diretamente para lhe fazer um pedido especial. Desejo fazer um retiro, como de hábito, mas uma prima minha, Carlota, também deseja vir fazer um exame de consciência neste ambiente santo.

– Ela nunca esteve aqui?

– Não.

– A senhora já tem em mente quem seria o condutor da consciência de sua prima?

– Penso que poderia ser o frade Frederico, que também me conduz pelos caminhos do Altíssimo.

– Preciso falar com ele.

– Em verdade, talvez não precise. Da última vez que estive aqui, falei-lhe da possibilidade de minha prima vir e lhe mostrei um medalhão com a imagem dela.

– Então, creio não haver problemas.

– Carlota poderia ficar na mesma cela que eu. Assim, frade Frederico poderia nos atender juntas, conduzir-nos nos atos penitenciais em conjunto.

Coberta pelo véu negro, era impossível verificar que dama Francisca ficara corada com o que acabava de propor e de que ambos sabiam o significado: haveria jogos amorosos entre os três. Mas isso não era de modo a ferir a suscetibilidade do abade, que assentiu, compreendendo a razão da generosidade da oferta. Haveria praticamente um bacanal no mosteiro, e ele estava sendo pago para ignorar a ocorrência.

Ele saiu do confessionário e deu ordens para que as jovens, ambas muito belas, fossem recolhidas a uma específica cela, das mais amplas do local e que contava com duas camas. A seguir, fez saber a frade Frederico que ele tinha penitentes a que dar atenção.

E assim seguiam as coisas, para vergonha profunda de todos os frades decentes que ali moravam e para desgosto dos entes espirituais encarregados da condução do mosteiro.

Os anos passaram, Francisco já estava no começo da adolescência e dava sinais de sistemática rebeldia. Entretanto, a paciência de Amaro parecia não ter fim, e ele estava decidido a tornar aquele menino um cristão decente.

Em certa oportunidade, por um desses acasos do destino, eram muitas as penitentes presentes no local. Todas as celas de visita estavam lotadas. Carlota e Francisca faziam-se presentes. Àquela altura, Carlota também já havia se casado com um homem bem mais velho, e ambas tinham filhos que lembravam muito as feições de frade Frederico, que continuava como o confessor delas.

A noite era agradável, e montou-se uma longa mesa no pátio interno do mosteiro. Os frades que não apreciavam a libertinagem ali reinante retiraram-se para suas celas, onde ficaram em oração. Era evidentemente isso o que ocorria com Amaro. Ele havia trabalhado muito e dormiu tão logo colocou a cabeça no travesseiro. Já Romeu, que sempre tivera curiosidade sobre as tais penitentes, com sua sexualidade exacerbada e perturbada, resolveu que naquela noite ficaria a observá-las de um ponto estratégico. Subiu no telhado do mosteiro e de lá ficou a mirar o festim.

Este começou sóbrio, pois em geral havia um manto de discrição envolvendo as atividades impróprias a um mosteiro, mas a bebida corria solta e naquela noite todos pareciam tocados de um fulgor de libertinagem, gula e sede a mais. Tudo lhes parecia pouco. À medida que a noite avançava, os casais começaram a se permitir intimidades impensáveis para pessoas honestas, na frente dos outros. Quanto mais para religiosos e senhoras casadas.

Era um Romeu chocado e divertido que assistia a tudo: era aquilo que ele queria viver! Queria comer e beber fartamente, ter mulheres belas a sua disposição, divertir-se sem compromisso. Ah, aqueles frades sabiam viver!

No meio do pátio havia uma capela. Escandalosamente, os casais mais empolgados começaram a se dirigir para ela. Em pouco tempo, havia vários deles, nas mais variadas fases do ato sexual, em recantos da pequena igreja.

A RESPOSTA CELESTE

FOI UMA NOITE vergonhosa, que clamava aos céus uma corrigenda. E ela veio.

Na manhã seguinte, estranharam a ausência do abade, que costumava ser bem matinal em seus hábitos. Um dos frades foi despertá-lo e percebeu-o extremamente enfermo: estava com o corpo paralisado quase inteiramente, a boca torta, os olhos desesperados.

O pequeno frade que o encontrou deu o alarme, e logo o frade encarregado da enfermaria se fez presente e trataram de conduzir o abade Manuel para um dos leitos do pequeno hospital que ali havia, a fim de ser tratado.

Começava para ele um longo período de reflexão. Ao contrário do que esperara, não passaria dos prazeres terrestres para os celestes. Teria muitos e muitos anos de sofrida reflexão em um leito de hospital, antes de se encaminhar para o plano espiritual, onde seguramente não o aguardava a bem-aventurança dos santos.

O abade acreditava que iria melhorar de um instante para o outro, nem que fosse por intervenção celeste. Pensava nos anos que se dedicara à religião e especialmente nos que gastara administrando uma instituição, crente de que merecia um milagre. Não refletia que havia permitido o completo desvirtuamento do mosteiro e que na verdade estava sendo protegido de si próprio, com a repentina enfermidade. Afinal, acumulava débitos espirituais de grande monta com aquele procedimento.

De seu lado, todos os frades estavam convictos de que o abade jamais se recuperaria e definharia em seu leito até morrer. Em razão disso, frade Frederico, que costumava secundar o abade em suas tarefas administrativas, assumiu-as em sua íntegra e encaminhou uma correspondência ao conselho provincial, comunicando o ocorrido.

Nessa mesma época, Amaro se agastou imensamente com a indisciplina de Romeu, que começava a se dar ares de muita importância e independência. Entendeu que o rapazola assim agia por ficar com ele em sua cela. Era como se isso o isentasse da disciplina conventual.

Embora amasse profundamente o jovem, tratou de transferi-lo para o dormitório dos internos, após lhe passar um sermão muito firme sobre a importância das virtudes da obediência e da humildade.

Foi um chocado Romeu que se instalou junto aos outros jovens. Sempre fora crente de que seu protetor era mole demais para tomar qualquer medida mais séria em relação a ele.

Após algumas semanas, três membros do conselho provincial se apresentaram no mosteiro. Frederico os recebeu, crente de que seria nomeado abade. Entretanto, os religiosos pediram que ele providenciasse a chamada de Amaro para uma conversa, da qual ele, Frederico, estava dispensado de participar.

Frade Frederico, em sua empáfia, do mesmo modo que Romeu, embora por outros motivos, ficou chocado com o andamento das coisas. Amaro? O frade que gostava de limpar estábulos, que se rebaixava a limpar latrinas, regozijava-se em ajudar nas cozinhas? Seria ele o novo abade?

A voz de Frederico tremia de indignação quando transmitiu a convocação para Amaro.

– Os membros do conselho querem falar comigo sobre o quê?

– Ignoro completamente. Talvez para nomeá-lo o novo abade.

– Imagine! Eu não quero isso. Prefiro educar os jovens e fazer minhas tarefas habituais.

Sem recurso, salvo atender ao convite, na verdade uma ordem, ele se dirigiu à sala do abade, onde foi saudado por seus três companheiros de ordem religiosa.

– O irmão parece um tanto surpreso em ter sido chamado por nós.

– Com efeito. Não consigo atinar com a razão para essa conversa.

– Irmão Lucas, seremos francos. Você é o novo beneficiário e o novo abade do mosteiro. Aqui estão os papéis de sua nomeação.

– Mas por que eu? Beneficiário e abade? Não me candidatei, não fui consultado, não tenho o menor talento para essas questões administrativas.

– Com a franqueza que prometi, cuido de esclarecê-lo, então. O boato de uma noite escandalosa ocorrida há pouco tempo neste mosteiro chegou ao Senhor Provincial, que ficou imensamente desgostoso. Ele já sabia que algo andava errado por aqui, mas não imaginava que tomasse tamanha proporção. Fala-se disso em toda parte. Após pequena investigação, chegamos a algumas conclusões. Além disso, seu pai, o senhor marquês, interferiu fortemente em seu favor. Como o senhor deve saber, uma de suas irmãs é dama de companhia da rainha, que gosta muito dela.

– Meu pai...

– Sim, ele não gosta que seu filho seja um simples frade. Mas no caso tudo veio a calhar. Desde seus tempos de noviço, sua fama de virtude sempre foi inatacável. O Senhor Provincial entendeu que nomeá-lo abade é a melhor saída para colocar em ordem este mosteiro.

– E se eu não quiser?

– Já é o beneficiário e já está nomeado abade. Não se trata de uma consulta, infelizmente para o irmão. É uma ordem, uma missão que lhe é confiada pelo conselho provincial, seguramente por inspiração divina. Pense nisso: é chamado a colocar ordem na Casa de Deus. Ousará recusar?

Amaro refletiu longamente antes de responder.

– Sei que não posso recusar.

A partir dali, todos os frades foram comunicados do ocorrido, os membros do conselho provincial foram visitar o ex-abade e lhe transmitir as bênçãos enviadas pelo Provincial, assim como a novidade de sua destituição.

Pela primeira vez, o agora frade Manuel notou que ninguém acreditava em sua recuperação. E se ficasse daquele jeito para sempre? Ele se agitou, gaguejou, tentou falar, suou muito e teve uma espécie de síncope.

Após se despedir dos três visitantes, Amaro se dirigiu à pequena igreja que ficava no pátio central do mosteiro. Ajoelhou-se e orou longamente. Ele via facilmente os seres espirituais, mas ali pela primeira vez ouviu também sua voz.

Percebeu que estava rodeado de incontáveis daqueles a quem considerava anjos, os quais o abençoavam e lhe sorriam. Seu próprio anjo da guarda foi o porta-voz de todos.

– Lucas, sabemos que prefere as tarefas humildes, mas o momento é crítico. Terá de assumir uma responsabilidade que não deseja, para o bem deste lugar santo e das gerações de monges que se seguirão. Sabemos que será bom, pois seu coração é bom. Não duvidamos de sua pureza de costumes, de sua doçura, mas o aconselhamos a que se prepare para ser também firme. Aqui reinam costumes corruptos, os quais você deverá fazer com que se modifiquem radicalmente. Chega de luxúria e de orgulho. Qual a utilidade de tanta briga por questões teológicas com os irmãos de outras congregações e mesmo com os outros mosteiros de sua própria ordem? Convém que os frades trabalhem em tarefas humildes, aprendam a tratar bem o povo simples das redondezas, cuidem com mais carinho dos internos. Eles precisam se convencer de que devem ser exemplos. Jesus, nosso irmão maior, não hesitou em lavar os pés dos apóstolos. Que este seja o exemplo a ser seguido por aqui. Sirvam, apequenem-se para crescer.

Cada uma das entidades luminosas ali presentes colocou a mão na cabeça de Amaro, em sinal de bênção. A seguir, foram desaparecendo, pois retomavam suas atividades de inspiração e tutela do bem no ambiente conventual. O novo abade ali ficou apenas com seu anjo da guarda, enquanto orava longamente, pedindo que Deus o amparasse em sua nova tarefa, que considerava pouco de acordo com suas tendências naturais.

Entretanto, se algo jamais faltou a Amaro foi firmeza na condução do mosteiro. Ele ignorava, mas possuía um forte poder de persuasão, que vinha de sua autoridade moral. Ele sentia o que dizia ser correto e sempre seguira as novas regras que implantou na instituição.

Houve reclamações, com efeito, mas a todos os reclamantes, sozinhos ou em comissão, Amaro opôs sua face cândida e seus argumentos honestos. Todos os frades não haviam feito voto de pobreza? Assim, pouco importava se trouxeram ou não dote ao fazer os votos definitivos. O dinheiro era para que o mosteiro se mantivesse e fizesse o bem. Não havia razão alguma para que as atividades fossem diferentes, conforme a origem do frade e seu estado de fortuna anterior. O valor de humildade contido nesse voto os tornava a todos iguais. Nenhum era mais nobre ou camponês. Eram irmãos em Cristo, sob a égide de São Francisco de Assis.

Com discursos simples, difíceis de desconstruir, e sua expressão de cândida surpresa com pretensões a tratamento diferenciado, ele fazia os interlocutores se sentirem desconcertados.

Rapidamente, as coisas mudaram de forma radical no mosteiro. As atividades tidas por indignas eram rodiziadas entre todos os frades: auxiliar na cozinha, na limpeza, no cuidado com os animais. À parte as atividades habituais de cada frade, que refletiam seu talento, todos tinham de se ocupar daquilo que antes era considerado indigno.

Amaro sempre fizera isso e fora motivo de chacota. Agora, mesmo os frades mais orgulhosos e endomingados, como Frederico, eram vistos a cuidar de ovelhas, de cavalos, de vacas, a limpar a cozinha após as refeições.

O novo abade também desarticulou um hábito muito deletério que se havia estabelecido no mosteiro e que consistia em trocas de epístolas com outras instituições sobre questões protocolares, o acerto ou não de pequenos detalhes da doutrina, da teologia estéril.

Em vez disso, estabeleceu um programa de visita aos camponeses da região, de atendimento a velhos e a enfermos que não podiam ir à missa de domingo, quando o mosteiro se abria à população.

Também estabeleceu um programa de alfabetização de crianças, que não chegou a fazer sucesso, pois as famílias eram muito pobres e entendiam que não podiam abdicar da mão de obra de seus filhos pequenos. Também não viam muita vantagem naquilo de ler e escrever. Para quê?

Diariamente, Amaro, antes de almoçar, dirigia-se ao hospital, onde verificava o bem-estar de todos os doentes e cuidava especialmente de Manuel. Como este não tinha o domínio das mãos, dava-lhe de comer na boca, explicava-lhe o que estava fazendo no mosteiro, as mudanças que estava introduzindo. Também lia em voz alta para todos os enfermos trechos do Evangelho e os interpretava, segundo sua ótica de cristão genuíno.

Aquilo soava para Manuel como o cúmulo do desrespeito. Como se Amaro quisesse esfregar na cara dele sua nova condição de abade. Contudo, no curso dos anos, ele começou a rever sua posição. Amaro fora sempre tão tranquilo, sempre pronto a fazer as atividades mais baixas. Por que teria agora orgulho de desempenhar uma função que nunca demonstrara apreciar ou desejar antes?

Havia a questão das penitentes, claro. Uma das primeiras providências do novo abade foi transferir várias camas para um amplo aposento, que se tornou um dormitório coletivo.

À medida que as penitentes chegavam, ele fazia questão de recebê-las pessoalmente para informar das novas regras. Doravante, todas as penitentes ficariam durante o dia no mesmo aposento, onde poderiam descansar e refletir. À noite, participariam de vigília na igreja, onde se sucederiam homilias e rosários em homenagem à Virgem Maria.

Evidentemente, o projeto desgostou a todas, houve reclamações e ameaças veladas. Muitas pediram para falar com seus confessores, o que Amaro permitia, mas exclusivamente no âmbito do confessionário.

Logo, as visitas das penitentes foram rareando. Jamais uma delas ficou mais do que vinte e quatro horas no local, seguindo as novas regras.

A condessa Francisca foi uma das que mais se sentiu ofendida com aquele regime, que reputou absurdo. Plena de arrogância, foi falar com Amaro.

– Irmão Lucas, são inadmissíveis as mudanças que o senhor introduziu aqui no anteriormente aprazível regime de retiro e repouso!

– Esta é uma casa de Deus, minha filha. O melhor repouso que podemos lhes oferecer é do bulício do mundo. Orações são preciosas para nos prevenir do mal.

– O senhor sabe que meu marido é um dos grandes benfeitores deste local.

– Com certeza. O senhor conde de M. é meu padrinho. A primeira esposa dele era bastante amiga de minha mãe, e eu convivi muito com ele quando era criança.

– Sério?

– Sem dúvida. Se ele tiver alguma dúvida sobre o que estou fazendo aqui, será um prazer receber meu querido padrinho e colocá-lo a par de absolutamente tudo.

– O conselho provincial se ressentirá de diminuição das doações. Eu sou uma mulher influente...

– Não duvido, minha filha. Vejo que se ressente de que a trate de filha. É uma pena... Senhora condessa, o conselho provincial sabe de absolutamente tudo o que faço. Não tenho nem nunca tive nada para esconder. Eles me colocaram à testa deste mosteiro especialmente em razão de uma noite na qual coisas estranhas aqui se passaram. Os ecos dessa noite produziram muitos estragos na reputação de nossa ordem. Mas a senhora não se prive de usar sua influência como desejar.

– Talvez as doações diminuam bastante...

– Não duvido. E eu já escrevi uma carta para minha irmã, Matilde, que é dama de companhia da rainha, pedindo-lhe que defenda nossa causa junto a Suas Majestades.

– A condessa Matilde de L. é sua irmã? O senhor é filho do senhor marquês de N.?

– Sim, senhora condessa.

A senhora saiu dali desarvorada. Ignorava que aquele religioso insignificante fosse de família tão influente. Quanto àquela noite, sabia que havia sido uma imprudência coletiva. Mas fora tão deliciosa: o melhor evento de sua vida!

Ela teve uma conversa no confessionário com Frederico, que valeu por uma despedida. Não havia a menor possibilidade de ela ali vir para se submeter àquele regime que reputava ridículo: dormir durante o dia em conjunto com outras mulheres, como se fosse uma interna, e passar as noites acordada, desfiando o rosário. Imagine, que loucura! Quem iria querer aquilo? Apostava que todas as penitentes achariam outro mosteiro mais aprazível.

Sob a tutela firme e amorosa de Amaro, não demorou para o mosteiro revestir-se da necessária dignidade. Amaro não apenas ensinava o bom caminho: ele o exemplificava. Cessaram as disputas filosóficas, acabou a hierarquia fundada no nascimento e no dote trazido quando da ordenação, a castidade ao menos formalmente voltou a ser a regra. Alguns frades continuavam a dar escapadelas, em especial quando saíam para fazer visitas aos doentes e aos idosos. Mas isso estava além das possibilidades de o bom abade fiscalizar.

Quanto a Romeu, adolescente já, costumava sumir em determinados períodos do dia, quando mantinha encontros com aldeãs, preferencialmente casadas. Fazia isso no meio da tarde, quando os maridos das ditas senhoras se encontravam no campo.

Amaro tentava conter o adolescente, mas com pouco sucesso, pois ali não era um presídio. Notava que o rapaz não tinha vocação para ser religioso, mas o que mais ele poderia fazer?

Amaro tinha algumas ideias para encaminhar o jovem em uma digna vida secular, mas achava que antes precisava fazer que ele experimentasse todas as facetas da vida religiosa.

Tratado como noviço, Romeu começou seu rodízio nas atividades normais do mosteiro. Desgostou-se de tudo o que era simples e cansativo, mas mostrou grande agrado pelas atividades da biblioteca, que era vasta.

Foi na atividade de copista que ele se realizou e descobriu um talento singular: conseguia reproduzir de forma praticamente perfeita a letra de qualquer pessoa. Isso o tornou precioso, pois eram muitos os livros e manuscritos a serem copiados. E o noviço a isso se dedicava sem demasiada preguiça. Não era de sua natureza desenvolver atividades por muito tempo, mas como copista por vezes ele se entretinha, e passavam-se horas sem que desse conta.

CHANCE DE UMA NOVA VIDA

QUANDO ELE ESTAVA com vinte anos, foi chamado ao gabinete do abade. Estranhou essa formalidade e imaginou que algum de seus namoros havia sido descoberto. Só faltava haver um marido indignado fazendo intrigas ali. Contudo, quando entrou no gabinete, encontrou apenas Amaro, com o semblante sereno. Ele relaxou.

Amaro observou aquilo e teve certeza de que o rapaz tinha a consciência pesada e esperava por reprimendas. Sabe-se lá o que tinha feito desta vez...

– Senhor abade, sua bênção.

– Deus o abençoe, irmão Francisco. Sente-se.

O moço se sentou e ficou na expectativa.

– Creio ser bastante claro que o irmão não possui vocação religiosa. À parte a tarefa de copista, para a qual possui talento, mas não exerce com a dedicação que poderia, tudo o mais o desagrada no mosteiro. Gosta demasiado de liberdade, para não dizer de libertinagem, e sabe que, para ser ordenado, precisa fazer votos de pobreza, obediência e castidade. Sobre a pobreza, não raro seus bolsos tilintam quando anda e eu me indago sobre como consegue dinheiro. Mais ainda, indago-me da razão pela qual não destina nenhum ganho aos cofres comunais.

– Acho que o senhor me julga muito severamente. Falam muito de mim, por inveja, pois sabem que gosta de mim como a um filho.

– Justamente por gostar de você como a um filho, e de conhecê-lo muito bem, é que temo por seu futuro caso faça os votos definitivos. Tudo lhe parece uma grande diversão, mas os votos são um compromisso solene com a Igreja e com Deus. Justamente por isso, quero lhe sugerir uma experiência no mundo.

– Que experiência?

– Como sabe, meu pai faleceu, e meu irmão Afonso é o novo marquês de N. Escrevi-lhe uma carta, rogando que considerasse a possibilidade de empregá-lo. Falei de seu talento como copista, de que tem letra boa, escreve e lê corretamente, e ele se interessou. Talvez não saiba, mas meu irmão é um homem muito influente. São incontáveis as cartas que envia e recebe. Ele está disposto a empregá-lo, caso seja de seu agrado.

Os olhos de Romeu brilharam, surpresos.

– Acho a ideia muito boa. Quando poderei ir?

– A comitiva de meu irmão passará por aqui em poucos dias. Ele virá me visitar e então o levará.

– Que ótimo!

O rapaz sorria com a perspectiva de uma vida normal, de ter liberdade, poder namorar toda noite, ter a oportunidade de enriquecer. Aquilo de só ter moedas nos bolsos era muito entediante...

– Fico feliz que esteja empolgado. Apenas não se esqueça de que terá de trabalhar para valer. Não terá mais a complacência com a qual sempre contou para sua preguiça.

– Sempre fui um grande trabalhador!

– Imagino como seria um trabalhador não tão grande assim, então...

O rapaz saiu contente dali, e Amaro ficou a matutar. Ele não se importava em deixá-lo. Amava tanto aquele doidivanas, mas o afeto não parecia ser recíproco.

Na verdade, Romeu amava Amaro, mas era egoísta demais: suas necessidades e conveniências sempre vinham em primeiro plano.

Dentro de alguns dias, o marquês Afonso apareceu no local para ver seu querido irmão mais jovem. Não se conformava com a decisão dele de virar religioso. Entretanto, se havia alguém vocacionado para a pobreza, a compaixão e a castidade, era seu irmão. Nunca vira nada semelhante. Jamais o flagrara em atitude equivocada, ou lançando olhares cobiçosos às criadas. Já ele sempre se envolvera com elas o máximo possível, isso sem falar em casos com nobres e plebeias.

Seu irmão era mesmo esquisito, mas era a criatura mais querida e confiável do mundo. Após uma longa conversa, decidiram que a comitiva do marquês pernoitaria no mosteiro. No dia seguinte, pela manhã, iriam embora, levando junto o jovem Romeu.

– Meu irmão, se eu não o conhecesse bem, poderia imaginar que esse rapaz é seu filho. Escreve-me sobre ele há anos. Conta de seus progressos e malandragens como se fosse um pai.

Amaro gargalhou.

– Imagine! Nunca traí meus votos. Apenas jamais esquecerei a pequena criatura abandonada em plena noite de inverno. Vou chamá-lo aqui, para que você o conheça.

Homem vivido, político experiente, Afonso sentiu imediata reserva quanto ao caráter de Romeu. Achou-o com aspecto ladino, simpático demais. Por puro instinto, sentiu que estava face a face com um grande mentiroso. Entretanto, como era a vontade de seu irmão, iria levá-lo para trabalhar consigo. Apenas ficaria de olho no rapaz.

No dia seguinte, quando a comitiva se colocou em marcha, de retorno a Nápoles, após um longo período de ausência, o marquês de N. levava um mais do que satisfeito Romeu. Desejoso de conhecer bem seu possível novo secretário particular, o nobre o conduzia em sua própria carruagem.

Eles foram conversando durante o percurso, que não era longo, e Afonso ficou impressionado com a cultura e a desenvoltura de Romeu. Notava naquilo tudo não só o resultado de uma criação peculiar, em um mosteiro famoso pela cultura, mas especialmente o toque pessoal de Amaro.

O rapaz jamais havia ido à cidade de Nápoles e demonstrou encantamento com tudo o que viu. Também ficou encantado com a rica casa de Afonso, na verdade uma mansão, praticamente um palacete, pois ele era muito rico.

Afonso retornava de uma viagem diplomática, na qual fora defender os interesses do reino de Nápoles. Havia dois meses que se encontrava longe de casa e foi com prazer que reencontrou sua família, sua esposa Genoveva e seus dois filhos.

Quanto a Romeu, foi encaminhado para os aposentos dos criados, onde deveria se instalar. Como Afonso pretendia passar a tarde inteirando o rei do resultado de sua viagem, deu folga ao rapaz neste primeiro dia, no qual ele pôde conhecer a cidade.

Romeu andou bastante pela cidade, com uma roupa que o caracterizava como o serviçal de uma grande casa, cuja libré ostentava. Foi um alívio para ele livrar-se do hábito de monge, o qual sentia não lhe ser apropriado.

Ele carregava uma bolsa com o dinheiro que conseguira ganhar durante o período em que vivera no mosteiro. Esse dinheiro era oriundo de presentes ganhos de grandes damas, às quais prestava favores.

Após Amaro desbaratar o esquema das penitentes, mais de uma arrendara propriedades próximas do mosteiro. Os frades de quem eram amantes passaram a frequentar tais casas em dias previamente marcados, nos quais deveriam visitar pobres e doentes.

Contudo, o número dos frades pervertidos havia diminuído bastante. Com a influência do novo abade, suas constantes lições e exemplificações, a forma honesta como ele ensinava o Evangelho, vários deles tomaram consciência de suas atitudes equivocadas.

Com isso, muitas damas habituadas aos folguedos levianos se viram sem parceiros. Romeu, jovem e vistoso, fora sondado para participar do esquema de visitas previamente marcadas e concordara. Ele era sexualmente inquieto, mas era principalmente muito interessado em dinheiro. Assim, sempre fazia as damas saberem que apreciaria ser presenteado com algum dinheiro. Para elas, aquilo pouco representava, de modo que o remuneravam.

Após esconder seus ganhos por tanto tempo, Romeu estava em condição de gastá-los, mas rondava a cidade e não se decidia por comprar nada.

Naquela noite, ele tornou a andar pela cidade, viu os lugares alegres, de festas, e resolveu que precisava conhecê-los melhor. Tinha dinheiro e viveria em uma casa rica, onde não necessitaria de nada. Até roupa boa havia recebido. Seu dinheiro seria gasto em diversão.

Na manhã seguinte, ele se colocou bem cedo à disposição de Afonso, que apreciou bastante os talentos do rapaz. Notou que era realmente culto, especialmente para a idade, escrevia rápido e bem, tinha boa letra, não errava na grafia das palavras. Em verdade, ia até corrigindo pequenos defeitos contidos no discurso verbal do marquês. Longe de desagradá-lo, Afonso apreciou muito isso. Afinal, era eloquente e costumava se empolgar em seus discursos. Quando ditava cartas, no começo era mais comedido. Quando via, estava discursando.

Foi um dia bem produtivo. Muitas cartas foram enviadas, respondidas, Romeu auxiliou seu novo patrão a verificar as contas da propriedade, tudo com desembaraço, prontidão e bom humor. Era realmente um indivíduo charmoso e divertido.

Não fosse o instinto de político de Afonso, e ele teria se encantado e deixado seduzir pelo antigo noviço. Mas intuitivamente sabia que precisava tomar cuidado. Contudo, não havia como impedir que o rapaz ficasse sabendo de certos segredos políticos.

O lado profissional da vida de Romeu ia bem, e sua vida social começava a ficar incrementada. Havia decidido comprar alguns trajes para sair à noite, a fim de não ser identificado como um criado do marquês de N. em qualquer ambiente em que se apresentasse.

Com suas novas vestes, não sendo mais um religioso, sentia uma liberdade eufórica sempre que, à noite, punha os pés para fora da mansão em que morava. Com dificuldade, continha um urro de alegria que lhe brotava do peito.

Rapidamente, fez amizades com rapazes de sua índole e começou a frequentar tabernas e bordéis, nos quais gastava muito dinheiro.

Um desses bordéis era comandado por uma mulher um tanto madura, que devia ter sido muito sedutora em seus tempos de juventude. Ainda era garbosa, mas muito marcada por noites sem dormir, bebida e loucuras em excesso. Tratava-se de Maria do Rosário, sempre em atividades equivocadas.

Romeu sentiu afinidade com ela, mas achou-a muito velha para ele. Gostava de mulheres mais experientes, desde que belas. Afinal, nunca houvera amor entre eles, nas várias encarnações em que conviveram, mas apenas erotismo, falta de pudor. Maria, notando que o bonito ruivo gostava apenas de conversar com ela, mas não a desejava, ofendeu-se gravemente.

Semana após semana, ela o via contratar os serviços de várias de suas trabalhadoras, mais jovens do que ela, mas nunca desejar os seus. Aquilo a transtornava e amargurava de um modo muito estranho, que nunca lhe ocorrera.

Para Romeu, o problema dessa vida que ele achava tão divertida não se resumia ao cansaço que sentia durante muitas manhãs. Afinal, em sua juventude, bastava uma noite bem dormida para se sentir bem restaurado. Sensível à impressão que o patrão tinha dele, cuidou de limitar suas saídas a umas três por semana. Só que isso custava caro. Em pouco tempo, o dinheiro que trouxera do mosteiro acabara. Romeu era remunerado com justiça, mas não o suficiente para a vida regalada de prazeres que se permitia.

A solução que arrumou foi emprestar dinheiro de um conhecido agiota, a que seus amigos o apresentaram. Ao cabo de alguns meses, a dívida estava imensa, e ele estava sendo pressionado a pagá-la ou ao menos a amortizá-la.

A DESONESTIDADE E SUAS CONSEQUÊNCIAS

EMBORA TRABALHASSE PARA o marquês de N. há mais de um ano, Romeu sabia que o nobre não confiava nele. Era uma situação estranha, pois havia um clima que beirava a leveza entre ambos. Sabia que o outro homem se divertia em sua companhia. Talvez porque o caráter de ambos fosse muito parecido – alegre e pouco confiável.

Pouco a pouco, Romeu ficou sabendo de vários negócios de seu patrão. Se não eram claramente desonestos, nem por isso ele deixava de lucrar em sua condição de conselheiro e emissário do rei. Ganhava muitos presentes, frequentemente em moeda sonante, para facilitar o andamento de vários negócios reais.

Mas Romeu também já entendera que não estava lidando com um Amaro. Se ele se opusesse frontalmente ao marquês ou tentasse algum tipo de chantagem, acabaria morto em alguma viela da cidade. Já notara que isso ocorria amiúde com os inimigos e opositores do nobre.

Reparara que Afonso lia com atenção todas as cartas que colocava para ele assinar, em um sinal claro de que não confiava muito nele.

Ainda assim, a título de prevenção para alguma eventualidade, fora mais de uma vez para o escritório do marquês à noite, quando este se encontrava em festas da corte, e apanhara documentos escritos por ele. Então, treinou longamente a caligrafia e a assinatura do nobre, de modo que poderia reproduzi-las com facilidade. Seria necessário um especialista para identificar a fraude.

Contudo, sabendo o destino habitual de quem tentava prejudicar o marquês, Romeu hesitou longamente em lográ-lo para se sair de sua encrenca financeira.

A fim de conseguir dinheiro para algumas amortizações, resolveu ceder à paixão de Maria. Fê-la saber que necessitava de dinheiro, e ela não se fez de rogada em deixá-lo saber que o ajudaria, desde que fosse carinhoso com ela.

Foram noites e noites de experiências singulares. Havia algo de melancólico naquilo tudo. Ambos tinham gestos praticamente automáticos, encenavam jogos obscenos como se os tivessem treinado. O rapaz não deixava de ter prazer naquilo tudo, mas não tinha muita vontade de continuar. O tempo fora atroz para Maria. Marcara seu rosto e seu corpo de um modo muito triste.

Além de tudo, ela também gostava de dinheiro. Não era particularmente avarenta com Romeu, mas estava longe de ser generosa. Ele, que já fora amante de nobres belas e requintadas, ressentia-se do que considerava uma queda de situação – agora, era amante de uma prostituta que envelhecia. Decidiu parar com aquilo, pois se tinha em alta consideração e não admitia pensar que estava caindo na vida.

Foi assim que, após muito refletir, decidiu forjar uma letra de câmbio em nome do marquês de N. Notou que ele andava muito assoberbado em suas tarefas de cortesão e estava deixando o cuidado de suas contas um pouco mais a cargo dos criados. Veio a calhar que o velho intendente de Afonso se retirou do serviço, em razão de sua idade avançada. Substituiu-o o filho dele, nem de longe tão treinado.

Refletindo naquilo tudo, Romeu fez uma primeira letra de câmbio da quantia que devia ao agiota. Para ele, era uma fortuna, mas para o marquês não significava nada.

Ficou muito atento e se tranquilizou ao ver que ela entrou nas contas sem maiores perquirições, pois caprichara bastante na falsificação.

Após refletir longamente, decidiu que não queria ser servo para o resto da vida. Aproveitaria a anunciada ausência de seu patrão, que partia em nova missão diplomática, para fazer uma letra de câmbio de um valor significativo, que lhe garantiria vários anos de passeio tranquilo pela Europa.

Ele realmente emitiu o documento na véspera de uma viagem do marquês, conseguiu dinheiro vivo, que guardou em algumas bolsas em seu quarto, pronto para partir no dia seguinte.

Ocorre que tudo se deu de forma muito contrária aos interesses de Romeu. O marquês adoeceu e decidiu adiar a viagem no último instante. Assim, quando o documento foi apresentado ao novo intendente, este se impressionou com o montante e decidiu se certificar com o marquês a respeito do título de crédito.

Este não precisou de mais do que alguns segundos para verificar o que ocorria. Mandou que Romeu ficasse retido em seu quarto, com guardas na porta. Enquanto isso, fez um levantamento com o intendente de todos os documentos e identificou o outro título que havia sido fraudado.

Dirigiu-se a um aposento muito peculiar, que parecia uma masmorra e fez que lhe levassem Romeu.

– Francisco, creio que sabe o motivo pelo qual está aqui.

– Ignoro completamente, senhor!

– Não se faça de tonto, que isso não dará certo. Aqui estão as duas letras de câmbio que você forjou. Sempre desconfiei de seu caráter. Você sabe o que costuma ocorrer com quem me logra, não?

Romeu suava frio.

– Por favor, senhor, eu não fiz nada.

– Fez, sim, e nós dois sabemos. Mas não se preocupe, não vou matá-lo. Sabe-se lá o motivo, o meu santo irmão o considera como um filho. Isso o torna de algum modo meu sobrinho. Assim, seu castigo será, digamos, suave. Primeiro, irá apanhar como merece. Não serei eu a surrá-lo, claro. Não quero machucar minhas mãos em sua cara de sem-vergonha. Irá apanhar do chefe da cavalariça. Sim, Mateus, o mais forte de todos os homens da casa. Mas não se preocupe. Ele tem ordens para poupar seus dentes e nariz. Não quero deformá-lo muito. Após apanhar como deve, para aprender a ser grato, irei devolvê-lo a meu irmão. E assistirei a seus votos definitivos. Só que desta vez você irá cumprir os votos. Sei que é devasso, glutão, beberrão e gosta muito de dinheiro. Pois irá dizer a meu irmão que decidiu que sua verdadeira vocação é ser monge. Se eu souber que você está causando problemas no mosteiro, ou que fugiu dele, mandarei homens caçá-lo por todo lado. Após encontrá-lo, irei castrá-lo bem lentamente.

Um apavorado e, quem sabe pela primeira vez, calado Romeu viu o marquês sair da masmorra enquanto nela entrava o colosso a quem chamavam Mateus.

Seguiu-se uma surra homérica e cuidadosa. Romeu não teve nenhum osso quebrado, seus dentes e nariz permaneceram intactos, mas precisou de um mês para voltar a ter aparência humana, com o auxílio de cataplasmas e unguentos.

Quando readquiriu um aspecto razoável, ficou preso no quarto até que o marquês retornasse de sua viagem. No dia seguinte, estava em uma carruagem com ele a caminho do mosteiro, vestindo seu hábito de noviço.

Romeu era um bom ator, mentia bem e fez tudo o que Afonso havia lhe recomendado. Estava sinceramente feliz em ver seu pai espiritual, que o abraçou com um carinho infinito.

Um tanto incrédulo, Amaro tinha dificuldade em acreditar que Romeu desistira da vida secular para se converter em frade em caráter definitivo. Mas ele parecia decidido, e o irmão do abade ficou para assistir a cerimônia.

Quando Afonso foi embora no dia seguinte, fez questão de dizer a Amaro que havia apreciado muito a companhia de Romeu e gostaria de saber de seus progressos na carreira que finalmente escolhera. Para ele, aquilo era uma pena, pois perdera um excelente secretário.

Para Amaro, era como se assistisse a uma peça bem encenada, mas um pouco fora do tom. Ele prometeu a si próprio descobrir a verdade dos fatos.

Contudo, o abade não saía do convento, e seu irmão jamais lhe falaria o que fizera com aquele que considerava seu filho do coração. Quanto a Romeu, havia aprendido a temer Afonso. Fora isso, se contasse da tremenda surra que levara e que fora forçado a retornar ao mosteiro, sabia que o motivo de tudo viria à tona. Não queria que seu pai espiritual ficasse sabendo do ocorrido.

Assim, durante alguns meses Romeu tentou se readaptar à vida religiosa, mas sem sucesso. Fingia bem, mas não o suficiente para enganar Amaro. Entretanto, este não conseguia lhe arrancar nada de substancial sobre os motivos de seu retorno.

O jovem frade distraía-se na biblioteca, fazendo o trabalho de copista, e com grande má vontade executava as tarefas em que havia rodízio. Abominava aqueles trabalhos árduos e sujos. Também não gostava de dar aulas nem de visitar doentes e idosos. Em razão disso, sempre que saía do mosteiro, era para se entregar a algum tipo de deboche com as damas da nobreza ou as aldeãs das redondezas.

Afonso regularmente se fazia presente no mosteiro, muito mais do que antes, e sempre pedia para ver e conversar com Romeu. Este fervia de indignação ante a ironia do outro, que se rejubilava em vê-lo humilhado, submetido ao destino que ele lhe havia imposto como punição pelo que havia furtado.

Foi por orgulho, insatisfação, revolta e desejo de aventuras que Romeu decidiu fugir do convento. Conseguiu roupas seculares com uma das nobres com quem se encontrava periodicamente e tratou de escondê-las.

Sabendo que jamais tornaria a ver Amaro, durante algumas semanas dedicou-se a ele com mais ternura. Era como se quisesse compensá-lo pela peça que lhe pregaria e que – sabia – iria entristecê-lo muito.

Em certa noite, alta madrugada, quando todos estavam dormindo, Romeu se dirigiu ao gabinete do abade, onde ficavam o que se chamava de cofres comunais, que, contudo, não passavam de baús reforçados e com cadeados. Tais baús continham pequenos orifícios em cima, onde era possível colocar dinheiro com facilidade, mas pelos quais não se conseguia ver nem apanhar o que estivesse dentro.

Munido de uma machadinha, Romeu, o mais silenciosamente que pôde, arrebentou a lateral dos dois baús e se apoderou do conteúdo, que consistia em todo o dinheiro em espécie que o mosteiro possuía. Tudo era fruto de doações e se destinava a adquirir o que não conseguiam produzir no local e ao socorro dos pobres e doentes das redondezas.

Ele colocou o conteúdo em um amplo saco, fechou cuidadosamente a porta do gabinete e saiu para o pátio. Ficou um longo momento olhando o mosteiro, com a mente povoada de lembranças. Um desconforto íntimo o arrebatava, uma espécie de amargura. Iria decepcionar Amaro fortemente. Justificou-se intimamente dizendo que precisava viver e havia trabalhado bastante no local. Estava apenas levando uma remuneração justa por seu labor.

Com um último olhar em direção ao local onde sabia que Amaro repousava, colocou um grande chapéu na cabeça e lançou-se na estrada. Sabia que precisava ser esperto, pois o marquês de N. haveria de persegui-lo. Era imperioso que se afastasse rapidamente do local. Tal não lhe foi difícil, pois dispunha de muito dinheiro. Comprou um cavalo e galopou rumo à França, onde se instalou em Paris.

Ali haveria de morrer assassinado poucos anos depois, em uma noite de inverno, pela vítima de um de seus golpes, pois se tornou um falsário de grande talento.

Quanto a Amaro, ficou imensamente chocado que seu filho amado tivesse tido a coragem de roubar todo o dinheiro da instituição religiosa. Sua tristeza foi grande e durou um tempo considerável. As obrigações que tinha, seu carinho pelos jovens e as orientações de seu bom anjo o consolaram de algum modo. Contudo, carregou pela vida toda a mágoa de não saber o destino da criança que tomara nos braços em uma noite de inverno.

O marquês Afonso de N. soube do ocorrido por seu irmão, que não conseguiu lhe esconder os detalhes, tal era a tristeza de seu semblante.

Negou-se a confessar a Amaro que houvera algo estranho no retorno do jovem ao convento. Colocou homens para buscá-lo, mas em vão.

O marquês Afonso de N. era Simeão, antigo dono do bordel, que mais tarde renasceria como Irineu e ainda teria o coração cheio de mágoa em relação a Romeu, que considerava tê-lo traído com Maria.

Em sua existência na Grécia, Romeu, então conhecido como Ptolomeu, já tivera um caso com a esposa de Simeão/Irineu, e este ficara sabendo, mas nada pudera fazer. Afinal, o jovem simplesmente desaparecera em razão de sua repentina enfermidade, da qual a sociedade não soubera.

A esta altura de suas recordações, Amaro voltou ao presente. Mirou seu filho Romeu em sua crise de consciência e abraçou-o ternamente. Sim, tudo compensara, as vidas juntos das quais acabava de recordar em parte, pois agora Romeu já estava muito desconfortável com o que fazia. Era a consciência dos seus deveres de pai que haveriam de salvar Romeu. Amaro se regozijava ao pensar que, apesar de tantos malogros, acabara sendo para o jovem o paradigma de um bom pai. Sabia ele que Romeu se sentia mal ao pensar no que fazia, tomando-o por padrão de comparação. Sua presença junto a Romeu reforçava esse sentimento, pois levava o filho a recordar-se dele o tempo todo.

Lentamente, uma crise de consciência tomava conta de Romeu. Ele se arrependia do que fizera com a filha, tinha vontade de buscá-la. Lembrava-se de que prometera jamais se separar de seus filhos, entretanto, Ana estava longe, nutrindo talvez até ódio por ele. O pior é que ela tinha razão em tudo. A culpa era dele, que mentira para os filhos, afastara-os da família materna, da própria mãe, e os criara em um ambiente deletério.

Romeu observava seu filho, já um adolescente, crescendo em meio a tantos desatinos e se lamentava.

Tudo isso ia gerando em seu íntimo um enfado pelo que vivia: as noitadas de jogos, as loucuras sexuais, as constantes trocas de parceiras. Gradualmente, foi deixando de lado as amantes que tinha em Sintra. Contudo, as loucuras e as jogatinas continuavam em sua casa. Tinha dificuldade em se furtar delas. Eram um vício antigo, mas que a cada dia apresentavam um sabor mais amargo.

Não entendia seu sentimento. A cada manhã, prometia a si mesmo que mudaria de vida, que seria diferente. Contudo, logo se via envolto em alguma brincadeira sexual com uma ou outra criada. Isso sem falar em suas perversões com Maria.

À medida que os meses iam passando, ele pensava cada vez mais na filha e nos pais. Seu pai sempre parecera contente em ter apenas sua mãe como companheira. Jamais o vira olhar com malícia para mulher alguma. E o senhor Amaro sempre parecia sereno e feliz.

Já ele era feliz? Não. No máximo, sentia-se cansado, nunca satisfeito, ao final do dia, após beber, jogar, fazer sexo e participar de conversas apimentadas.

Aos poucos, Romeu foi ficando com raiva da própria fraqueza. Sabia que aquilo não era bom, não gostava mais daquela vida, mas continuava nela. Certo dia, desabafou com Maria.

– Você enlouqueceu, Romeu! Após tanto esforço, temos a vida que merecemos, nada nos falta, tudo nos favorece!

– Minha filha me faz falta. Pedro cresce em ambiente pervertido. A cada dia, gosto menos disso tudo.

– Gosta menos de mim?

– Não, querida, por você eu continuo loucamente apaixonado.

Era uma mentira, ele o sabia, e Maria o pressentia. Também ela estava ficando farta daquele homem sempre com ar desgostoso. Antes, ele era tão animado, tão imaginativo! Agora, parecia uma múmia, uma donzela obrigada a ouvir conversas que a chocavam. Talvez estivesse na hora de ela encontrar outro amante.

Após essa conversa, Maria olhou-se detidamente no espelho e concluiu que o tempo não a prejudicara muito. Não era mais jovem, mas continuava bela. Seu rosto permanecia atraente, e seu corpo não mudara muito. Ainda estava em tempo de achar outro homem mais interessante.

Maria passou a olhar mais para o lado, a interessar-se mais pelos homens que se faziam presentes em sua casa, enquanto Romeu começava a gastar mais tempo com o filho. Ia com ele para a cidade, passavam o dia juntos, conversando.

O casal visivelmente estava perdendo o vínculo que o mantivera junto por tanto tempo: a atração e o interesse sexual.

A VINGANÇA

O QUE AMBOS ignoravam era que Irineu, após muito investigar e indagar, arrendara uma quinta perto da deles, de onde pouco se afastava, para não correr o risco de ser descoberto.

Contratara diversos homens de péssimo caráter para auxiliá-lo. Sabia praticamente tudo a respeito de Maria do Rosário e de Romeu. Após um tempo de preparo, sentia-se pronto para a vingança.

Certo cair da tarde, praticamente à noite, quando Maria, Romeu e Pedro voltavam de Sintra, a carruagem em que viajavam foi abordada por vários homens armados. Romeu tentou conversar com os homens, dar-lhes dinheiro, mas não foi ouvido. O cocheiro foi deixado desacordado à beira da estrada, enquanto um dos homens de Irineu assumiu o comando da carruagem. Dois homens armados se colocaram dentro da carruagem, enquanto outros dois iam na boleia.

Nenhum dos homens lhes deu informação alguma. Apenas mandaram que ficassem quietos. O trio, imensamente assustado, entreolhava-se.

Ao cabo de pouco tempo, chegaram a uma quinta para eles desconhecida. Foram retirados da carruagem, levados para dentro e fortemente amarrados, sentados em cadeiras.

Após uma espera que lhes pareceu infinita, Irineu entrou na sala em que estavam os detidos.

Romeu não o reconheceu imediatamente, mas Maria do Rosário, sim.

– Irineu!

– Sim, Maria. Sou eu, sua traidora, sua prostituta.

– Não fale assim comigo!

Irineu adiantou-se e deu-lhe uma forte bofetada.

– Eu falo como quiser. Cale-se se não quiser sofrer além do necessário.

Um fio de sangue correu da boca de Maria, imensamente surpresa.

– Como você é covarde, Irineu! Batendo em mulher!

– Romeu, cale-se você também.

Dizendo isso, deu um violento soco no rosto de Romeu, que também passou a sangrar.

– Repito que é um covarde. Coloca-me indefeso, para não poder reagir.

– Pode parar com esse discurso de honra, que não assenta em seus lábios. É um traidor, um causador de desgraças. Não merece a menor consideração.

Pedro apenas olhava assustado aquilo tudo, sem entender nada do que ocorria.

– Romeu, você fugiu com minha noiva. Ambos montaram um circo para enganar a todos os que gostavam de vocês. E conseguiram. Parabéns! Aliás, acho até que devo lhe agradecer. Afinal, evitou que eu contraísse matrimônio com uma prostituta. Além de viver com você como concubina, tem inúmeros amantes, incluídos alguns criados. Deus me abençoou muito ao me livrar dela. Mas isso não significa que eu não tenha passado muita vergonha na ocasião. Pois vocês pagarão pelo que me fizeram.

– Se está feliz com o resultado do que fizemos, deveria nos deixar em paz.

– Eu vou lhes deixar na maior paz que conseguirem ter, mas apenas após me considerar satisfeito.

Ele andou para um lado e para o outro, parecendo contente com a situação. Seu rosto, contudo, tinha estranhos tiques e era evidente que não estava em seu juízo perfeito.

– Por onde começar? Ah, sim, pelo mais leve. Maria, seus sogros se retiraram completamente da vida pública, envergonhados pelo que você fez. Sua sogra, dona Ana, chegou a adoecer por várias semanas. Ingrata como é, isso não deve incomodá-la muito.

– Meu Deus!

– Não se preocupe. Essa foi a parte mais leve das consequências: você é odiada pela família de Vivaldo.

– Quanto a você, Romeu...

– O que tem para me dizer?

Com uma alegria doentia em seu semblante, os olhos brilhando em demasia, em claro sinal de desequilíbrio, Irineu começou a destilar seu fel.

– Você é simplesmente um assassino. Aliás, os dois são, mas o seu caso é mais grave. Matou sua mulher e seu pai.

– Está louco! De onde tirou essa fábula?

– Está mais para história de terror do que para fábula. Sua esposa, Cecília, ficou muito doente depois que você sumiu com os filhos dela. Deixou a casa de vocês e foi morar com os pais. Contudo, aproximadamente um ano depois disso, enforcou-se no quarto da casa de vocês!

– Cecília se enforcou?

– Sim. No meio da noite. Seus pais a acharam no dia seguinte. Pense no espetáculo com que depararam quando foram atrás dela: a própria filha enforcada. Seu pai teve um ataque cardíaco fulminante e morreu na mesma hora. Morreu nos braços de sua mãe. Dona Natália teve de lidar com essa dupla morte. O funeral foi na casa dela. Eu estava lá. Dava pena olhar a coitada, entre os dois caixões.

– Você mente!

– Não minto. Aliás, achei que você, mentiroso contumaz que é, pensaria isso. Veja esses jornais que conservei desde aqueles tempos, com o intuito de esfregar em sua cara!

Com ar sôfrego e uma dor inenarrável no semblante, Romeu leu a notícia do falecimento de sua esposa e de seu pai no mesmo dia. Se já não estivesse arrependido de tudo o que fizera, o choque e a dor que vivenciava dariam cabo de qualquer felicidade que ainda pudesse sentir. Sem conseguir se conter, começou a soluçar.

– Meu pobre pai, minha pobre mãe!

– Sim, você foi horrível com eles. Dona Natália ainda vive sozinha em sua casa, contando apenas com os criados. Gasta a vida fazendo caridade. Faz-se auxiliar nos negócios por um homem de bom caráter, chamado Mário. Atualmente, ele mais parece o filho dela. Substituiu você com muito lucro, evidentemente. Aliás, quem poderia ser pior do que um cigano nojento, que matou a esposa e o pai que o adotou e criou, e infelicitou para sempre a própria mãe?

– Cale-se! Tudo isso é atroz!

– Claro que é. Atrocidades cometidas por você e por Maria do Rosário. Eu sempre gostei muito do seu pai. Gostava de ir à loja conversar com ele. Creio que gostava mais dele do que você, pois jamais faria o que você fez.

Pedro, de seu lado, chorava silenciosamente.

Irineu caminhou para o lado dele.

– Prestou atenção ao que contei? Seu pai é um monstro, não? Quanto a essa que talvez tenha passado por sua mãe, é uma prostituta. Mas isso você já deve ter notado há muito tempo.

– Pai, o que ele diz é verdade?

Romeu não teve coragem de responder, enquanto sua alma se afundava em uma noite que lhe parecia sem fim. O que fizera, Santo Deus! Como gostaria de poder voltar atrás!

– Agora, preciso ver como puni-los.

– Não está satisfeito, seu tirano? Acaba de tirar a pouca paz que eu tinha.

– Eu não tenho paz desde que fui logrado por vocês. Virei a chacota da cidade de São Paulo. Não, não estou satisfeito. Maria, você por certo envelheceu, mas continua bonita. Preciso corrigir isso, para que não faça mais nenhum homem de idiota.

Maria o olhou assustada.

– O que pretende, seu louco?

– Você verá. Aliás, sentirá. Temos todo o tempo do mundo. Não precisamos ter pressa.

Após dizer isso, acendeu o fogo na lareira e nele começou a esquentar uma faca, até que ela ficou bem vermelha.

Maria o olhava apavorada.

– Irineu, não faça nenhuma loucura. Eu lhe peço perdão. Não me cegue, por favor!

– Não a perdoo, mas também não a cegarei, não se preocupe.

Dizendo isso, achegou-se para perto dela, segurou-lhe com violência os cabelos, puxando-os para trás. Após, aplicou a faca vermelha do calor do fogo em sua face, fazendo uma ampla ferida, que a desfiguraria para sempre. A dor foi atroz e Maria desmaiou. Irineu sorriu e repetiu a operação no outro lado do rosto de Maria do Rosário.

– Pronto, sua beleza fatal está extinta. Ninguém a quererá assim.

Em meio a um cheiro de carne queimada, Pedro chorava assustado, enquanto Romeu estava mais do que chocado.

– Por Deus, homem, enlouqueceu?!

– Sim, enlouqueci com a dor que me causaram. Vamos esperar a prostituta acordar.

Após um tempo que pareceu muito longo, Maria acordou gemendo. Sentiu as faces em fogo e chorou.

– Irineu, o que você fez comigo?

– Marquei seu rosto com ferro quente, como você marcou meu coração. Agora, está danificada como eu. Ninguém mais a quererá.

Dizendo isso, soltou Maria, que caiu gemendo no chão.

– Vá embora, sua prostituta. Aviso-a de que, se tentar me atrapalhar em minha vingança, eu a marcarei inteira com ferro quente, dos pés à cabeça. Haverá de virar uma chaga.

Trôpega, Maria olhou tristemente para Romeu e Pedro e saiu da casa, andando pela noite, com sua dor terrível, sem saber onde estava.

– Quanto a você, meu caro, preciso completar sua punição.

– A dor que estou sentindo é infinita. Ainda pretende aumentá-la?

Irineu mandou os homens segurarem Romeu e despi-lo. Depois, com outra faca muito afiada que havia avermelhado no fogo, castrou-o lentamente, desfrutando aquele momento sombrio, que tão caro haveria de lhe custar no futuro.

Romeu também desmaiou sob a dor insana. Após a terrível mutilação que fizera, Irineu também o desamarrou. O filho de Amaro sangrava no chão, amorosamente amparado por seu pai, que a tudo assistia com a alma em prece e tocado de profunda compaixão pelos envolvidos. Eram seu irmão do passado e seu filho de séculos que se digladiavam e se feriam.

Irineu se aproximou de Pedro, que gritou de susto.

– Calma, meu rapaz. Não sou um monstro. Apenas vim exercer meu direito de justiça. Entendeu o que eles me fizeram, o que causaram a todos, até mesmo a você? Sua mãe se matou e seu avô morreu em consequência disso.

O pobre rapazinho concordou com a cabeça, por entre lágrimas.

– Eu irei agora para Lisboa, de onde viajarei para a Europa. Deixarei você em algum lugar do caminho.

– Vai me deixar na estrada?

– Sim. Não pense que facilitarei sua ida ao Brasil, para me denunciar. De todo modo, talvez eu nunca mais volte para lá. Fui infeliz demais em São Paulo. Tentarei achar algum canto do mundo que me agrade para viver em paz.

Ele se iludia, pois a paz de que já não desfrutava não seria parte de sua vida por um tempo que nem poderia imaginar quão longo seria. Caminhava a passos largos para a loucura e seria envolto nela que ensaiaria seu retorno à redenção. Contudo, essa seria uma jornada muito longa...

Maria andou pela noite até que foi encontrada pela manhã, caída ao longo da estrada. Um conhecido seu viu sua terrível mutilação e decidiu auxiliá-la, levando-a para sua quinta.

Quando lá chegou, ardia em febre e assim permaneceu por vários dias, delirando, cuidada pelos criados e por um médico chamado por eles.

A REALIDADE ESPIRITUAL

JÁ ROMEU ACORDOU no dia seguinte, com uma dor insana, singulares dificuldades de locomoção e sangrando muito. Isso sem falar em sua dor moral, difícil de mensurar. Tentou andar e não conseguiu ir longe. Acabou caindo ainda dentro da própria quinta onde fora ferido e nela veio a morrer, após longa agonia.

Seguiu-se uma profunda e prolongada perturbação, que foi praticamente uma tortura. Quando recobrou a consciência, Romeu não entendeu sua situação e ficou revivendo e visualizando situações, com a consciência ardendo por tudo o que fizera. Pensava em seus filhos e sentia que precisava ir em socorro deles. Mas não conseguia se locomover, sentindo-se estranhamente preso naquele local. Repetidas vezes vivenciava o momento de sua mutilação, até com uma espécie de regozijo, de sentimento de autopunição. Ele, em razão de sua leviandade, notadamente a de ordem sexual, levara o pai à morte. O que o unira a Maria do Rosário sempre fora o sexo, uma paixão física ardente e desvairada. Era bom, justo, que tivesse sido castrado. Com esse sentimento, ele consolidava em sua consciência a ideia de que o sexo fora seu maior problema e deveria ser extirpado de si.

Imaginava ver Cecília se enforcando, tentava correr para auxiliá-la e nunca conseguia chegar perto. Depois, via seu pai morrendo e sua mãe enlouquecida de dor. Vislumbrava seu filho chorando em uma estrada deserta, à noite, e se sentia o pior dos pais.

Chorava desesperadamente, mas não se lembrava de orar, pois não se imaginava morto e nunca cultivara o hábito de se conectar à divindade.

Enquanto isso, Amaro ali estava, com seu amor irrestrito, a cuidar do filho e a impedir que entidades viciosas e raivosas se apossassem dele. Vicente veio conversar com ele. Considerava-se que a reencarnação de Romeu não havia sido um fracasso total. Seus atos foram lamentáveis, mas o arrependimento nele despertava, na forma de uma culpa terrível que mais e mais se consolidava.

Após um longo tempo naquela situação, sempre chorando muito e se sentindo mutilado, sangrando e dolorido, com o amparo de Amaro ele conseguiu se libertar do corpo de carne.

Pensou no pai com vigor e pensou ver a silhueta dele. Isso o apavorou imensamente, pois não conseguia nem conceber a ideia de se encontrar com o pai, olhar em seus olhos, após tudo o que fizera. Isso o fez sair no que considerou ser uma desabalada correria.

Enquanto ia pelas estradas, chamava pelos filhos, mas apenas risos escarninhos pareciam responder-lhe. De repente, pensou de forma mais detida em Cecília e desejou, algo completamente inédito em sua trajetória espiritual, pedir-lhe perdão, talvez poder fazer alguma coisa por ela.

Sem saber como, não muito tempo depois viu-se junto ao mausoléu da família. Observou as placas e identificou que o corpo de Cecília ali estava enterrado. Não entendia como aquilo, aquela locomoção, havia ocorrido, mas também não se preocupava com esse detalhe. Tudo lhe parecia muito estranho: era como se tivesse enlouquecido.

Nisso, viu Cecília em espírito vinculada a um esqueleto asqueroso e arrepiou-se de pavor. Ela chorava e o amaldiçoava, enquanto clamava pelos pais. Romeu se ajoelhou ao lado do túmulo, pensando que estava vendo mortos, em seu sofrimento, e pediu sentidamente perdão a Cecília, que não o percebeu. Ambos choravam, sofridos e com a consciência em brasas.

Romeu ali ficou um tempo considerável, mas se lembrou de sua mãe e pensou que precisava vê-la. Não podia mais falar com o pai, felizmente, pois não conseguiria mesmo encará-lo. Mas com a mãe haveria de conseguir falar, pedir-lhe perdão.

Logo, estava entrando na casa de sua família. Era noite e dona Natália tricotava. Estava envelhecida, frágil, marcada pelos anos de solidão e sofrimento. Romeu se acercou dela, ajoelhou-se e lhe pediu perdão chorando. Contudo, a mãe não lhe respondia! Achou que ela estava com tanta mágoa dele, que fingia não o ver. Ele não existia mais para sua mãe! Ah, quanto sofrimento...

Sensível, dona Natália se lembrou do filho, levantou-se, foi a seu quarto, acendeu uma vela e pôs-se a orar à Virgem, pedindo por seu filho, para que estivesse bem.

Romeu conseguiu ouvir seus pensamentos e não entendeu. Sua mãe orava por ele. Isso significava que não o odiava. Mas o ignorava. Estaria louco? Muito lentamente uma ideia foi surgindo em sua mente: não estava louco, mas morto. Por isso, pudera ver Cecília e também, embora muito vagamente, seu pai. Pensou que seu genitor estava no Céu, era uma alma bem-aventurada, por isso vira-o apenas fugazmente. Já Cecília, infeliz como ele, embora de modo diverso, pudera ver com facilidade. Pelo mesmo motivo, a mãe, viva, não o via. Ele morrera! E seus filhos? Ana ficaria até quando no convento? O que seria de Pedro, abandonado pelas estradas de Portugal? Será que Maria do Rosário se lembrara deles e os socorrera?

Duvidou imediatamente dessa possibilidade, pois sabia que sua companheira sempre detestara seus filhos. Agora o reconhecia: havia submetido os próprios filhos à presença constante de uma mulher que só os repreendia e infelicitava. Como ele pudera fazer aquilo?

Passaram-se alguns anos, em que perambulou por vários locais, ficando bastante junto ao túmulo de Cecília, em uma mescla de culpa e de fascínio mórbido. Finalmente Romeu se lembrou da possibilidade de orar. Sentia-se tão culpado que a perspectiva de comparecer perante o que imaginava ser o tribunal divino o apavorava.

O tempo e o sofrimento, contudo, o fizeram entender que precisava de ajuda. Lembrou-se dos pais quando diziam que Deus era um pai amoroso. Quem sabe, esse Pai não o ajudaria de alguma forma?

A princípio, de modo hesitante, ele começou a orar. À medida que fazia isso, seu mal-estar parecia diminuir. Sentia-se aliviado... Tal o fez se tornar mais ardente em sua prece, plena de pedidos de perdão e de ajuda.

Como resultado, viu surgir à sua frente um ancião de aparência bondosa.

– Amigo querido, finalmente você se lembrou de nosso Pai celeste!

– Quem é o senhor?

– Sou seu amigo espiritual. Chamo-me Clemente.

– Amigo espiritual? O que é isso?

– Em linguagem humana, fui seu anjo da guarda durante toda esta vida.

– Mas o senhor não tem asas!

– Há muita coisa que você precisa entender.

Dizendo isso, abraçou Romeu fortemente. Sentindo-se confortado, o sofredor chorou de alívio, embora sua consciência seguisse ardendo.

– Querido, vou conduzi-lo a um local de repouso.

Assustado, Romeu redarguiu:

– Meu pai estará lá?

– Não. Por ora, não. Sei que você teme encontrá-lo, mas não há razão para isso. Amaro é uma alma lúcida, madura e bondosa. Entende suas fraquezas e se rejubila de que esteja em minha companhia. Quer apenas o seu bem. Mas chegará o momento de encontrá-lo. Terá um tempo para refletir, preparar-se, entender algumas coisas, e então seu pai irá encontrá-lo.

Amaro ali estava, emocionado e satisfeito por Romeu haver atingido um estado que lhe facultava ser auxiliado. Mantinha-se invisível, contudo, para não causar embaraços e não perturbar seu filho espiritual. Tudo o que queria era que ele se equilibrasse, a fim de que pudessem conversar de forma útil e o mais tranquila possível.

Natália ainda viveu uns poucos anos, fazendo todo o bem possível. Seus méritos eram imensos, pois fizera de suas dores motivo para amar ainda mais os necessitados, a cujo cuidado se dedicava desde a adolescência.

Sua desencarnação ocorreu enquanto dormia, sentada em sua cadeira preferida, em plena tarde, com o Evangelho aberto em seu colo. Foi acolhida pela equipe de madre Augusta e levada em clima de festa para o lar que a madre mantinha em instância espiritual superior.

Pouco tempo após sua desencarnação, coube a Natália a alegria de libertar sua filha do apego em que esta jazia ao que restava de seu antigo corpo físico. Com seu merecimento, Natália intercedera para que sua filha fosse libertada e encaminhada a uma reencarnação purificadora.

Cecília, ao reconhecer sua mãe, bradou:

– Mamãe, finalmente a senhora vem me libertar deste pesadelo! Acho que morri, mas me sinto tão mal, com um aperto no pescoço que não para nunca! Temo ter ficado louca com tanta dor...

– Filha querida, infelizmente sua conduta foi mesmo um desatino. Matou o seu corpo, sem conseguir fugir da vida, pois Deus nos criou para a imortalidade, para a felicidade que vem de saber viver. A vida humana é um dom divino. Apenas Deus pode decidir quando ela deve cessar. Ninguém possui o direito de matar o semelhante ou se matar.

– Mas eu fui tão infeliz, mamãe! Romeu me abandonou, levou meus filhos...

– Pare de pensar nisso. O importante não é o que nos fazem, mas o que nós fazemos. Neste momento especial, você deve pedir perdão a Deus e agradecer por Ele e Nossa Senhora terem permitido que eu viesse socorrê-la.

O tom de voz fora carinhoso, mas firme, e Cecília, embora de natureza reclamona, tentou aquietar o próprio íntimo.

– Filha, não é a primeira vida em que você tenta solucionar seus problemas fugindo deles. Não é possível fugir da vida.

– Primeira vida? Não entendi.

– É uma realidade: vivemos tantas vidas quantas necessitarmos até que a angelitude desabroche em nós. Mas você precisa agora é de aquietar-se e orar.

Cecília foi conduzida a uma comunidade especializada em suicidas, que funciona sob a tutela de Maria de Nazaré. Continuava se sentindo injustiçada e reclamava constantemente. Não era má, mas leviana, imatura. Ante seu histórico e o estado mental que ainda mantinha, decidiu-se que ela não tinha condições de participar dos preparativos para sua recuperação.

A equipe do local, que levou em consideração as opiniões de madre Augusta, Amaro e Natália, decidiu que ela reencarnaria em um corpo com grandes deficiências, que não conseguiria controlar. Sem poder falar, andar ou ter controle voluntário sobre o corpo, mas consciente em espírito, ouvindo e enxergando, não teria chance de se matar e deveria aprender a valorizar a bênção da vida saudável.

O renascimento foi providenciado em uma família cristã, com boas posses, de modo que ela fosse bem tratada e vivesse bastante, a fim de aprender o necessário.

Cecília chorou imensamente ao tomar ciência da decisão, mas a presença de Amaro e Natália acalmou-a de algum modo, embora mantivesse imensa tristeza. Ela foi lentamente perdendo a consciência, ao iniciar seu processo de reencarnação, com a imagem dos pais lhe sorrindo bondosamente como a fixar-se em sua mente.

Durante a reencarnação, após o natural período de perturbação atinente ao nascimento e o desenvolvimento dos órgãos, passou a ter ciência do que lhe ocorria, com sua memória do que vivera na vida anterior e de tudo o que lhe fora mostrado no plano espiritual.

Durante exatos trinta e sete anos, ela teve tempo de refletir, antes de desencarnar. Estava mais equilibrada, mas ainda profundamente magoada com Romeu. Em essência, uma alma imatura, que tinha dificuldade em assumir as próprias responsabilidades.

Após essa vida, ela permanece sob a tutela daqueles que foram seus pais na Terra, que a incentivam a trabalhar pelo próximo, a perdoar as ofensas, e a esquecer-se um pouco de si própria. Ela o faz com alguma dificuldade, sendo periodicamente exposta a situações que devem amadurecê-la.

Natália deixou um testamento em que repartiu seus bens entre a Igreja, algumas instituições de caridade, várias doações para parentes e um patrimônio muito substancial para Mário, o gerente escolhido por Amaro para seus estabelecimentos, e que acabou sendo um filho para ela. Esse detalhe foi feliz e importante, como se verá na sequência.

O destino do jovem Pedro foi trágico. Abandonado em plena estrada entre Lisboa e Sintra, em sua completa inexperiência, não conseguiu sobreviver muito tempo.

O rapazinho tinha um medo terrível de que Irineu se arrependesse de deixá-lo livre e voltasse para apanhá-lo. Desse modo, buscava se ocultar sempre que ouvia o barulho de alguma carroça ou carruagem. Isso dificultava seu resgate por algum viajante. Durante vários dias conseguiu sobreviver comendo frutos de árvores ao longo do caminho e bebendo água de regatos e valetas, perdendo-se em uma encruzilhada. Acostumado ao conforto, logo enfraqueceu. Iniciou-se uma temporada de chuvas, e ele apanhou uma violenta pneumonia. Ardendo em febre, delirando, afastou-se da estrada e entrou em uma mata, com a esperança de encontrar alguma casa em que pudesse ser acolhido.

Como a mata era vasta, ele se perdeu nela e veio a morrer à míngua, chamando pelos avós.

Quando seu processo de desencarnação findou, foi amorosamente recolhido por Amaro. Perturbado após tanto sofrer, ele ficou assustadiço e temeroso, além de guardar profunda mágoa do pai.

Levado a lembrar algumas vidas passadas, entendeu a razão do que vivera, mas ainda lidava com dificuldade com seus temores e mágoas. Permaneceu durante várias décadas trabalhando em uma instituição voltada ao atendimento de espíritos que desencarnavam em tenra idade ou em plena juventude. Já de posse de boa parte de seu cabedal de conhecimentos de espírito imortal, assumira a aparência e a postura de um adulto, e buscava aprender e ser útil em sua posição. Ainda sentia, ao pensar no que vivera, melancolia, a qual tentava controlar, em sua qualidade de espírito que deseja sinceramente evoluir.

Quanto a Maria do Rosário, esta tentou tratar de seu rosto com médicos de Sintra, mas não havia muito a fazer. As feridas sararam, mas deixaram duas terríveis cicatrizes, que a enfeavam de modo irreversível.

Ela passou a usar espessos véus negros, apenas mais leves na região dos olhos, para que pudesse enxergar. Após tentativas frustradas de tratamento, nunca mais deixou ninguém ver seu rosto.

Devolveu a quinta que havia arrendado juntamente com Romeu, despediu os criados e foi embora para Lisboa. Não queria viver em um lugar onde as pessoas soubessem quem era ao ouvir sua voz. A história do que lhe fizeram, embora ninguém soubesse de maiores detalhes, acabara circulando por comentários dos criados e de quem a socorrera. Isso a humilhava sobremaneira.

Não queria mais rever Romeu, deformada como estava, nem se interessava pelo que ocorrera a ele e ao filho. Como nenhum deles retornara, presumiu que haviam sido assassinados por Irineu.

Temerosa das ameaças do antigo noivo, nunca comentou nada a respeito de quem a molestara nem sobre o sumiço de pai e filho.

Em Lisboa, adquiriu uma casa de pequenas proporções, embora muito bem-feita, a qual mobiliou luxuosamente. Não podia mais dar recepções nem pretendia ter amizades, para não ter de explicar o que lhe sucedera.

Com poucos criados, com os quais praticamente não conversava, viveu isolada e em estado de grande amargura pelo resto de seus dias, que foram longos.

ANA

NO CONVENTO, A jovem Ana se sentiu completamente abandonada. O pai havia deixado com a madre quantia suficiente para o pagamento de várias anuidades e ordem expressa para que Ana não saísse do local nem se comunicasse ou enviasse mensagens a ninguém.

Assim, decorreram quatro anos sem que nenhum parente se manifestasse, e a jovem nada soubesse ou sequer desconfiasse da tragédia que envolvera seu pai e seu irmão, enquanto recebia uma fina educação.

Após esse período, a madre do convento, embora incomodada com a ausência completa de visitas por parte de Romeu à filha e pela falta de pagamento das anuidades, continuou a cuidar e a educar a jovem, que já atingira a maioridade.

Após certo tempo, Ana, com os estudos concluídos, começou a ajudar no local, em razão da falta de pagamentos. Era como se tivesse virado uma criada que pagava sua estada com trabalho.

Orgulhosa, ela se rebelava e brigava frequentemente com as religiosas, como se todas fossem culpadas pelo que lhe ocorria. Essa se revelou uma má estratégia, pois atraiu a antipatia das freiras e em especial da madre superiora, uma mulher também bastante orgulhosa.

Praticamente uma prisioneira, Ana viu os anos se arrastarem. Contra ela, havia as determinações escritas de seu pai e a ampla antipatia de que gozava.

Mas tudo tem seu fim, e a madre Joana morreu e foi substituída por madre Maria, enviada de outro convento. Esta, mais tranquila e bondosa, inteirou-se de tudo o que ocorria no convento. Ao saber da história de Ana, quis falar com ela.

Ciente de quão estranha era a situação da jovem, concordou em mandar um mensageiro à quinta do pai dela, em Sintra, a fim de obter informações.

O mensageiro foi bastante diligente em sua função. Conseguiu localizar a quinta, a qual, todavia, estava ocupada por outras pessoas, recém-chegadas da corte e que nada sabiam informar a respeito dos antigos ocupantes.

O jovem ainda foi à casa do proprietário da quinta, que morava em Sintra, mas tudo o que ficou sabendo foi que o imóvel lhe fora devolvido há alguns anos. O proprietário, que não frequentava as altas rodas nem se interessava por nada que não fosse dinheiro, realmente ignorava a história que envolvera Maria, Romeu e Pedro.

Algum tempo depois, foi uma Ana desolada que recebeu a notícia de que seu pai e seu irmão estavam em local desconhecido. Ela simplesmente detestava Maria do Rosário e não se importava minimamente com ela.

Em sua bondade, madre Maria obteve com a jovem informações sobre a família dela que morava no Brasil. Sabedora de que eram muito religiosos, enviou uma mensagem ao pároco da igreja matriz da cidade, relatando a situação de Ana e pedindo que sua família a auxiliasse a voltar ao Brasil.

Padre Renato, bem velhinho, não era mais o pároco, pois sua saúde não mais lhe permitia manter todas as atividades inerentes à função em uma grande igreja. Contudo, sempre estava no local, especialmente em razão das atividades caritativas que eram mantidas em um grande anexo à casa paroquial, situada junto à igreja.

Assim, ele ficou sabendo do ocorrido. Encarregou-se de adotar as providências possíveis, para alívio do vigário em atuação, envolvido em múltiplos afazeres.

Dona Natália já havia morrido, assim como todos os seus primos e primas. Restavam apenas parentes mais afastados, com alguns dos quais ele falou. Ninguém se interessou pela história da parente distante, cuja vinda talvez provocasse a reabertura do inventário de sua falecida avó, que fora muito generosa com a parentela toda. O senhor Amaro também não possuía mais parentes vivos na região.

Após muito refletir, padre Renato se dirigiu à loja que fora a sede de todos os empreendimentos do falecido senhor Amaro, a fim de falar com Mário.

Ele não era mais jovem, mas nunca se casara. Chegara a conhecer Ana, quando ela era criança. Era um homem de muito bom coração, que se emocionou ao saber da situação da moça. De bom grado, concordou em enviar os recursos necessários para que a filha de Romeu voltasse ao Brasil. Também antecipou ao padre Renato que não se negaria a fornecer a Ana recursos para que se mantivesse no país, enquanto a questão de sua herança não fosse resolvida. Acima de qualquer coisa, seu carinho e sua gratidão a Natália lhe guiavam os atos.

Após alguns meses, Ana chegava a São Paulo. Apanhou uma carruagem de aluguel e se dirigiu à igreja matriz da cidade, onde conseguiu falar com o padre Renato, pois a orientação que recebera fora a de procurá-lo em primeiro lugar, logo ao chegar à cidade.

Ele se emocionou ao ver a jovem, que já nem era mais tão jovem assim. Em sua situação indefinida, ela já passara bastante da idade de se casar. Sem dote nem família que a acolhesse, estava em uma situação bastante delicada. Era pouco provável que conseguisse um bom matrimônio.

Os dois conversaram bastante, e Ana também se emocionou ao encontrar alguém que havia conhecido sua família. Por ele, Ana ficou sabendo que sua mãe e seus avós não mais viviam, o que a fez chorar muito.

Após uma longa e triste conversa, Ana e o padre foram à loja de Mário. A moça estava constrangida, sabendo que nada tinha, que a família não se interessava por ela e que teria de viver dos favores de um desconhecido por um bom período. Talvez nem conseguisse obter alguma coisa da herança de sua avó, após tanto tempo.

Como a vida pode ser surpreendente, Ana e Mário experimentaram uma espécie de choque ao se encontrarem. Ambos se sentiram estranhamente emocionados, e a conversa foi ao mesmo tempo fácil e tensa entre eles.

Essa emoção retratava um reencontro de almas que já haviam estado unidas algumas vezes em diferentes encarnações. Em razão dela, embora a diferença de idade, em poucos meses Ana e Mário estavam casados. Ele a dissuadiu de brigar pela herança, uma vez que tudo o de que dispunha havia herdado de dona Natália e era suficiente para que ambos vivessem muito bem.

Viveram em harmonia e gozaram da felicidade relativa que é possível ter na Terra, quando não se cultivam paixões ou ilusões em excesso.

Ana era voluntariosa e orgulhosa, mas encontrava na bondade, na gentileza e na calma de Mário um fator importante de tranquilidade. Após tudo o que vivera, aquele amor maduro, em uma vida confortável e segura, era um lenitivo sem preço. De certo modo, o marido lhe lembrava seu avô, o que a confortava muito.

Tiveram uma única filha, bastante enferma, a quem amaram ternamente durante toda a sua vida. Tratava-se de Cecília reencarnada, cujas condições de renascimento já relatamos nesta história.

O cuidado diário da filha foi algo muito importante para Ana. Após ter cultivado raiva e mágoas por tanto tempo, ela se dedicava a alguém que dependia totalmente dela, o que a ajudava a educar e a suavizar as próprias emoções.

IRINEU

IRINEU SE TORNOU um prisioneiro de si próprio. Cometeu seus crimes e loucuras fortemente influenciado por um grupo espiritual de desafetos de Romeu e Maria, composto de escravos e seduzidos do passado. Após o intento ser consumado, todos se afastaram, cada qual com suas dores, misérias e equívocos para reparar.

Sozinho, Irineu não demorou a se arrepender do que fizera. Desenvolveu imenso sentimento de culpa, com um correspondente medo de ser apanhado e preso. Pensava ser seguido e espionado o tempo todo.

Acantonou-se em uma pequena casa dos arrabaldes de Paris, contando com o auxílio de uma única empregada, de quem desconfiava, mas de cujos serviços necessitava.

Nunca saía de casa, passava o dia trancado no quarto, sondando o exterior por uma fresta de cortina. Desencarnou com as faculdades mentais completamente alteradas.

Do mesmo modo que ocorreu com Maria do Rosário, após a morte passou um período de desalento, perturbação e imenso sofrimento psíquico, no qual era incomodado por espíritos que o assustavam e riam de suas dores e seus temores.

Não demorou para ambos serem encaminhados a uma reencarnação expiatória. Seus dramas íntimos se refletiram nos corpos físicos, e os dois viveram pouco menos de três décadas sendo considerados autênticos loucos, alienados, em estado de desconexão com a realidade.

Boa parte de suas vidas decorreu em sanatórios, em época e locais onde o tratamento não primava pela humanidade.

REENCONTRO DIFÍCIL

QUANTO A ROMEU, após um período de tristes reflexões, foi conduzido por irmão Vicente, especialista no assunto, no delicado processo de recordar várias de suas vidas passadas. Tal o fez perceber quantas oportunidades de ser feliz desperdiçara, envolto em antigos vícios. Também o fez notar como era devedor de Amaro, cujos cuidados nunca valorizara, e que parecia nunca desistir dele, não deixar de amá-lo, por mais que o filho o prejudicasse e decepcionasse.

Todo esse cabedal de culpas o fez tomar uma aparência raquítica, pois ele se sentia pequeno, devedor, pouco merecedor de amor e cuidados. Em nada lembrava o garboso Romeu da última vida.

Foi nessa condição que recebeu a visita de Amaro. Estava sentado em um banco, em local tranquilo e isolado, quando viu seu pai chegar com um sorriso bondoso.

Generosamente, Amaro abraçou-o e beijou-o, envolvendo-o propositadamente em seu próprio psiquismo de paz. Assim amparado, Romeu conseguiu conversar com alguma lógica e tranquilidade, embora mantivesse choro constante.

– Meu pai, por favor, perdoe-me. Eu sou um poço de egoísmo e maldade. Só lhe fiz mal!

– Meu filho, eu não preciso lhe perdoar nada, pois nunca fiquei ofendido por nada do que você fez. Lembre-se de que, ante a vida eterna, somos todos irmãos, e apenas Deus é nosso pai. É a Ele que precisamos prestar contas e a quem tudo devemos. E você mudou, está pronto para viver de modo diferente, percebo isso.

Foi uma conversa longa e sofrida, na qual ficou patente o quanto Romeu estava arrependido de tudo o que fizera. Ali ele também veio a encontrar dona Natália, em cujos braços chorou longamente.

Submisso, aceitou tudo o que a equipe de madre Augusta sugeriu em termos de planejamento reencarnatório – o que nem poderia ser diferente, dadas as suas condições psíquicas, que se refletiam em seus fluidos, em seu corpo espiritual. Logicamente, refletiriam também em seu corpo físico.

Amaro aceitou ser o anjo guardião de Irineu, até mesmo por conta do compromisso que assumira de se afastar um pouco de Romeu, até que este desse mostras efetivas de sua disposição a trilhar o bom caminho. Afinal, é fácil fazer projetos e promessas. O complicado costuma ser cumprir o acordado.

VIDA DE EXPIAÇÃO

NATÁLIA GENEROSAMENTE OFERECEU-SE para ser a mãe de Romeu em sua nova reencarnação. Renasceu em pleno Nordeste do Brasil, gozando de mediunidade pujante, que a tornava muito lúcida do que ocorria a sua volta.

Foi casada pelos pais quando tinha apenas treze anos, com um homem um tanto tosco e mais velho, seduzido por sua beleza. Não foi consultada pela família, a qual era regida por seu pai, um homem extremamente dominador e truculento.

Aos quatorze anos, Natália deu à luz Romeu, uma criança extremamente mirrada, com a genitália indefinida e a aparência ambígua. Vendo-o, as pessoas ficavam em dúvida se era menino ou menina.

O pai quis se desfazer da criança, jogando-a em um rio. A própria família de Natália, então chamada Eva, aderiu a esse plano desumano.

A jovem se opôs violentamente. Ela já era famosa por suas curas, sendo considerada uma grande benzedeira, e sempre fora muito dócil e cordata. Mas, ante a urgência da situação, mostrou uma energia incomum. Sua voz se alterou, e ela anunciou com certo tom profético que, se fizessem aquilo, todos seriam considerados malditos e se arrependeriam muito.

A discussão aconteceu na pequena choupana que Eva ocupava com o esposo, com toda a sua família presente. Um arrepio de pavor tomou conta de todos, pois Eva parecia maior, mais forte, sua voz fazia um estranho eco, tudo parecia muito esquisito para aqueles camponeses supersticiosos.

O resultado foi que todos foram embora, até o marido de Eva, sem sequer lhe dirigir novamente a palavra. O medo os guiava e fez que se mudassem para longe, temerosos de serem amaldiçoados por aquela criatura que só podia ser uma feiticeira, uma bruxa.

A duras penas, Eva conseguiu manter seu filho. Trabalhava na lavoura, e sua fama de curandeira protegia a ela e a seu estranho filho. Ele sofria deboches, ameaças, em sua condição de sexualidade ambígua, em um ambiente de bastante ignorância.

As pessoas precisavam de Eva rotineiramente, pois suas benzeduras costumavam ser muito potentes. Mas também a temiam, por considerar que podia fazer feitiços, jogar pragas.

Sabedora do perigo que seu filho corria, às vezes Eva deixava que seus dons mediúnicos se manifestassem de forma um pouco mais pujante. Fazia alertas, deixava notar que lia pensamentos. Tudo isso fascinava e apavorava o povo.

Ainda criança, Romeu passou a trabalhar por dia na lavoura, sempre protegido pela presença próxima de sua mãe ou pelo medo e pelo respeito que ela infundia em todos.

Contudo, quando ele tinha quinze anos, sua mãe morreu após ser picada por uma cobra muito venenosa. Eva várias vezes chegara a curar pessoas de mordidas semelhantes, mas ela sabia que aquele era o seu momento de partir, de modo que não se surpreendeu quando seus conhecimentos e talentos não surtiram nenhum efeito.

Foi um Romeu apavorado que viu a própria mãe ser enterrada. E agora, o que seria dele? Quem o protegeria? Sabia que só era tolerado em razão da influência que a mãe exercia nas pessoas.

Passou a viver de forma extremamente resguardada, não olhando os outros nos olhos, sempre cheio de temor. A cada dia, era mais desrespeitado.

Durante três anos, viveu com profundo medo, o coração em sobressalto. Apenas saía para trabalhar, retornava logo que conseguia. Tratava de ficar longe dos outros, não tinha nenhum amigo, ninguém que o amparasse. As pessoas o olhavam com desdém, faziam chacota dele. Seu nome, João Maria, era alvo de deboche. O rapaz tinha mesmo voz de falsete, que seus colegas de trabalho costumavam imitar. Cantavam 'João Maria, Maria João', continuando com versos obscenos. Riam muito dele.

Certa noite, Romeu ouviu conversas fora da casa em que vivia. Apavorou-se, pois reconheceu as vozes de vários homens que o incomodavam e eram particularmente grosseiros com ele.

Seguiu-se uma cena lamentável. A casa do pobre rapaz foi invadida, ele foi despido por entre chacotas, por uma boa dezena de homens e rapazes. Examinaram-no rudemente, dizendo que era uma aberração, nem homem nem mulher, e não merecia viver.

Foi levado para fora e morto a socos, pontapés e porretadas.

Ao acordar da violência, estava nos braços de Natália, que o acalentou e confortou. Foi por ela conduzido ao lar tutelado por madre Augusta, onde foi acolhido, com os débitos espirituais já um pouco aliviados pela vida difícil que levara e pela violência que sofrera, sem guardar mágoas.

Ao se lembrar de algumas das vidas passadas, ele achou justo tudo o que vivera. Após ter prejudicado tantas pessoas no campo do afeto e da sexualidade, entendia o castigo que a si próprio se impusera, ao errar tanto.

Foi confortado por Amaro e Natália, estudou, teve tempo para vastas reflexões. A seguir, mergulhou em nova experiência reencarnatória, na qual ainda se encontra.

Renasceu como um dos filhos de Irineu e Maria do Rosário, e nunca houve afeto legítimo entre eles. O casal não resistiu à prova que lhes fora proposta, de sublimar os antigos sentimentos, purificá-los e viver com dignidade um matrimônio equilibrado. Logo se separaram. Houve apenas um amparo formal aos filhos, ainda assim apenas por parte de Irineu.

Maria do Rosário sempre se sentiu extremamente desconfortável na presença de Romeu, que lhe inspirava sentimentos ambíguos. Nela o sentimento materno ainda carece de desenvolvimento, o que haverá de ocorrer em futuras encarnações.

VIDA ATUAL

ROMEU ATUALMENTE VIVE um matrimônio equilibrado com uma de suas antigas vítimas, uma mulher a quem seduzira e abandonara. A esposa atual de Romeu conseguiu superar a ocorrência, cresceu em dignidade e equilíbrio, mantendo em seu o coração o sonho de amor não vivido com seu sedutor do passado.

Assim, a misericórdia divina possibilita que Romeu viva uma união na qual o afeto está presente, enquanto aprende a ser um bom pai. A mesma misericórdia, imensa em seus recursos, fez que Ana e Pedro renascessem como seus filhos, a fim de que se promovam os acertos necessários, especialmente no plano dos sentimentos.

Bem se vê que Deus é um Pai bondoso, que apenas deseja o bem de Seus filhos. Sua justiça é plena de misericórdia.

Cecília segue no plano espiritual e por vezes é permitido que visite a casa de Romeu, com o propósito de ver seus filhos. É um duro teste para sua maturidade e seu desprendimento ver seu antigo marido cuidando daqueles que considera seus filhos, juntamente com outra mulher, a quem chamam de mãe.

Amaro é o mentor espiritual atual de Romeu, tarefa na qual é auxiliado por Natália, que se dedica mais amplamente à família dele, cuidando de manter acesa a chama do afeto e do respeito.

Romeu amadurece em uma vida digna e trabalhosa, na qual aprende o valor das horas. Frequentemente, sente-se esgotado de tanto trabalho. Contudo, quem foi remunerado sem trabalhar, fica devendo na contabilidade divina, que nunca se equivoca, apesar de sua imensa generosidade. Sempre chega a hora em que é preciso demonstrar verdadeiro amor e dedicação ao trabalho, para promover o ajuste com a consciência cósmica.

Por certo, Romeu não é um espírito redimido, pois seu histórico de desequilíbrios é grande. Mas está no bom caminho, gozando das bênçãos que o Consolador espalha no mundo. Será justamente na divulgação do Consolador e na prática da legítima caridade que terá oportunidade de dar os testemunhos necessários a sua real reabilitação.

Generoso, Deus espera que ele se equilibre, amadureça, instrua-se e eduque-se, para que possa, enfim, praticar os gestos de amor capazes de cobrir uma multidão de pecados.

Deus é um pai que nunca desiste de Seus filhos, por mais que errem. Sempre lhes fornece recursos para que se ergam rumo à plena felicidade a que estão destinados desde sua criação.

LIVROS DO AUTOR:

A redenção de um lázaro

Dineu de Paula (médium) • Inácio (espírito)

Romance mediúnico • 15,5x22,5 cm • 320 pp.

Nascido na Espanha ao tempo da Santa Inquisição, Inácio sente-se perseguido por uma religião que o sufoca. Qual será a razão desta aversão tão grande? A que provas Inácio precisará ser submetido para entender a finalidade da dor? É o que vamos descobrir nesta história cheia de reviravoltas emocionantes.

A história de Matilde

Dineu de Paula • Bernardo (espírito)

Romance mediúnico • 16x22,5 cm • 248 pp.

Neste romance, em que as paixões, sobrepondo-se à virtude, são o combustível para acirradas disputas por terras, títulos de nobreza e fortuna, muitos cairão por conta das próprias fraquezas, até a redenção perante a própria consciência.

Confissões de um sacerdote

Dineu de Paula • Padre José Maria (espírito)

Romance mediúnico • 16x22,5 cm • 528 pp.

Ana Maria, espírito elevado, tem a missão de zelar por seus irmãos após a curta passagem de sua mãe pela vida terrestre. Pura e de conduta irrepreensível, ela tocava o coração do padre José Maria de forma muito especial. E é ele quem vem nos narrar esta bela história, recheada de exemplos de amor e bondade.

VOCÊ PRECISA CONHECER:

A vingança do judeu

Vera Kryzhanovskaia • J. W. Rochester (espírito)
Romance mediúnico • 16x22,5 cm • 424 pp.

O clássico romance de Rochester agora pela EME, com nova tradução, retrata em cativante história de amor e ódio, os terríveis fatos causados pelos preconceitos de raça, classe social e fortuna e mostra ao leitor a influência benéfica exercida pelo espiritismo sobre a sociedade.

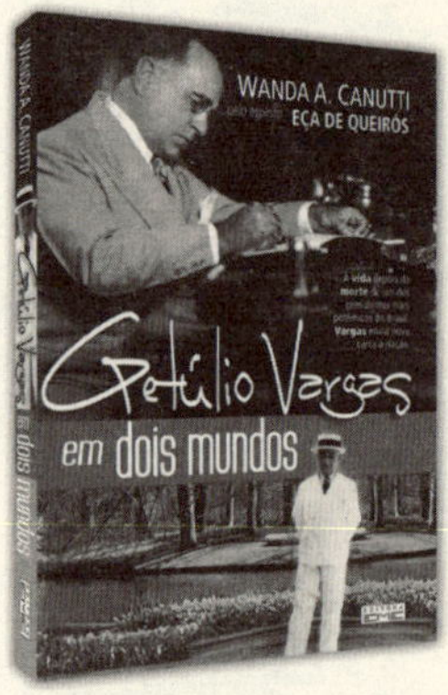

Getúlio Vargas em dois mundos

Wanda A. Canutti • Eça de Queirós (espírito)
Romance mediúnico • 16x22,5 cm • 344 pp.

Getúlio Vargas realmente suicidou-se? Como foi sua recepção no mundo espiritual? Qual o conteúdo da nova carta à nação, escrita após sua desencarnação? Saiba as respostas para estas e outras perguntas, agora em uma nova edição, com nova capa, novo formato e novo projeto gráfico.

Depressão, doença da alma

Francisco Cajazeiras
Doutrinário • 14x21 cm • 208 pp.

Como diagnosticar o mal? Quais as perspectivas futuras? Quais as possibilidades terapêuticas? É possível preveni-la?

Neste livro, o médico Francisco Cajazeiras procura responder a essas perguntas e esclarecer dúvidas sobre a doença, mergulhando nas suas causas mais profundas – as espirituais –, sem misticismo e sem apelar para o sobrenatural, senão para a lógica e o raciocínio.

Não encontrando os livros da EME na livraria de sua preferência,
solicite o endereço de nosso distribuidor mais próximo de você através de
Fones: (19) 3491-7000 / 3491-5449
(claro) 9 9317-2800 (vivo) 9 9983-2575
E-mail: vendas@editoraeme.com.br – Site: www.editoraeme.com.br